清枫语 著

两生欢喜

【下册】

青岛出版社
QINGDAO PUBLISHING HOUSE

第八章 吃醋

两人一起去的公司，刚到公司就收到老七带来的好消息，首款产品订单额已经突破预期，数字还在快速攀升，“遇鉴”的讨论度随着江熠的热度升高也在持续上涨。

整个团队都因为这些飙升的数据而兴奋。

沈靳始终很冷静，效果有了，但接下来的才是硬仗，那么大的订单量，王叔还在医院里躺着，王叔的替补人选还没找到，出货时间不能耽搁。

手艺和能力上沈靳信得过的就几个，退隐市场多年的曹华老先生，紫盛的项目部总监刘冠均，他自己算一个，夏言算半个。

刘冠均是沈靳当年找的人，软宸破产后，他跟着周少辉去了紫盛，目前是和宋乾、程谦混的。夏言身体不行。

逐一排除下来，要么拉拢刘冠均，要么沈靳自己上。

沈靳自己上是作为最后的选择，公司刚起步，他要忙的事太多，他参与加工和管控整个原材料部门不现实。但要拉拢刘冠均，周少辉才是关键。

周少辉的唯利是图让他对现在的紫盛和宋乾死心塌地，所以问题还是得回到怎么说服周少辉，让他心甘情愿地把他当年带走的团队带回来。

对现在的安城实业来说，团队还是过于稚嫩，营销和设计能力没问题，但设计部不能单靠一个夏言撑着，现在的人力资源还撑不起安城实业的发展，所以对于当年的老部下，沈靳是势在必得。但恶名缠身又让他的势在必得变得寸步难行。

连着几天，整个团队都忙于整理订单，以及讨论解决出货问题，讨论的核心也还是集中在招人以及紫盛团队的问题上。

招聘是一直在进行的工作，只是前一阵因为安城实业刚成立，没人敢来，这次借着家装设计展打出的知名度和影响力，应聘简历多如牛毛。除了设计师是沈靳亲自面试，其他部门诸如行政、人事、财务等岗位，都由沈桥和老七负责。

沈桥和老七都是效率极高的人，几天面试下来，很快将各部门的岗位补齐了人，反而是设计部，自始至终没有一个人能入沈靳的眼。

夏言还以为设计部还要这么缺人下去，没想到这天刚吃完午饭，沈桥已舒着长长一口气拉过夏言，叽里咕噜地在夏言面前说了一堆。夏言总结出了两个重点：沈靳看上了一个人，设计部要充盈起来了；有幸被沈靳看上的，也是个女孩。

“听说和你一样，也是刚毕业，长得挺漂亮的。”末了，沈桥又补了句，“不知道有男朋友没有。你已经被二哥捷足先登了，要是来一个没男朋友的，你可得帮忙留意着点，哥儿几个还都单身，别让外面的人抢了先。”

夏言被他逗笑：“我还单身。”

看沈桥轻嗤着不信，夏言又强调了一遍：“我真的单身。”

然后她被沈桥推着往办公室走：“去去，少拿我寻开心，你说你单身，你问二哥答不答应。”

沈靳正在办公室忙，听到“二哥”两个字抬头看向门口的两人：“什么？”

“没事。”夏言先接过了话，“听老六说设计部招到人了？”

沈靳道：“对，也是个女孩子，和你差不多的年纪，脑子看着还比较活，先留下来看看。”

夏言点点头：“什么时候来上班？”

“明天。”沈靳说，“现在去人事部办理入职手续，一会儿估计还得回来一趟，你们可以先认识认识。”

他的话音刚落，门外便响起了敲门声：“沈总。”

声音很甜很软，也很……熟悉。

“夏言？”正欲回头看美女的沈桥眼角瞥见了夏言一下刷白的脸色，担心地叫了她一声。

沈靳目光也转向她，看到她脸上的苍白时拧了拧眉，叫了她一声：“夏小姐？”

夏言缓缓抬头看他，眼前阴影闪过，纤细高挑的身影已经进屋，从她面前走过站在沈靳的办公桌前，怯生生地叫了声：“沈总。”

没得到回音的女孩偷偷抬头，而后顺着沈靳的视线回头，看到站在她身后的夏言时，人已跟着笑开：“你就是夏言吧？你好，我叫林雨，我也是安城大学的，我在学校见过你。”

夏言嘴角动了动，很想扯出一个笑容来，鼻子却一下发酸，眼睛有液体涌出。好在手里握着的手机救了她，手机突然振动起来，她很快接起：“喂，你好？”

“夏小姐。”是程谦的声音。

借着这个声音，夏言歉然地冲林雨笑了笑，转身出去了。

沈桥困惑地看着夏言出了门，扭头看沈靳，眼神里带着询问：她怎么了？

沈靳仅是看了他一眼，淡淡地收回落在夏言身上的目光。

林雨看着有些尴尬，脸上的笑容有些僵。

沈桥出声缓和气氛，笑嘻嘻地伸出手：“你好，我叫沈桥，是这里的——”

他一下子也不知道该怎么称呼自己的岗位，他根本没明确的岗位。

“反正就是……”沈桥一个弹指，脸上依然是大咧咧的笑，“所有你们能做的、不能做的，找我就对了。”

林雨也微笑着与他握了握手：“你好，我叫林雨。”

沈桥笑道：“欢迎加入安城实业。”

和沈靳知会了声后，沈桥带林雨和其他同事认识，以及安置她的办公桌。

夏言接完电话情绪已经平复了些，虽然心头沉甸甸的像堵着什么似的，但至少已经不像刚才乍见到林雨时那般惊慌失措。

她回到办公室时只有沈靳一人在，正在忙。

她推开门时他已从摊开的文件上抬起头，看向她，黑眸平静深沉，隐隐带着研判。

夏言微垂下眼睑，避开了他探究的眼神，低低地打了声招呼："沈总。"

她转身回了座位，开了电脑，拿过昨晚的设计草图和笔，很认真地在修改，自始至终没让视线偏移半分。

盯在身上的视线还在，炙烫。夏言没去理会，注意力一直放在手上的图纸上，直到眼前突然横过一只手，抽走了她手中的图册。

夏言被迫抬头。沈靳不知何时已经走到她面前，轻倚着她的办公桌，偏头看她，手里还拿着他刚抽走的图册。

"沈总。"夏言恭敬地打了声招呼，手伸向他拿着的图册。

她的指尖刚碰到图册便被他移开了。

"你心里有事。"他说。视线自始至终没从她脸上偏离。

夏言点点头："那么多工作，忙得焦头烂额，当然有事啊。"说完她又想去拿她的图册。

沈靳手一扬，直接将图册扔到了他的办公桌。

"夏言，从我认识你开始，一直是我在说东，你在说西……"沈靳手臂轻轻落在桌上，站姿一如他的声调，轻松随意，但盯着她的眼神却是锐利的，"你到底是在把我当傻子，还是把你自己当傻子？"

夏言抿了抿唇，眼睛直直地看着他："你。"

沈靳的话冷不丁被堵住。

夏言脚尖往电脑桌的桌脚轻轻一踢，电脑椅往外滑出。她站起身，去他的办公桌拿起他刚扔过去的图册，边走边翻，问他："沈总，第二款产品我在您昨晚提的意见的基础上做了小幅修改，您看看还有没有需要调整的。"

站在他面前，她将图册递给他。

沈靳看着她不动。

夏言收回图册："没有的话我就当是您定稿了。"

她转身想走，手臂突然被扣住。

她困惑地回头看他。

沈靳没看她，脸上还是清清淡淡的表情，扣住她的手臂的手却突然用力一收。夏言被拽着倒向沈靳，未及反应过来，人突然被沈靳掐着腰翻了个身，他将她压抵在了电脑桌上。

夏言从没见过这样的沈靳，一下有些慌，惊惧地看他。

沈靳面色一如往常，清清淡淡的，垂着眼睑，以一种俯视的姿态平静地看着她。

逃避危机的本能让夏言身体不自觉地往后仰，手掌也一点点蜷起，眼睛睁得圆大，又惊又惧地看着他。

门口突然传来开门声，以及沈桥的声音："二哥，我就安排林雨坐外间的办公室，和徐菲他们——"

声音戛然而止，沈桥张大了嘴。

沈靳没回头，低喝了声："出去。"

"呃……好……"门被他麻溜地带上。

"你……你……"夏言平时还算灵活的舌头这种时候完全失去了语言功能，心脏因为紧张而缩紧，上齿无意识地咬住了下唇，戒备地看着他。

"夏言，"沈靳终于开口，"我们两个……到底有过怎样的过往？"

夏言："……"

她偷偷看了他一眼："我……我死了啊。"

沈靳怔住。

夏言试着推了推他，意外地推开了。

她双手抚过凌乱垂下的长发，抬头看向他死死地盯着她的眼睛，冲他微微一笑："开个玩笑而已啦。"她手背小心地碰了碰他的手背，"喏，有温度的，活的。"

她弯身捡掉落在地的图册，不知道是不是类似半倒立的动作让她的眼睛一下有些酸，像是有什么东西要涌出。她偏开头忍了回去，拾起图册，递给沈靳。

沈靳看了她一眼，沉默地接过了图册。

“我想休假两天。”夏言说，“医生说还要去做个复查。”

沈靳盯着她看了会儿，点点头：“好。”

夏言没有真的要去医院复查，她只是一下子不知道该怎么面对同在一个办公室的沈靳和林雨。

虽然是请假，下班前她还是将所有工作分门别类交接清楚，清楚得好像她不会再回来。

沈桥笑她：“二嫂，只是请两天假而已。两天能干啥事，没必要交接得这么清楚的。”

夏言将手中整理好的报表直接塞到他手上：“不交代清楚点，你们临时要找点什么东西，难道还要我带病回来给你们找啊？”

她将所有设计图纸交给沈靳时，东西还没搁到沈靳的桌上便被沈靳出声制止了：“不用交给我，有什么问题等你回来再讨论。”

夏言哦了声，转身将东西搁在自己的办公桌上：“你们要是开会要讨论，从这里找就可以了。电脑里也备了份，就在桌面的设计草稿文件夹里，一稿、二稿——”

“有问题我会给你打电话。”沈靳打断了她的话，看向她，“你自己先安心养病。”

夏言耸了耸肩，应承下来，看电脑时间已经来到下午六点，很利落地关了电脑，拿起包包：“我先下班了。”

沈靳也关了电脑，站起身：“一起吃个饭吧。”

夏言有些为难：“今天恐怕不行，我已经和别人约了。”

沈桥好奇地插了句嘴：“谁啊？”

“就——”她还没说名字，程谦的电话很适时地打来。

夏言拿过手机，将手机屏幕转向两人。

“程总。”她说，“上次程总救我和王叔的事还没谢他。”

侧过身，夏言接起电话，冲沈靳和沈桥挥了挥手：“我先走了。”

沈桥看向沈靳，却见沈靳的视线已经转向窗外。

窗外是马路，一辆黑色劳斯莱斯正缓缓停靠在公司园区大门口。

沈桥认得那车，程谦的。

沈桥想起夏言刚才交接工作的仔细劲儿，心剧跳，担心地看向沈靳，微动着嘴唇小声问：“二嫂……不会是被紫盛挖走了吧？”

沈靳没说话，只是盯着楼下停着的车。

没一会儿，夏言的身影出现在他的视野中。

程谦下了车，倚在车门上，冲夏言招了招手。

夏言走了过去。

两人不知说了什么，程谦开了副驾驶座的车门，夏言的背影看着有些拘谨，自己拉开了后座的车门，弯身坐了进去。车子慢慢驶离。

沈桥也将这一幕全部收入眼中，惊疑不定地看向沈靳。

沈靳已经收回视线，在座位上坐了下来，俊脸上依然是那副波澜不惊的平淡表情。

沈桥读不懂，只能试着找突破口，刺探：“二哥，你有没有觉得，今天二嫂看到林雨时的样子不太对劲啊？”

沈靳终于抬头看他：“她们两个以前有过什么过节吗？”

沈桥茫然地摇头：“应该不会吧，二嫂不像是会和人结怨的。那个林雨看着也不像是会生事的人，人看着挺单纯腼腆的。而且她们两个虽然是一个学校的，但似乎没有过什么交集。”

“是吗？”沈靳嗓音淡淡的，听不出情绪。

沈桥又忍不住看向他：“我感觉……二嫂是不是不太喜欢林雨，是不是女孩子间……”他试着斟酌用词，“那种本能的防范？林雨是你招进来的，二嫂担心林雨威胁了她的地位？”

沈靳想也没想便否了他：“不是。”

“可是——”沈桥皱眉，也解释不上来夏言看到林雨时突然僵硬的神色和身体。

他为难地看向沈靳：“那这个林雨——”

“先留着看看。”沈靳淡淡地道。拿起桌上的车钥匙。

回了家，他像往常一样吃了饭，在阳台的摇椅上坐下看书，但心境总没法像之前般沉浸到书里，反而不时往隔壁的阳台看一眼。

纪沉值夜班，屋里黑着灯。

沈靳不知道夏言今晚是回这边，还是回她父母的家，晚上十点多看对面屋里的灯还没亮便有些心神不定，拿过手机，下意识地想给夏言打电话，手指刚划开屏幕，又停下——他似乎没有身份去追问她的行踪。

手机被放下，他重新拿起书本，平时爱极的文字，此时却一字也入不了眼。

沈靳搁下书，站起身，看了眼隔壁黑乎乎的房子，迟疑了下，给夏言打电话。

没人接，沈靳又给夏言的母亲徐佳玉打了个电话。

徐佳玉很意外于他主动打电话，也很是惊喜，电话刚接通，便与他叨叨个不停。

"那个……妈……"沈靳委婉地打断了她，"夏言回来了吗？"

徐佳玉诧异："夏言不是和你一块儿的吗？怎么了？你们吵架了？"

"没有。"沈靳温声安抚，"她今晚和朋友去吃饭，我以为她直接回你们那儿。没事，妈，我一会儿去接她，你们早点休息。"

挂了电话，沈靳回房换了套衣服，拿过车钥匙，出去了。

电梯里，沈靳试着再拨了一次夏言的电话，电话很快接通。

"现在在哪儿？"沈靳问。看着电梯门叮的一声打开。

夏言的声音同时从手机听筒和电梯对面的大门口传来："回家了啊。怎么了？"

沈靳抬头，一眼便看到了大门口停着的黑色劳斯莱斯，以及同时下车的夏言和程谦。

夏言手机还贴在耳边，侧对着小区，没看到沈靳。

程谦看到了，看了夏言一眼，又看向她身后。

夏言下意识地回头，看到走近的沈靳，客气地打了声招呼："沈总。"

程谦微笑着打招呼："沈总这么晚还出去？"

"没有。"沈靳挂了电话，看向程谦，"看夏小姐这么晚没回来，放心不下，下楼看看。"

程谦笑道："沈总真体恤员工。"他看向夏言，"夏小姐，那我就不送你上去了，你早点休息。”

夏言点点头：“今晚麻烦你了，路上注意安全。”

“好。”程谦应了声，沉吟了下，又对她道，“我刚才提议的事情，夏小姐可以好好考虑一下，考虑清楚了再给我打电话。”

道了声别，他上车离开。

沈靳看着程谦的车子远去，转向夏言：“程谦打算把你挖过去？”

夏言也不隐瞒，很坦然地点头：“他是有这个意思。”

晚上吃饭时程谦确实有问过她是否有兴趣去紫盛工作。原本程谦约她吃饭她还有些忐忑，不明白程谦怎么会突然注意起她来了，今晚听他提了工作的事后，夏言心里一下坦然，估摸着是她展会上的那套作品入了程谦的眼，他想挖墙脚。

“你的意思呢？”沈靳问。与她一道往电梯走，面色一如他的嗓音，平淡如常。

夏言摸不准沈靳的心思，将问题反扔给他：“沈总觉得我应该什么意思呢？”

沈靳看了她一眼：“我的意见对你而言重要吗？”

夏言偏头想了下，然后摇摇头：“不重要。”

沈靳视线在她脸上定了定，她的面色平静如常。

对于他，她有恃无恐。

偏偏，他得哄着她的有恃无恐。

“夏小姐，”电梯门关上时，沈靳冷静地出声，“‘遇鉴’是我们共同打造起来的品牌，它所背负的未来，缺了我们任何一个都不行。它才刚起步，还能成长得更好，如果可以，我希望你能留下来，一起把它做大。”他的目光缓缓落在她的脸上，“我不希望你抛弃它。”

夏言没想过要抛弃它，那是她的心血和期许，她舍不得拱手让人，她只是需要时间，让自己彻底从过去剥离出来。

她不断告诉自己，此沈靳非彼沈靳，此林雨也非彼林雨，她也不再是以前的夏言。除了共事关系，她和他们不会再有任何牵扯。

眼睑微微垂下，又抬起，她眼神清明冷静："我知道。"

电梯门开，她率先出去了。

她开门想要进屋时，沈靳的手抵住了门板。

夏言扭头看他："沈总还有事吗？"

沈靳看着她，眼神复杂。

有事吗？他反问自己，没事，只是似乎有某些东西突然间要失去了。

夏言冲他微微一笑："没事我先休息了，你也早点睡。晚安。"

她关上了门。

夏言一夜没怎么睡着，把关于那个夏言和那个沈靳的记忆从大脑中拔除，抽筋剥骨地痛。

第二天她没去上班，她有两天假期，连着周末，有四天。

习惯了忙碌和上班时与沈桥、徐菲他们肆无忌惮地嬉笑打闹，突然闲下来，她有点无所适从。

"遇鉴"也好，沈桥、徐菲也好，他们给予她的充实、满足和快乐，都是她上辈子没办法体验的美好。她已经因为沈靳、林雨死过一回，不想再因为他们，让好不容易得来的人生重新变得贫瘠荒芜。

一夜没睡，所以她起得尤其早，很早便出了门，赶着楼下早上六点钟的公交车，看晨光里，她看了两世的城市。

她刚上公交车手机便响了，是沈靳打过来的。

夏言不知道沈靳怎么会这么早给她打电话，兴许是她的开门声惊醒了他，他基于对下属的安全考虑给她来了电话。

夏言觉得，她现在是休假期，有权拒绝领导的任何电话。

她挂了他的电话，给他回了条信息："沈总，我现在是休假中，有什么事回去上班再说。"

然后她关了机，坐在公交车里，看着东边日头渐渐穿破晨雾，伴着微风，心境很平和，也很平静。

上午十点多时夏言去了汽车客运站，买了去罗良镇的汽车票。到镇上时中午十二点多，请了辆三轮车，去了离镇上不远的曹家屯，她外公外婆家。

家里就只有她小舅一家和外公外婆在。房子很大，村前坡三层小洋楼，洋楼周围被铁栅栏围成了很大的院子，前院栽了不少果树，后院还辟了块菜地和养鸡场。

夏言进去时她外公正在树荫下下棋，邻里都爱来这里，树荫下坐了不少人。

“外公。”夏言叫了他一声。

正拈着颗棋子的老人闻声抬头，手扶着眼镜一看，笑容跟着展开：“言言？怎么回来了？吃过饭了吗？”

他把手中的棋子搁下，边吆喝着旁人替补上，边站起身朝夏言走了过去，步伐稳健，身体硬朗，完全没有这个年纪的老态。

“刚吃过了。”夏言手亲切地挽上老人的手臂，“好久没见您，想您了。”

她甜甜软软的声音哄得老人家眉开眼笑。老人家偏要佯怒，手指轻轻戳了下她的额头：“骗谁呢？”

“我是真的想您。”夏言信誓旦旦，说完自己先憋不住，噗的一下笑了，额头又迎来她外公的指头。

夏言自小没少在这边住，很多手艺都是她外公教的，与老人家感情深厚。难得回来一次，老人家心里高兴，把人招呼进屋后便开始招呼夏言的外婆，让准备吃的，生怕饿着了她。

“听你妈说，你结婚了？”将切好的水果递给夏言，夏言的外公突然问道。

夏言正喝着茶，冷不丁被呛到。

一张纸巾被递了过来，伴着轻斥：“小心点，急什么，外公又不是怪你。”

夏言拿着纸巾擦了擦嘴，搁下杯子，转开了话题：“那个……外公，你有没有看最近的新闻啊？”

老人皱眉：“什么新闻？”

“就是那个关于国际家居设计展的新闻。”夏言拿出手机，打开微博搜了个视频，将手机屏幕转向他，“就是这个，看到了吗，有我呢。”

老人一听有她，马上取过手机，将刚摘下的眼镜重新戴上：“在哪儿？在哪儿？”

看到视频上的夏言时，老人乐了："还真是你！小丫头出息了哈，都上电视了。"

夏言抱着他的手臂："是外公教得好。"

老人家专注地盯着她那套作品，连连点头："嗯，不错，不错。"他扭头看夏言，"都是你设计的？"

夏言点点头："对啊，我和我们老板一起设计的。我们这套产品拿了几千万元的订单。"

夏言说着朝他比了个数字。

老人家一愣，笑得更开："出息了，真的出息了。"

夏言被夸得不太好意思："外公，您别这么夸我，我会骄傲的。"

她这话换来脑门落下一记轻弹。

"外公允许你骄傲。"

夏言摸着被弹到的地方，抿着唇看着有些惆怅："这可骄傲不了，订单量太多，出不了货了呢。"

老人眉头一皱，收起笑："真的假的？"

"真的。本来请了王叔过来坐镇，让他负责原材料打磨加工这一块，没想到王叔出了事。"夏言把王叔的事大致提了提，"现在王叔没办法过来，一时间也找不到合适的人手，整个工期都耽搁下来了。"

夏言说着抬头看他："外公，您能不能来帮帮我？"

夏言刚说完，脑门又挨了一记敲。

"绕了一大圈，原来是为这个事来的。"

夏言不敢否认："我也想每天见到您嘛。您看，您自从回村里住后，就哪儿也不去了，想见您一面还得颠两个小时的车才能到。我身体又不太好，也没办法老过来看您……"

夏言一打感情牌她外公就受不住，连连叫她打住。

"外公，您不是老担心把这一身手艺带进了棺材没人继承吗？您看，在村里也招不到愿意学这个的人，大家都一心想着进城打工，有几个人还有耐心学这些老手艺？但是您进了公司就不一样了，整个部门由您管控，底下一批刚招进来的新老手艺人，都是一心要学好手艺的，您可以把您的一身好手艺都教给他们啊……"

"好了好了,再说下去你该卖惨了。"老人打断她的话,"我先考虑考虑。"

夏言没催他，在这边待了四天。周日本来是要回去的，没赶上镇上回城里的车，干脆多待了一天，给人事部发了条信息请假。

沈靳到公司时已接近上午九点，人刚踏进设计部，刚好沈桥抱了沓资料从里面出来。

"夏言来了吗？"沈靳问。

沈桥摇头："没来。"

看到沈靳眉心轻蹙起，沈桥压低了声音担心地问他："不会真不来了吧？"

她这几天手机关机，一直联系不上，沈桥心里真没底。

沈靳没说话，掏出手机，给夏言打电话。

电话通了，但没人接。

沈靳将手机摁断，扔回桌上："我去开个会，一会儿她人到了叫她去会议室一趟。"

沈桥心惊胆战地看向桌上的手机，连连点头："好。"

早上是高层会议，由沈靳和沈遇、老四几个，以及各部门经理参与。

会议中的沈靳有些心神不宁，想起周三晚上电梯里，夏言沉默过后看向他的眼神,和周四早上六点她出门的声音,以及她手机关机前留下的短信。

"二哥？"桌上响起轻叩声。

沈靳抬眸，看向敲桌的老四。

老四下巴往门口微微一点："老六找。"

沈靳倏地起身，也不管其他人诧异的眼神，转身出了门。

"人来了吗？"沈靳问。

老六摇头："夏言没来，不过楼下来了位自称是曹华的老人，说有事找你。"

"曹华？"沈靳拧眉，"人现在在哪儿？"

沈桥道："楼下休息室呢。"

沈靳到休息室时里面只有曹华一个人在，正坐在桌前喝茶，手里拿着本杂志在翻着。

沈靳刚推开门他已抬起头来，手扶着眼镜，打量着沈靳。

曹华是真真切切地打量，目光慢吞吞地将他从头到脚，再从脚到头，仔仔细细地打量了个彻底，毫不遮掩。

沈靳几年前见过他，他看着健朗依旧，确系本人。

“曹老先生。”沈靳客气地打了声招呼。

曹华搁下杂志，站起身，眼神依旧带着打量。

“你就是沈靳？”他问。

沈靳点点头：“是我。”

而后沈靳看到他眼神里的打量更重，带着研判，像在评估什么。

他的表现、他的突然造访，都透着古怪，一种沈靳说不上的古怪感。

“曹老先生。”沈靳出声打断了他的深思。

他未及往下说，曹华已摆手打断了他：“沈先生，听说你们公司最近在招手工艺师傅，像我这种一把年纪的，不知道还能不能应聘？”

“……”沈靳心思一下转了过来，微笑道，“公司就需要曹老先生这样的大师坐镇，曹老先生如果愿意屈就，是我以及整个公司，乃至整个行业的荣幸。”

他回头冲门外的沈桥吩咐：“老六，把老五的办公室隔壁的套间整理出来，给曹老做办公室兼休息室——”

“不用麻烦。”曹华打断了他的话，“我的办公室挨着沈先生的办公室就好，最好是能看到门口，方便交流。”

他的意思是同意留下来了。

沈靳从善如流，朝沈桥吩咐：“就依曹老的意思办，把设计部对面的办公室腾出来，找人整理一下。”

曹华入职安城实业的消息一个上午便传遍了整个公司。因着前些天开会沈靳提起能顶替王叔工作的几个人时特地提了曹华这个人，而且把他的能力造诣和艺术成就拔得很高，他的形象在公司里就是谜一样的隐世高人。如今这位高人突然下到凡尘来，主动到公司谋求职位，整个公司一下轰动了，员工纷纷挤到设计部门口围观这位传说中的高人。

老爷子不仅人看着年轻，心态也年轻，看到大伙拥来，还热情地一一打招呼，把人请进办公室，拉着一块儿闲聊，全无架子。

沈桥就在设计部门口，和沈靳一起看着对面办公室里的热闹，有些纳闷："这曹老和传说中不太一样啊，不会是个假冒的，专门坑蒙拐骗的吧？"他说着扭头看沈靳，"二哥，验明正身没有啊？"

"没必要验。"沈靳看了眼对面的热闹，看向他，"夏言还是没消息？"

沈桥摇头："没有。"

沈靳沉默了会儿，又拿起手机，给夏言打电话。

电话还是通的，只是没人接。

他给她留了条短信："看到信息回我个电话。"

他等了半个小时没有等到回电，那边徐菲、林雨几个已经从曹老的办公室回来。

沈桥好奇心重，问道："怎么在那边待那么久？曹老人怎么样，都找你们聊啥了？"

"聊沈总啊。"徐菲嘴快地接话，"曹老对沈总可感兴趣了。人挺幽默的，没有什么架子，和我以为的高人完全不一样。"

沈桥揶揄地笑道："不会是家里还有个没出嫁的女儿，曹老看上我们沈总了吧？"

"说不定真就是那样。"刚过来的老七接过了话茬，"想想，一个几年没音讯的隐世高人，突然跑到你的地盘告诉你要为你打工，这不诡异吗？"

"对对对。"沈桥附和，冲沈靳挤眉弄眼，"二哥，艳福不浅呢。"

却见沈靳偏着头，面无表情地看着他们。

"都闲着没事干是吧？"沈靳开口，站起身，手指了指夏言的座位，"把她给我找回来，她旷工一天，你们按三天算。"

沈桥："……"

老七："……"

众人作鸟兽散，除了林雨。

她手里拿着刚设计好的作品，有些忐忑地看向沈靳，欲言又止。

沈靳看向她："有事？"

林雨迟疑了下："沈总，这是我这几天设计的产品，您看一下……"

"东西先搁着。"沈靳拿起车钥匙，"产品设计目前由夏言全权负责，为避免不必要的时间浪费，下次出作品前最好先和她提前沟通。设计什么样的产品，她来定。"

说完他转身出了门。

沈靳也说不上是什么感觉，心里堵得慌，没来由地焦躁，一时半会儿也没办法进入工作状态，想趁这个时间去夏言家一趟，看看到底是怎么回事。

人进了电梯，他习惯性地打夏言的电话。

电话那头依旧是熟悉的手机铃声，陈奕迅的《十年》。她的手机铃声一直是这个。

旋律一阵阵地走过，电话依然是无人接听的状态。

电梯门开，沈靳狠狠地摁掉电话。长腿迈出电梯，抬头，脚步顿住，眼睛死死地盯住门口逆光小跑过来的娇小身影。

夏言一边抬腕看着表，一边将肩上滑下的包往上拽，匆匆往电梯赶。距离下午班还有两分钟，她想赶上这两分钟打卡。

头发因为她的匆忙凌乱地披下，遮住了大半的视线，她直直地撞上一堵人墙。

手伸入刘海儿将头发拨向身后，夏言困惑地抬头，撞上一张面无表情的俊脸。

"现在几点了？"沈靳出声，声音清清冷冷的。

夏言低头认错："对不起，我迟到了。"

沈靳道："怎么不接电话？"语气依然硬邦邦的。

夏言困惑了下，拉开包，掏出手机，看到那一串的未接来电，有些歉然："不好意思，我的手机静音了，我没留意到。"

沈靳看向她："有事不能来就不能打个电话告知一声？"

"……"夏言迟疑着指了指人事部，"我……和人事部请假了……"

沈靳：“……”

沈靳看向已经混到前台的沈桥：“沈桥，你过来。”

被直呼大名的沈桥头皮发麻，刚在楼上被轰下来找人，又撞枪口上了。

“二哥……”沈桥硬着头皮靠近，“什么事啊？”

沈靳道：“夏言向人事部请假了怎么不说？”

沈桥有口难言：“人事部没和我说啊。”

沈靳道：“人事部不说你不会去问？”

沈桥不敢吱声，这是迁怒，赤裸裸的迁怒。

沈桥小眼神偷偷瞥向夏言：救我。

夏言自觉对不住沈桥，轻声替他求情：“这事和老六没关系，是我的问题。”

沈靳转向她，看着她一字一句地道：“夏小姐，和你交接工作的是你的上司，不是人事部，下次有事请假，请直接和上司联系，行吗？”

夏言哦了声，低垂着头，低眉顺目的，虚心接受的模样。

沈靳心更堵，长吸了一口气，又缓缓吐出，声音终于冷静下来：“先上去吧，如果累了就先回家休息。”

夏言摇头：“我没事。”

她跟着沈靳一起回了办公室。一进来里面的人一个个跟见了鬼似的，瞪大了眼睛看她，盯得夏言心里发毛。

“你们……怎么了？”

徐菲先反应过来，一下子兴奋地过来抱住她：“夏言你终于回来了，还以为你走了呢。”她说着说着还带了鼻音。

其他人也跟着围拢过来，都是一起打拼的同事，抱着她又笑又跳，嘘寒问暖。

夏言不知道她请几天假而已，怎么会闹出这么大的误会，也不大习惯这阵仗，僵直着身体任由他们抱，也不敢问怎么会误以为她不回来了。询问的眼神看向沈靳。

沈靳只是面色淡淡地看着她，任由众人拉着她闲扯。

抱过后的徐菲打开了话匣子：“夏言，你不知道，你离开的这几天咱们公司发生了多大的事。”

“曹老加入咱们公司了。”

“讨厌，程剑，你就不能不抢我的话？”

“你们两个，这有啥好争的呢？夏言，你不知道，曹老出现的方式也和他人一样，传奇着呢……”

“夏言，你还没见过曹老吧，他人可好玩了，一点架子也没有……”

七嘴八舌里，夏言看着他们口中的曹老正缓步朝她走来，偏着头对她一脸打量。

夏言：“……”

“曹老。”

“曹老。”

……

其他人纷纷打招呼。

曹老看着夏言：“你就是那个设计师？”

“……”夏言一头雾水，愣愣地点头，“嗯……”

然后夏言看着他朝她伸出手：“你好，我叫曹华，刚入职的新员工，以后多多指教。”

夏言：“……”

看着横在眼前的那只手掌，她一脸茫然。

徐菲当她惊喜过头了，悄悄拉了拉她的手：“大师要认识你呢。”

曹老抬头看向沈靳：“沈总，你这小设计师有点傲啊。”

沈靳看了他一眼，又看了眼夏言，而后笑着看向他：“她一直很仰慕曹老，经常在我面前提起您，突然看到偶像，一下子激动了。”说着他安抚地拍了拍她的肩。

夏言尴尬地扯了扯唇，笑不出来，询问的眼神转向曹老。

曹老笑得一脸和蔼：“丫头，别这么看我，会折寿的。”他又道，“以后大家都是同事，你和大家一样，叫我一声曹老就好，不用客气。”

夏言：“……”

旁人小声提醒：“夏言，叫曹老。”

夏言好一会儿才勉强憋出三个字："曹……曹老……"

曹老一脸满足，主动与她握了握手："很高兴认识你。"

夏言并不觉得与曹老可以用"很高兴认识你"这样的开场白。昨天晚上还一脸为难地告诉她去不了，老骨头折腾不起，一大早却没了踪影的人，突然摇身一变成了她的同事，还一副和她不熟的样子。

她不知道老头子葫芦里卖的什么药，脑子里一团糨糊，等反应过来时，人已经稀里糊涂地被他将这件事带了过去。

众人各回了各的座位，开始忙工作，除了林雨。

林雨是新人，性子和夏言有些像，也不是那种爱闹的人，刚才众人热闹时她只是局促地站在一边看着，不大融入得进来，众人散去后，才腼腆地过来和夏言打招呼。

活了两世，林雨也曾在她的生活里至关重要过，但夏言几乎从没好好打量过林雨。

上一世的人生里，夏言听到的关于林雨最多的评价便是像她，容颜像，气质像，行为举止像，连性子也像，只是林雨比她要合群一些。

她们站在一起时，很多人说像姐妹。刚开始夏言确实惊讶于世上有这么像自己的人，也欣喜于这种相像，她将之理解为缘分。

后来在越来越多的闲言碎语里，林雨俨然成了沈靳找来的替身，等着她哪天再也醒不过来时，林雨便顺理成章地成为另一个夏言，然后在童童还不懂事时，顺理成章地成为童童的母亲。

如果事情真的如众人闲话的那般发展，夏言是要感激林雨，又为林雨委屈和不值的。每个人都是独立的个体，没有谁应该活在谁的阴影里，然后丢弃了自己，成为那个人。

然而她所听来的事实并非按照她替林雨委屈的方向发展，林雨是看不起她的，看不起她的软弱无能，看不起她对沈靳的拖累，也看不起所有她与自己相似的特质。林雨恨不得她早点断气，自己早点取而代之。

她们两个人说不清到底谁像谁，谁先认识的沈靳，是沈靳在她身上找林雨的影子，还是从林雨身上找她的影子，又或是，仅仅是巧合。

夏言不知道。前一世的她懦弱到明明介意这个问题，却从不敢主动和沈靳谈起这个问题，更别说理直气壮地问他，把一个和她相似的林雨放在身边到底是几个意思，他和林雨到底有没有不正当男女关系。

前几天乍看到林雨时涌起的不适在几天的沉淀后已经被彻底压了下来，此刻面对林雨的主动打招呼，夏言已能平静地回应，不热忱，但也不至于冷淡到有敌意。

借着打招呼的短暂时间里，夏言打量了林雨一圈，除了两人都留了同样的黑长直和相似的脸形，以及偏内敛的性子，她并没有觉得两人有多像。

夏言估计，是重走这一趟，她的心境变了些，精气神也跟着变了些，也可能是一开始的林雨确实没那么像她。

夏言没去深究这个问题，但是并不是很喜欢再留着与林雨一模一样的发型。

晚上下班后，夏言去了美发店，将留了二十多年的黑长直剪了，换了个几年后才开始流行的学生 Bob（波波）头。齐眉空气刘海儿配齐脖短直发，染了个栗色，意外地显年轻和学生气。

这还是夏言第一次换发型。

她的身体虽不好，但发质却格外好，好到以前的她舍不得让它们去碰任何化学药品。另一个原因是，以前的她确实过于腼腆羞涩了，羞于去改变并以改变后的容貌出现在熟人面前。

尝试过后，夏言很喜欢自己的新发型，清新干爽，少了长发的累赘，整个人都轻盈许多，心情也变得轻盈。

夏言在这种愉悦的心情下回了家，在家门口遇到了出门扔垃圾的沈靳。

夏言心情好，还主动与他打了声招呼：“沈总。”

却见沈靳只是定定地看着她，像在确认什么。

夏言只觉莫名其妙，没去理会，掏出钥匙开门。

沈靳弯身搁下手中的垃圾袋，看向她：“怎么把头发剪了？”

“太长了，洗护麻烦。”轻软的嗓音里，夏言拧开了锁，与他道了声晚安，关上了门。

楼道重归安静。

楼道的灯灭了，又亮起。

刚出电梯的纪沉被灯影里的高大人影吓了一跳，看清是沈靳时松了口气：“沈总，大晚上的，守着堆垃圾做什么？”

沈靳低头瞥了眼脚边的垃圾，抬头看向纪沉时面色清淡如往常：“没什么。”

他只是……走神时间长了些而已。

淡淡的遗憾在他心头弥漫，几天前那种仿似失去了重要东西的感觉更重。

失去了什么，他不知道。

夏言的新发型在办公室掀起不少风浪，有人喜欢，有人遗憾，但喜欢也好，遗憾也好，都随着时间推移渐渐变成了习惯。

工作还在继续，曹老的坐镇让整个厂区工作正常运转起来。

他负责原材料的抛光打磨和加工。不只他一人过来了，还带了一批他当年的学生和老伙计，个个都是行业里的扛把子，很多都是迫于生活压力退出了这行，如今又重回了这行。

早在曹老加入公司的第二天，借着国际家居设计展和江熠所带来的关注度，在公司品牌部刻意的运作下，曹老作为“遇鉴”品牌的最后一张王牌被推出。隐退多年的藤编工艺老艺术家亲自参与“遇鉴”产品生产的消息不胫而走，掀起了另一轮的订单高潮。

为避免过度消费以及厂区员工过于疲累，沈靳限制了订单数额，限量出售，无形中推高了“遇鉴”的品牌格调，一时间风头大盛，盖过了被誉为龙头的紫盛。

刚拿到市场部监测数据的宋乾气得一把将报告甩在了市场部经理的脸上。

程谦刚进来，看着那份报告砸在市场部经理的脸上，而后慢慢滚落在地。

他弯身拿起，扫了眼，扔回桌上。

宋乾在底下人面前狂，在程谦面前还是带着几分惧意的，一声“程总”后，唯唯诺诺地站起身。

程谦背倚着办公桌站定，回头看他：“王叔是你找人打的？”

宋乾偷眼看程谦，摸不准他这话的意思。

程谦冷眼看着他："是或不是？"

宋乾好半晌才支吾着应了声："……是……"

程谦顺手拿起刚刚他砸市场部经理脸上的报告，啪的一声狠狠地砸在他的脸上："滚。"

赶来看热闹的程让愉快地吹了声口哨："哟，这唱的哪出戏呢？"

宋乾不敢吱声。

程谦没理他。

"我回来前最好给我个理由。"程谦起身，"否则给我卷铺盖走人。"

说完程谦没再理他，出了门。

程谦去了医院，去看王叔。

自从怀疑是宋乾指使的后程谦胸口就憋了把火，烧得厉害。

王叔是他想请来的人，夏言是他想笼络的人，两人关系匪浅，宋乾这一闹直接得罪了俩。这事要是被曝出，摆明了把两人更往沈靳身边推。

程谦到医院时不意外地遇到了同去医院看王叔的夏言。

她清新的齐脖短发让程谦眉梢微微一挑："这个发型很适合你。"

"谢谢。"夏言微笑着道谢。

那天晚上一起吃过饭后，她与程谦的距离感少了些，但依然算不得特别熟。

他和沈靳是一类人，只是心思更为深沉些。

她今天过来只是单纯地来看看王叔，程谦也是。

王叔身体容易疲累，陪着聊了没多久便撑不住了。

夏言和程谦不好打扰，一块儿离开的。

"去哪儿？我送你一程。"走到医院门口的停车处，程谦拉开了车门，说道。

夏言不太好意思坐他的车："不用麻烦了，我打车就行。"

她想去门口拦车，程谦已经走了过来，拉开副驾驶座的车门："这个点儿车不好打，我反正没什么事，顺路而已。"说着他推着她上了车。

顺路的结果是，夏言被迫和程谦一起吃了顿晚饭。

程谦不强迫人，也不会为难人。

夏言从认识程谦开始，他一直是绅士有礼的，只是就是因为太过于尊重人了，让人拒绝起来似乎都显得过于拿乔。

夏言估摸着程谦突然对她热忱起来是为着劝她跳槽去紫盛，因此在餐桌上时，夏言很委婉地向程谦表示，她暂时没有换工作的打算。

没想到程谦只是微微一笑："我很感谢夏小姐的诚实，夏小姐想在哪儿工作就在哪儿工作，这种事强求不来。我只是单纯欣赏夏小姐的才华和作品。在我们这行打拼的，多少对这些不大时髦的文化带着点情结。说实话，我是羡慕夏小姐的。"

夏言困惑地看他，不知道自己哪里有值得羡慕的点。

程谦道："羡慕夏小姐对手工艺的天分和才华。"

"谢谢程总。"夏言不大好意思，"只是份工作而已。"

"夏小姐不必谦虚，其实你我都知道，我们都不只是把它当成一份工作。"程谦端起酒杯，"夏小姐再好好打磨几年，一定会在这一行业大放光彩的。这一行就需要夏小姐和沈先生这样的人才。"

酒杯微倾向她，程谦开口："做不成同事，不知道夏小姐愿不愿意交个朋友？"

程谦的客气让夏言不好拒绝，她也端起酒杯与他碰了下："程总您别折杀我，能被程总欣赏是我的荣幸。"

酒杯移到嘴边，夏言迟疑了下，很微小的动作，还是被程谦看了出来。

他伸手端过她的酒杯："不能喝酒就别勉强。"

他抬手叫服务员换了杯果汁。

服务员热情，果汁端上来时，不忘笑着说了句："你男朋友真体贴。"

程谦看了她一眼："你误会了。"

拍错马屁的服务员笑容僵住，尴尬地搁下果汁。

"这家餐厅注重服务质量，员工对客人都相对热情些，偶尔会看错，你别放在心上。"程谦淡淡地解释。

夏言有些意外于他的体贴和细心，这种细心不只是照顾到对方的饮食禁忌，连对方的心思都照顾到了，避免了不必要的尴尬。

"程总的女朋友一定很幸福。"夏言笑道。

程谦道："我没女朋友。"

夏言一下有些尴尬。

"这几年工作比较忙，也没什么心思恋爱，拖着拖着就到了这个年纪。"程谦解释，说着看向她，"夏小姐有男朋友了吗？"

这个问题夏言有点难回答。

她没男朋友，但是稀里糊涂领证了。

程谦看她笑容尴尬，当她在为难，试探地问了句："是沈总吗？"

夏言下意识地摇头："不是不是，我没男朋友。"

夏言生怕真被误会她和沈靳是情侣，到时传到了沈靳耳里，她面对沈靳会更尴尬。

程谦笑了笑，没再追问。

这一顿饭吃得比较放松，程谦不像夏言刚认识他那会儿那般冷漠和难以接近。几次接触下来，夏言发现程谦也是挺随和健谈的一个人，没什么架子，只是他的社会地位与他的气质、五官给了人那样的错觉。

饭后程谦顺路送夏言回家。

第二天还要上班，他送她回的公司附近的家。

夏言回到家门口掏钥匙开门时隔壁的房门开了，沈靳又出来扔垃圾。

夏言发现沈靳这两天扔垃圾似乎勤快了些，每次都刚好在她开门的时候出现。

"沈总。"夏言还是礼貌地打了声招呼。

沈靳搁下垃圾袋，看向她："不是早下班了吗？怎么这么晚才回来？"

夏言道："去医院看了看王叔，遇到了程总，一起吃了个饭。"

沈靳了然地点点头："你最近似乎和他走得有些近。"

有吗？夏言偏头想了想："就……吃了两顿饭而已吧。"

沈靳不做评价："现在有空吗？"

夏言迟疑地看他："怎么了？"

沈靳道："你最近又是请假又是早退，很多工作耽搁了进度，有些问题需要讨论一下。"

夏言往他屋里看了眼，客厅里摆了不少没加工过的藤条，大小形状各异，品类不同，沈靳显然还在忙工作。

她迟疑了下，点点头，进了沈靳家。

沈靳把门关上："这些都是目前市面上比较受推崇的藤条品种。每个品种经过去疤结，拣洗晒拉刨打磨漂白上色后，耐受性和韧性、着色效果都不一样，呈现出的成品档次也不一样。

"虽然我们一直强调技艺优先，但原材料选择上也不能大意。目前我们的第一款产品用的是玛瑙藤，作为高端藤木家居的首选材料，它本身也符合我们的品牌定位，但相对地，几乎所有高端品牌都选择这一款，我们的产品在其中也就失去了独特性。

"我们要打造的是我们品牌的不可取代性，是我国传统工艺的再呈现，我希望我们的产品不只是保持设计风格和工艺上的独特性，原材料的选择上也是独一无二的。"

说话间沈靳已走到冰箱前，取了瓶牛奶，转身放入微波炉，回头看夏言还站在一边看他，冲她压了压手，示意她先坐下。

夏言依言在沙发上坐了下来，随手拿起几根藤条，试着掰了掰，问他："有适合的品种吗？"

"我们不要市面上的品种。"沈靳将热好的牛奶端了过来，递给她，"我们自己开发。"

他也在沙发上坐了下来。

夏言注意力都在他的话里，他把牛奶递过来，她也自然而然地接了过来。这于她是本能的一个动作，以前和沈靳的婚姻里，他习惯性地给她热牛奶，她也习惯性地接过，然后喝完一大口，又习惯性地交给他。

杯子重新回到沈靳手上时，沈靳怔了下，看向她。

"……"反应过来的夏言默默地将手伸向那只杯子，"那个……不好意思，我来拿吧……"

她的手没碰到，沈靳弯身将牛奶放到了茶几上。

夏言视线顺着那只手，看到了茶几上随意搁着的小红本子。

她一下想起前一阵沈靳拿去办公室交给她被沈桥撞见的事。

沈靳视线也跟着她的视线落向茶几上的小红本子，停了停，又漫不经心地开口："夏小姐刚才把杯子递还给我的动作似乎练习了千百次。"

夏言直接跳过了这个话题，看向他："沈总，我们自己怎么开发呢？自己进山找藤吗？"

"就是自己进山找。"沈靳视线落在她脸上，"安城山多森林多，西边是大片没开发过的原始森林，本地的气候条件是最适合藤条生长的。安城找不到就去云省找，偌大的国家，总有一款适合我们品牌的藤蔓。"

夏言若有所思地点点头："所以……沈总您找我来，是要我和您一起进山挖藤？"

她的话音刚落便换来沈靳淡淡的一瞥："夏小姐拿得起斧头？"

夏言不说话了。

沈靳身体倚着沙发靠背缓缓靠了下去，换了个很放松的坐姿，这才看向她："干活的事轮不到你，但找藤这事不能少了你。你从小接触这些，相对比较了解藤条的柔韧度、色泽，以及洗晒打磨漂洗加工后，它们的韧性还剩多少，可用性怎么样。况且你是设计师，你的作品需要考虑的不只是风格技艺，哪些藤条材料经过怎样的加工工序能最大限度地达到你的作品要呈现的效果，也同样需要考虑。"

他语调认真缓慢，夏言不自觉地被他带入工作状态，轻轻点头。

"接下来一段时间，我们的重点是在开发原材料上，可能得麻烦你和我一起进山。"沈靳看着她，缓缓地道，"身体受得住吗？"

夏言略一沉吟，爽快地点头："好啊。"

以前出于身体原因，家里也管得严，她不只没离开过安城，连山里都鲜少有机会去，她喜欢这种外出机会，只是……

"那暂时不推新产品吗？"夏言皱眉问，"第二款产品……"

"第二款产品我在你那天设计的基础上做了小幅改动，不做主推，并入'家·天空'系列。"沈靳缓声为她解惑，"我们主推的产品以代为节点，不以款为节点。每一代产品的侧重点不一样，第一代是在家居理念上挖掘卖点，第二代在原材料和技艺上花心思。别把重点搞偏了，我们做的不是家居，是传统手工艺品，只是将传统手工艺品搭载在家居背景里推广而已。

藤艺只是起步。”

夏言了然，点头：“好，我知道了。”

事情谈完，房间里的人一下陷入沉默。

沈靳弯身端起茶杯，不紧不慢地喝茶。

夏言一下子也不知道该找什么话题聊，视线又被桌上的小红本子吸引过去，迟疑了下，弯身拿起。

“你最近和程谦怎么熟稔起来了？”沈靳突然出声，依旧是不紧不慢的语气。

“聊得多了就熟了吧。”夏言低头翻着那本结婚证，看到盖着钢戳的照片时怔了怔，然后合上，冲他晃了晃，“沈总，这个东西是不是该处理掉了？”

沈靳若有所思：“找男朋友了？”

夏言：“……”

她没想过这个问题，不过确实可以找了。

“有合适的可以试试。”她说。

沈靳看向她：“夏小姐有人选了吗？”

夏言道：“如果我说是，沈总会帮我忙吗？”

沈靳道：“谁？”

夏言抿唇，和这个男人讨论这个问题没意思。

她搁下结婚证，站起身：“我先回去了，工作的事明天再谈吧。”

沈靳瞥了眼那东西，伸手拿起，翻开看了眼，沉默了会儿，又合上，扔回桌上。

“你爱他吗？”他问。

夏言觉得从沈靳口中听到“爱”这个字眼很违和。

“沈总知道什么是爱吗？”她问，忍不住想笑，“沈总爱过人吗？”

问完她自己都觉得荒诞，他懂不懂爱，爱没爱过人，和她有什么关系？

他和她结婚五年，孩子都生了，但他们的婚姻里从来没有爱这个东西。

她弯身重新拿起那本结婚证，捏在指肚上，冲他微微一笑：“我很爱他，所以……能不能麻烦沈总，帮我把这桩婚姻解除了？”

沈靳嘴微微抿起，转开了视线，不说好，也不说不好。

夏言一动不动地看着他，等他的答案。

沈靳抬腕看表："时间不早了，你早点回去休息。"

夏言没动，依然维持着捏着结婚证、歪着头仰脸看他的样子："沈总不先给我个答案？"

沈靳看向她的眼睛。

夏言不惧不退地迎视他的目光，逼他给她一个答案。

沈靳平静的眸底倏地起了风暴，手突然狠狠地抓住了她的手臂，夏言被抓着撞上他的胸膛。

她下意识地想退，腰上落了只手，扣住不放，他的另一只手也跟着从她的鬓角滑入发中，牢牢托着她的后脑勺，迫使她仰头。

她惊惧地看着他眼眸的一片黑沉。

"要答案是吗？"

低冷的嗓音里，阴影压下，嘴唇被两片温热的薄唇衔住，夏言眼眸倏然瞪大，看着近在咫尺的黑眸。

沈靳也在看她，黑眸很静，很沉，也很冷。

反应过来的夏言想推开他，腰和后脑勺上的手猝然收紧，唇瓣微疼。他迫使她张了嘴。舌头闯入，她退，他进，激烈，强势，步步紧逼，直至她的呼吸渐喘，他的动作慢慢变得温柔，他抱着她，轻吻浅啄，濡沫交缠，直到慢慢停了下来。

他微合着眼，额头抵着她的额头，气息有些乱。

夏言也在用力喘息着，脑子一团乱，唇上还残存着他的温度。

在这一团乱中，她听到他沙哑的嗓音在耳边低低响起："夏言，是你心甘情愿领的结婚证，我们……"

他的眼眸缓缓对上她的："名正言顺。"

第九章 守候

夏言怔住，脑子还没从那一团乱中恢复过来，但身体已先于理智做出反应，推开了他，转身拿起包，逃离了他家。

房门关上，身体跟着虚软地滑下。嘴唇有些刺疼，沈靳失控吻她的画面一遍遍在她脑海中回放。

那不是沈靳，她认识的沈靳不是这样的，他从来没有这样失控和情绪外放的时候。

他是个极度稳重沉敛的男人，哪怕是在床事上也是中规中矩的，他从没在床上以外的地方吻过她。

他们在夫妻生活上很默契，每一次在他熄灯上床后，她便被他搂入怀中，他翻身把她压在身下，然后低头吻她。

他的吻从来都是极尽温柔缠绵的。

夏言不知道沈靳为什么会突然吻她，这种失控在她和他原本的生活里是不曾存在的，这让她一下子不知道该怎么去面对这种清醒状态下的失控。

第二天在办公室遇到沈靳时，尴尬也随之而来，夏言连眼神也不敢与他相碰。

沈靳还是那个沈靳，平平静静面容沉稳，刚到办公室便给她派了不少工作，一如既往地沉着冷静。

夏言极力让自己也变得稳重，平静而刻板地接受他交代下来的工作。

去找属于“遇鉴”的藤条原材料的计划在会议上得到了一致通过，主动要求去的不少。

沈靳没打算让太多人去，除了曹老带过来的几个老师傅，沈靳只带了夏言、沈桥、老七几个，都是对安城环境地貌相当了解，或是对这一行业相当了解的。

外出人员在会议上定了下来，除了欲言又止的林雨，没有人有异议。

夏言和林雨面对面坐着，大概因为相似的性子，夏言从林雨的欲言又止里读出她是想一起去的，只是性子里的腼腆，让她没办法像徐菲他们一样直接大胆地问能不能也一起去。

会后，所有人都散去后，夏言明显地看到林雨纠结地坐在座位上没动，她估计林雨会私下找沈靳争取。

果然，散会半个小时后，林雨迟疑着过来找沈靳了，但脸皮薄，不太敢让旁人知道，因此几次欲言又止地看向夏言。

夏言面对沈靳所有的尴尬和不冷静在看到林雨后，都很快消失了。

她很识趣地找了个借口出去了，把空间留给他们，出去前顺便替他们把门带上。

门合上前，沈靳的眼眸朝她直直地看了过来。

夏言歉然地低头，把门合上。

过来串门的曹老皱了眉，看向夏言。

夏言客气地打了声招呼：“曹老。”

曹老往关着门的沈靳的办公室看了眼，不太满意：“上着班，关什么门呢？”

像回应他的不满似的，刚关上的房门被打开，沈靳站在门口，一手握着门把，将门拉到最大。

将门固定住时，他往外瞥了眼，视线有意无意地从夏言身上扫过。

夏言摸着鼻子转开视线。

林雨没勇气当着整个办公室的人的面请求沈靳同意她一块儿去，支支吾吾地提了些新产品的见解后神色落寞地出去了。

夏言还以为她就这么放弃了，没想到她纠结着等到了下班后。众人走了她没走，一直小心翼翼地偷看这边，似乎是想等沈靳一起走。

她这种小心思夏言还是能看得出来的。昨晚的事随着工作告一段落重新浮上来，夏言也不大知道私下要怎么面对沈靳，因此利落地关了电脑，冲沈靳说了声“沈总，我下班了”后拿起包就想走。

没想到沈靳也站起身。

“一起走吧。”他说。

夏言刚迈出去的腿一下变得沉重，手抚着额，假装没听到，边很是忙碌地低头整理包边快步往外走，看着像是要赶路。

沈靳也没管她，把电脑关了机，顺手拿起桌上的车钥匙和衣帽架上的西装，一边穿一边跟着她往外走。

林雨也急急地关了电脑，拿了包跟上沈靳的脚步。

“沈总，你也下班了。”林雨主动寒暄，声音柔柔细细的，有些拘谨。

夏言隔得不远，听得清楚，也听到了沈靳淡淡的一声“嗯”。

她没回头，只是径自往前走，但到底还要通过电梯。

等电梯的时候，沈靳和林雨也走到了电梯口。

夏言目不斜视地盯着墙上的显示屏看。

有外人在的时候林雨也不太敢和沈靳套近乎，安安静静地站着等电梯。

夏言从电梯门里看了眼林雨，林雨长发披肩，神态安静平和，怎么看都有点她长发时的样子。

垂眸看了眼自己的短发，夏言突然有点怀念那头伴了自己二十多年的长发。

电梯门叮的一声开了，沈靳手横挡在电梯门前，让她们先进去。

林雨讷讷地道了声谢。

夏言一言不发地进了电梯，低头看手机，然后程谦的信息突然跳了出来：

“下班了吗？”

夏言的手机没静音，程谦的信息过来时带来了嘀嘀的提示音，沈靳就站在她身侧，偏头看了眼，看到了她与程谦的聊天界面。

夏言不大习惯当着别人的面发短信聊天，手反握住手机，将手机收在了身侧。

电梯门开，夏言率先出去了。

林雨跟在沈靳身侧，闲聊似的问他住哪儿。

夏言加快了脚步。

收在身侧的手机突然响起，夏言下意识地接起，没想到是程谦打来的电话。

“下班了吗？”他还是那句话。

夏言点点头：“嗯，下了。”

话音刚落，她便看到了公司门口停着的劳斯莱斯，车窗已经摇了下来，车里的程谦还在打着电话，腾出一只手冲她挥了挥。

沈靳看着夏言走向程谦的车，距离有些远，他听不清两人说了什么，只看到夏言拉开了副驾驶座的车门，上了车，而后车子驶离。

“沈……沈总？”忐忑的女声在他耳边小心地响起。

沈靳转眸看她：“有事？”

林雨看着他的脸，迟疑地点头，又连连摇头，眼神里的惶恐和惊惧藏也藏不住，与方才小心翼翼藏着的兴奋截然不同。

沈靳瞥了眼对面落地窗里的自己，脸皮绷得有些紧。

轻轻吐了口气，让绷紧的面皮稍稍缓和，沈靳走向自己的车。

林雨迟疑了下，犹豫着跟上，在沈靳上车前拦住了他。

“沈总，我能不能也跟着你们一块儿外出？我从小在乡下长大，对山林植被分布比较了解。”鼓起勇气一口气说完，林雨发现开口并不是那么容易。

沈靳拉开车门：“我们是去工作不是去郊游。野外工作风险大，对体力要求也高，交给他们几个大男人就好。”

“可是……”林雨迟疑了下，“夏言不是也一起去吗？”

沈靳握着门把的动作稍顿，他看向她。

惊觉失言的林雨抿住了嘴：“沈总，我没别的意思，只是想为我们团队尽一份薄力而已。看到大家都那么努力，就我一个人整天无所事事的，我心里过意不去。而且我体力好，我家也是做藤编的，我爸、我爷爷从小就带我去山里找藤，我很了解哪些滕分布在哪里，我不会成为大家的累赘的。”

沈靳手肘缓缓撑在车门上，问了个不相关的问题：“你和夏言是校友？”

林雨点点头：“对啊，我们是一个学校的。”

沈靳道：“你们之前认识吗？”

林雨摇头：“不认识吧。”

沈靳皱眉：“什么叫不认识吧？”

林雨道：“她成绩很好，经常会被老师提起和表扬，在学院里算是比较有名吧。我听说过她的名字，也知道有她这么个人，但是从没打过交道。”

沈靳道：“一次也没有？”

林雨点头：“没有。我们不同系，也没在同一栋宿舍楼，平时很少能见得到。而且我比较宅，除了上课和做兼职，其他时间基本都是泡在宿舍看书，所以我们学院很多人我都不认识。”

看沈靳皱眉，一脸若有所思的模样，林雨又忍不住追问了句：“沈总，怎么了？”

“没事。”沈靳收回手，“你刚入职，先熟悉公司的产品和流程，没必要跟着大家出去吃苦。时间不早了，早点回去。”

沈靳上了车，车子驶回住处。

林雨的反应没有任何撒谎的迹象，看着确实和夏言不熟。

沈靳还清楚地记得夏言那天乍看到林雨时的反应，那种反应就如同她第一次见到他时般，猝不及防、震惊、失落、哀怨、受伤……她的眼神里有太多的东西，复杂到无从解读。

她就像一本书，外表看着精致厚重，翻开后却只有一页页的白纸，所有的故事都藏在了那一页页的白纸下，看不懂，猜不透，偏又诱着人往深处探究。

对于她的一切，他接受得理所当然。

但同样，那种要失去的感觉也困扰着他。

沈靳解释不了这种反常，这几天的心情像被人架在火上烤，没来由地焦虑，没来由地惊惶，没来由地心神不宁。

一切都透着不对劲。

他不知道，这算不算爱上了一个人。

他没有爱人的经验，只知道，和她在一起时很心安，很踏实，好像合该如此，看着她走向另一个男人，心很躁，尤其听到她亲口说，她很爱那个男人，心脏像被什么东西狠狠拧住，撕扯着疼。

理智上，沈靳觉得他应该祝福她，每个人都有选择爱与被爱的权利。但他的身体在理智之前做出了反应，像失控的野兽，逼迫着她，迫使她就范。

不该是这样的，他要的是两情相悦，因此看着她走向程谦，他迫使自己理智、冷静。

他不知道那个男人是不是程谦，但不管是谁，那是她的选择。

沈靳偶尔会想，他对夏言或许都不是爱，只是习惯，掺了点心动的习惯。两个人才认识多久，能有多深厚的感情?

坐在黑漆漆的屋子里，沈靳迫使自己去厘清这些天的反常，很冷静地分析自己对夏言的情感，是欣赏多一些，还是心动多一些。

与她相识以来的一幕幕如幻灯片般在脑海中闪过：初次遇见时她眼底的惊惶和受伤，再见面时的刻意拉开距离，与他聊起Bn时眼睛里藏不住的光，一觉醒来面对多出来的结婚证时的崩溃，那天早上她在他怀里醒来的样子，以及她替他挡下那一棍的样子……

大脑里闪过的画面越鲜活，他的心脏便越是沉得慌。

指尖一点点地揉着眉心，沈靳起身从冰箱里拿了罐啤酒，灌下小半口，心思又渐渐定下来。

他搁下酒，转身想回房，听到门外响起开门声，脚步略顿，回头看了眼门口，到底放心不下，去开了门。

门外果然是刚回来的夏言，她正掏出钥匙准备开门，他突然的开门声吓到了她，沈靳看着她的手惊得瑟缩了下，钥匙跌落在地。

沈靳替她捡起那串钥匙，递给她。

夏言勉强牵了牵嘴角：“谢谢。”

“怎么这么早回来了？”他闲聊的语气，低沉的嗓音，听着和平常无异。

“没什么事就先回来了。”夏言轻声回，看向他时嘴角和眉眼已经弯出浅浅的弧度，和平时一样。

“你呢，林雨不是有事找你吗，怎么这么快回来了？”她问。

沈靳视线落向她的眼睛：“我怎么觉得，你在给我和林雨制造机会？”

“……”夏言不答反问，“所以沈总明天要带上她吗？培养感情的好机会哦。”

沈靳看着她不动：“所以你计划把程谦也带上？”

夏言被噎住。

沈靳收回目光。

“早点休息。”淡淡地扔下一句话，沈靳砰的一下关上了门。刚定下去的心思又隐隐变得有些浮，他转身又开了罐啤酒，灌了一大口，看到对面镜子里的自己，怔了怔，心思又慢慢定下来，抵到嘴唇的啤酒也缓缓收了回去。

长吐一口气，沈靳搁下啤酒，转身拿衣服洗漱。浴室里水雾弥漫，大脑不经意中想到夏言，刚定下的心思又浮了起来，尤其是在浴室这种旖旎的场合。罗良镇那夜她意识混沌衣衫不整蹭入他怀中的画面不合时宜地闯入脑中，伴着第一次留宿她家，半夜将醒未醒时将她压在身下、小心亲吻她的画面，血液不受控地往下腹急涌而去。

眼睛重重地闭了闭，沈靳顺手将淋浴调成了冷水模式，再睁眼时，黑眸已渐渐清明。回到床上的沈靳已完全冷静下来，不去想夏言，不去想些有的没的东西，习惯性地拿过床头的书，翻看了会儿，到点儿关灯，闭目休息。意识刚松散开，迷迷糊糊要进入梦中，又突然脚一蹬一下惊醒。

黑眸在黑夜中缓缓睁开，还有些混沌的脑子像刚睁开的眼眸一样，一下还没适应黑暗，他的手本能地按亮了灯。

刺亮袭来，沈靳伸手挡住，手挡到一半，僵住。

“凡事往好的方面想，夏言离开是迟早的事，她这样走了也好，至少不用再拖着个病体，这对她来说也是种解脱。”

“爸爸，我妈妈去哪儿了？我好久没见到妈妈了。”

……

大脑里，声音跟着一帧一帧的画面涌入，沈靳僵住的手缓缓垂下，眼眸转向床头柜上的手机。

他伸手摁亮，打开，通话记录的第一条是夏言的电话。

手指微颤，沈靳摁下那个号码。

电话很快接通，低哑的女声从电话那头传来：“喂？”

熟悉的嗓音，沈靳喉咙一下哽住。

等不到回音的夏言困惑地反问了声：“沈总？”

片刻的沉默后，沈靳哑声开口：“是我，夏言。”

电话那头一下静默下来。

沉默在黑夜里蔓延。

“夏言。”许久，沈靳终于出声，声音嘶哑，“我想见你。”

“对……对不起……”仓皇的声音里，夏言挂了他的电话。

嘟嘟的忙音在耳边响起，沈靳有些怔，又很快坐起身，拉开房门，去隔壁敲门，一边敲一边打夏言的电话。

电话没人接，门也没开。

沈靳敲门的动作变成了拍门，拍得很重，他一边拍一边耐心地叫她的名字。

门从里面被重重拉开，正擦着湿发的纪沉黑着脸站在门口：“大半夜的吵什么呢，还让不让人安心洗个澡——”

牢骚没发完，他整个人突然被沈靳用力推向一边，沈靳已强闯进来，径自往夏言的房间走。

站稳了的纪沉整张脸黑了个彻底，一边擦头发一边回头看沈靳：“沈总真把我家当你家了？信不信我告你一个私闯民宅？”

然后他看着沈靳用力推开了夏言房间的门。

接着沈靳动作一顿，而后回头看他：“夏言呢？”

纪沉依然是不紧不慢地擦着头发，歪着头看他：“找她什么事？”

沈靳俊脸绷得厉害：“她去哪儿了？”

纪沉没回他，将擦完头发的毛巾往椅背上随手一挂，转身倒水喝。

沈靳克制着脾气，极力让声音平缓：“纪医生，请问夏言去哪儿了？我记得她晚上八点多刚回来过。”

纪沉两手一摊：“她晚上八点多回来，我晚上十一点多回来，我怎么知道？”

沈靳看了他一眼，转身再次推开了夏言房间的门，去洗手间和阳台找了一圈，没人。

他又顺手推开了纪沉房间的门，也没人。

厨房里也没有，大阳台上也没有。

纪沉单手端着水杯，一边喝着一边看着他满屋子找人，直到他重新回到客厅，才耸了耸肩：“我都说了，她不在。”

沈靳没理他，转身出了门，回屋拿了车钥匙，给夏言打电话。

夏言看着地板上不断振动的手机，苍白着脸，不敢去接。

回房路过的徐佳玉看到她背靠着床跪坐在地板上，脸色不太对，担心地走了过去：“怎么了，是不是又不舒服？”

夏言茫然地抬头，视线刚对上她的，两串眼泪一下从眼眶里滑了下来。

徐佳玉被吓到：“怎么了，出什么事了？”

徐佳玉看到她脚边还摆着个行李箱，行李刚收拾到一半。稍早前她回来说明天要出差几天，回来收拾下行李，整个人看着还好好的，没想到才一会儿工夫，整个人跟变了个人似的。

她在夏言身侧蹲了下来，看到夏言眼底那两团泪，心疼得不行，又焦虑：“到底发生什么事了？是不是哪里不舒服？我们先坐床上去，地板上凉，别着凉了。”

手搭在她的手臂上，徐佳玉想将她拉起来。

夏言只是摇头，眼泪有些止不住。

地板上刚静下来的手机又响了起来，徐佳玉下意识地看过去，看到屏幕上的“沈靳”两个字时，手伸向手机。

“别接……”夏言慌乱地阻止了她。

徐佳玉担心地看她：“和沈靳吵架了？”

夏言摇头：“不是。”

从来就没有吵架，只是听到他的声音，突然很委屈、很难过，她一下子不知道该怎么面对他。

她和沈靳的不熟，从过去延续到了现在。

徐佳玉心疼地拍了拍她的肩：“夫妻之间难免会有磕磕碰碰的时候，有什么事说开了就好，别憋在心里。”

夏言微微点头，泪眼迷蒙地看向她：“妈，能让我一个人静静吗？我真的没事。”

徐佳玉点点头，手帮她捋了捋头发：“有什么事叫我。”徐佳玉出去时替她关上了房门。

夏言情绪稍稳，手机还在振动，沈靳的电话一个接着一个。

她迟疑了下，将手机拿了过来。

“喂……”哭过的她嗓音异常沙哑。

电话那头沉默了会儿，沈靳同样沙哑的声音响起：“你现在在哪儿？”

夏言有片刻静默，轻声问他：“这是哪儿？

“童童……还好吗？

“我……还活着吗？”

三个问题，沈靳彻底沉默了下来，车子缓缓停下，贴在耳边的手机一点点下滑。

车窗外夜色浓重，霓虹渐渐消失。

深夜的安城，熟悉，静谧，辨不清虚实。

“沈靳。”夏言沙哑的声音在暗夜中低低响起，“那天……还来不及和你道别呢，我其实……也不是不想见你，但……真的没力气了。谢谢你照顾了我这么多年，我很感激你，真的。”

“就……”嘴唇微动，沈靳低声问她，“只有感激吗？”

夏言没有说话，沉默了会儿，试图让声调变得轻松些：“你看我们这样也挺奇怪的，你说，这会不会是我在给你托梦啊？”

沈靳没应。

“你现在在哪儿？”他轻声问，“我想见你。”

“然后呢？”她问，声音很轻。

电话那头没有声音。

“沈靳，我放下了，你也放下吧。”她说，“你和林雨真的也好，假的也好，我都回不去了。人生那么长，总还会遇到那么一两个想认真走完一生的。”

“如果有一天，你真的遇到了很喜欢很喜欢的人，一定要记得告诉人家。”她轻笑，“有误会就好好解释，有人欺负她就帮帮她……”

声音突然有些哽，夏言顿了顿：“童童以后就麻烦你了，如果实在没办法照顾好她，就把她送回我爸妈那儿吧。我挂了。”

嘟嘟的忙音传来，沈靳保持着刚才的坐姿没变，胃痉挛着疼，窒息一般的痛感从五脏六腑向四肢百骸蔓延。

“这是哪儿？”

“童童……还好吗？”

“我……还活着吗？”

“你说，这会不会是我在给你托梦啊？”

眼眸缓缓闭起，夏言被白布蒙上的样子，孤零零的黄土堆，每天睁眼时空荡荡的屋子……画面一个个在脑中飞掠而过，沈靳眼睛酸涩，像有什么东西急涌而出。

沈靳睁开眼，微微仰头，逼回了眼睛里的东西，拿过手机，给夏言发了条短信：“很喜欢很喜欢的人，我已经遇到过了，只是忘了告诉她。再也不会有第二个了。”

夏言看着那条短信，刚逼回的眼泪哗地流了下来。她没回他的短信，手肘撑着床板坐回了床上，手扯过床单，蜷进了被窝。

沈靳盯着手机看了好一会儿，胸口的窒息感慢慢平息了些，他重新启动了车子，往夏言家而去。

公司距离她家远，这一段路走了一个半小时。

他刚去敲门门便开了，徐佳玉站在家门口，眼神复杂地看着他。

“夏言……在吗？”他问。

徐佳玉点点头，却没有让开的意思，只是轻声问他："你和她怎么了？她刚才收拾行李时还好好的，收着收着突然就哭了。"

"闹了点小矛盾。是我的问题。"沈靳往屋里看了眼，"妈，我能进去看看她吗？"

徐佳玉迟疑了下，点点头，拉开了门。

夏言已经睡了过去。

沈靳推开房门时她整个人蜷缩在被窝里，横躺在床上，被子只是拦腰盖住，鞋子也没脱。

沈靳过去替她脱了鞋子，将她的双腿轻轻放回床上，拉过被子盖上。

他的动作很轻，但还是惊醒了她。

沈靳看着她慢慢睁开眼，红肿的眼眸里还有着初醒的混沌。

沈靳手轻轻伸向她，微颤。

他的手指落在她脸上时她的眼眸终于看向他，然后困惑地叫了他一声："沈靳？"她又有些小惊喜，"你怎么过来了？"

她的声音还带着些怯生生，她问完时又窘迫地拉紧了身上的被子，眼神回避着，不太敢看向他，一如当年。

沈靳落在她脸上的手指微僵，眼神复杂地看向她。

意识到他的不对劲的夏言困惑地抬头："你怎么了？"

沈靳摇摇头，没有说话，伸臂将她轻轻搂入怀中。

夏言微僵着身体，任由他搂着。脑子还有些混沌，入睡前的一些记忆蹿入脑中，包括她和沈靳说的那些，很爱他，能不能把婚姻关系解除了，他强吻她，她和程谦去吃饭，以及那番已经放下了的话，每一个动作、每一句话都分外鲜明，只是她想不明白为什么要那么说，只觉得心里头像压着什么，沉重得有些难受。

沈靳明显地感觉到她的心不在焉，垂眸看她。

她勉强冲他弯了弯唇，但不大笑得出来，心里头的沉重让她回避了他的眼神。

沈靳分辨得出这种闪躲，他想起她刚刚说的，她已经放下了，想起他问她的，是不是有男朋友人选了，她告诉他她很爱那个人，能不能解除婚姻关系等。人在眼前，却又似隔着万水千山。

失去的感觉很重，他却偏偏不想放手。

“夏言。”他轻声叫她的名字，眼睛看着她，“你是不是不想要我了？”

她眼神有些愣怔，有些困惑，然后摇摇头：“没有啊。”

沈靳道：“没有喜欢别人吗？”

换来她很坚定地摇头：“没有。”

沈靳嘴唇微动，心头的沉重并没有因为她的否认变得轻松，现在的她不喜欢，但记起那五年婚姻生活的她呢？

刚刚电话里她明明还好好的，他不明白，怎么才小睡了会儿，她又不记得了？

“你怎么了？”看他面色凝重，她迟疑地问他，眼睛里的担心藏也藏不住。

沈靳摇摇头，问她：“你又不记得童童了是吗？”

她迟疑，想起刚刚电话里说的，如果没办法照顾，就送回她父母那里，有什么东西像在记忆里断了层。

“夏言？”

他的声音唤回了她，她摇头。

沈靳没再说话，抱了抱她。

徐佳玉在门外敲门，不太放心两人。

她推开门时沈靳已经放开了夏言。

夏言脸颊微红，不太敢看向她，两人看着已经没什么事。

徐佳玉松了口气，劝着早点睡，退了出去。

已经凌晨三点多，夏言还没洗澡。回来后便忙着收拾行李，之后因为沈靳的电话哭了一场，小睡了会儿，这会儿醒来，也没什么睡意了，干脆起身去洗澡。洗完后将未收完的行李一块收拾好后，天已经微亮，两人都没有睡。

“先去睡会儿吧。”沈靳将她拉上床，盖好被子。

她睁着眸子可怜兮兮地看他：“我睡不着。一会儿就得去上班了。”

她抓着被子想起身，又被沈靳压着肩膀躺了下去。

“晚点去上班没事，先休息。”

“可是——”

“我是老板我说了算。”沈靳替她盖好被子，“先睡会儿。”

她讷讷地哦了声，没敢再坚持。

沈靳看着她渐渐闭上的眼眸，舍不得去睡，也不敢去睡。

她睡眠好，总是比他早入睡，很早以前他便习惯这样静静地看着陷入睡眠中的她，不为别的，就是心安，踏实。

到底是惦记着工作，夏言只是小睡了两个小时便醒了过来，一睁开眼便看到沈靳在看她，一种屏息期盼又小心翼翼的样子，动也不动。

她张开手，在他面前晃了晃。

他眼睛的焦距对上她的。

她窘迫地笑了笑：“你怎么了，傻了？”

他嘴角牵出一个清浅的弧度，低低地嗯了声，额头轻抵着她的额头。静默了会儿，又吻她，很温柔很亲昵的吻，濡沫交缠，不激烈。

好一会儿他才稍稍放开她，微敛着眼眸：“夏言，我既想你记起来，又害怕你记起来。”

他沙哑的声音低低地传来，她听得半懂不懂。

他没再往下说，拇指指腹抚着她的额角，又低头吻了吻她。

两人到公司时已经上午十点多。

沈桥急急地迎上来：“二哥，不是说上午八点半要集合的吗，怎么才来啊？”

“有点事。”沈靳淡淡地应，扫了眼办公室。

林雨也朝他看了过来，站起身，怯生生地打了声招呼：“沈总。”

沈靳轻吐了口气，看向沈桥：“让财务部给林小姐结算这个月的工资，另依合同多结算三个月遣散费。”

林雨脸色唰的一下白了，全办公室的人也一下陷入惊惶，面面相觑，不知道发生什么事了。

沈桥也是一脸蒙，小心地看向沈靳："二哥，发生什么事了吗？"

"没事。林小姐工作能力很好，但设计风格可能不是很符合公司的品牌定位，换个地儿，林小姐会有更好的发挥空间。"

林雨眼泪一下出来了，脸色白得吓人，看着要多可怜就有多可怜。

全办公室的人都担心地看向她，没一个人敢吱声，不知道下一个被裁的是不是自己。

沈靳没理其他人，拉着夏言进了办公室。

办公室门关上，夏言从门缝里看到了林雨惨白的脸。

"为什么突然开除她啊？"迟疑了下，夏言忐忑地问，"她犯了什么错吗？"

沈靳道："她的风格不适合。"

"可是……"夏言困惑地皱眉，"她不是还没参与设计吗？"夏言不解，"而且你之前好像挺欣赏她的设计风格，对她也一直挺和气的，突然这样——"

门外响起的敲门声打断了她的话。

夏言本能地看向门口。

林雨站在那儿，紧咬下唇，泪眼模糊地看向沈靳："沈总，我能知道我被开除的真实原因吗？"

她的身后是一屋子小心看过来的人，眼神都透着担心，人人自危。

夏言偷偷拽沈靳的袖口，压低了声音说："这个事没有商量的余地了吗？林雨入职后一直很努力，大家都很喜欢她，你突然这样无缘无故地开人，我担心其他人心里会有想法呢。"

沈靳低声道："夏言，我自有我的理由，这个事你别管。"

"可是……"夏言担心地扭头看了眼程剑和徐菲他们，"我怕大家会心寒。经过展会的事大家好不容易齐心要跟着你一起好好干，现在你突然说裁人就裁人了，谁都不知道自己会不会沦为下一个，大家心里没安全感。现在又风头正盛，别人都抢着高薪挖他们，我怕这个事会导致大规模跳槽呢，这样公司会出问题的。"

沈靳看着她不语。她的顾虑他都明白，但对他来说，夏言才是最重要的，他已经因为安城实业失去过她一次，他不想再管其他任何人的死活，也不想再管安城实业走不走得下去。

林雨听不清两人在嘀咕什么，但明显地看到沈靳看夏言时眼神的温柔，她哀求的眼神看向夏言，红着眼眶，看着分外可怜。

夏言被她看得压力有些大，其他人也冲夏言使眼色、做口型，让夏言帮忙说情。

沈靳冷下脸："都没事做了吗？"

众人吓得瞬间散去，只有林雨还执拗地站在门口看着沈靳。

夏言被众人的所托弄得压力有些大，忐忑地拽了拽沈靳的衣角："大家好像真的很忐忑呢。"

沈靳长吐了一口气，拉下她拽衣服的手，硬起心肠："老六！"

沈桥不得不硬着头皮上前，担心地看了林雨一眼，试图说情："二哥，我觉得——"

沈靳道："理由我刚才已经说过。我很感激林小姐为公司做的贡献，但确实不太合适，希望林小姐能理解。"他说着转向沈桥道，"还不去？"

沈桥抿唇："我知道了。"他转身欲拉过林雨。

夏言看着沈桥脸上的失望，一着急，抓住了沈靳的手臂，以只有两人听到的声音道："如果林雨不干了，我也不干了。"

沈靳眯眸看她："你知道你在说什么吗？"

夏言有些退意，手不自觉地有些松，又忍不住咬唇："我不想看到你的努力白费，要开除林雨可以有很多种方式温和处理，不一定非得选在今天啊。"

沈靳死死地盯着她，手上青筋隐隐浮现，温和处理的方式再多又有什么用？他是个下一瞬不知道在哪儿的人，他没有未来。

沈靳发狠，厉声道："沈桥！"

夏言抓在他手臂上的手慢慢垂下，神色黯然。

沈靳看不得她担心失落，后槽牙狠狠磨了磨，终是咬牙妥协："都出去！"

沈桥眼神一亮，赶紧拉着林雨出去了，办公室里一下只剩下沈靳和夏言。

夏言咬唇看着他："对不起，我不是故意要让你为难的，我只是——"

"是我太躁进了。"沈靳打断了她的话，伸手将她拉过来，轻轻抱入怀中。

"你没有做错什么，你的顾虑也是对的，是我自己的问题，你不用觉得内疚。"沈靳轻声说。

其实如果不是带着那五年的记忆，他也会做和她一样的选择。这个年纪的林雨并没有做错什么，她内敛，安静，认真，低调，努力地想要融入这个集体，做人、做事都无可挑剔，甚至是讨喜的，他并没有任何开除她的理由。

如果她不是林雨，他不会管她怎样。

但偏偏她是林雨，一个低调认真到连他都察觉不出她的企图的人，遑论夏言。

林雨在他身边四年，从设计部新人到他的得力助手，她所展现出的超凡的工作能力遮住了她对他的所有企图。

那几年时间里，她呈现给他的样子，只是一个刻苦认真有上进心的员工。

她的设计能力不算差，入职半年凭借作品引起他的注意。在引起他的注意后，她所展现出来的高执行力、建言献策的魄力、高效的沟通协调能力以及公关和应变能力强于她的设计能力，让他在一年后破格将她从设计部调到了部门办公室，担任部门秘书的工作，她安排和掌管着他的行程。

她将他以及整个部门的工作安排得井然有序，人也低调认真。没有人会无缘无故去怀疑一个得力的手下干将，尤其是这个手下干将在漫长的工作时间里已慢慢渗入他的生活圈。

沈桥也好，老七也好，老四也好，早已和她打成了一片，就连夏言，也与她成了好友。

林雨从不避讳在夏言面前出现，也不避讳去他家，就像一个多年老友一般，空闲时去看看夏言，看看孩子，坦荡得没人会去怀疑她的居心，尤其是在她声称有男朋友的前提下。

沈靳不知道林雨是否真有男朋友，他从不掺和下属的私事。男朋友的说法她自己有说，她从不避讳在公司、在他面前提自己的男朋友，就像每一个恋爱中的女孩一样，男朋友来接了，要去约会了，今晚能不能不加班；

逢年过节也会有人将玫瑰送到办公室。

一切看着普通而正常。

沈靳不知道林雨在他母亲面前到底扮演着怎样的角色，又编造着怎样的谎言，他的母亲会在他面前夸林雨懂事，叮嘱他要好好照顾她，在他看来这只是一个长辈对晚辈的喜爱和欣赏而已。林雨从未在他面前表现过一丝一毫的企图或者逾矩，她把他当上司一样敬重和保持距离，也因此他从未将他母亲“林雨懂事”的暗示理解成另一层意思，而所谓的好好照顾，也只当是指工作上不要太严格，不要给她太多的压力。

他也从不知道他和林雨的桃色新闻以着怎样的版本在邻里之间流传。他的母亲像一个尽职的新闻传播者，一人包揽了所有的爆料，没有人需要再去找他的身边人打听求证。

他性子本就偏孤僻，加之前些年的入狱和声名狼藉，人人忌惮他。他也鲜少应酬，更从不会花时间去掺和邻里的闲言碎语，没有人敢向他求证确认，就连夏言，也从不敢向他确认。

目光不自觉地看向夏言，她也正仰头看他，脸蛋和眼神还是五年前的稚嫩，正因他的话内疚着。

她一向是怕他的，他的冷淡和寡言给了她距离感。

他们不是像正常人一样从恋爱走到婚姻，也没有像正常夫妻一般亲密无间，结婚第一天，他们甚至还只是陌生人。

她这辈子唯一勇敢做过的，大概是只用了三秒钟便决定嫁给声名狼藉、一无所有的他。

手臂不自觉地收紧，沈靳抱紧了她。

因着这段小插曲，进山的时间推迟了些。

沈靳在这座城市长大，从事的是工艺设计工作，自小与藤篾类的东西打交道，两世累积的记忆，让他轻易就知道往哪个方向能找到他想要的材料。

众人开车跟随着他的车，在三个小时后进入了安城西北边的深山中，再往前便是大片没开发的原始森林地带。

藤编家居主要由支架材和编织材两部分组成，竹条、钢管、柳条、藤条等均可作为骨架材料——主要还是根据设计风格选择支架材料。编织材主要是藤条为主。

他们这次过来，重点要找的，一个是适合做支架的藤条，另一个便是编织藤。

支架藤条对藤条本身的质地、弹性、韧性和弯曲性能要求高，编织材更侧重于柔韧性和细腻度，侧重点略有不同。

“我们今天重点找棕榈科类，省属藤。”下了车，沈靳已开始冷静地吩咐，“这类藤一般生长在沙质土壤中，耐阴。藤条的横切面内外比重会存在差异，比重变化越小的藤材材质质量越好，大家在寻找藤条的过程中，注意对比横切面。”

“好。”大家应完后各自散去。

沈靳和夏言一组。

前一世的安城实业没有夏言的参与，品牌发展与现如今也有微妙的不同。当年的安城实业品牌靠的是明星效应，直接走的是广告轰炸，沈遇家在青市的势力给了他不少助力。这一次没有用到他家的人脉资源，靠的是借势和造势，但结果是一样的，同样的“遇鉴”，同样的一炮打响。

另一个不同点是，当年“遇鉴”初期直接用的是进口藤，是被誉为行业内质量最上乘的藤之一，是几乎所有高档藤编家居都会选用的材质，虽省了不少工夫，但也因此削弱了“遇鉴”品牌的独特性。“遇鉴”能起来，很大一部分靠的是沈遇家里的支持，狂轰滥炸的广告效应下迅速占领市场。之后才开始转向口碑带动，而编织材选择也转向了白藤，是省属藤的一个分支，以质韧软和细长的茎取胜。

沈靳没有这一段实地找材料的经历，不确定白藤是否就是最适合“遇鉴”产品要求的材质，但棕榈藤方向基本是确定了的，因此他不去做限制，想看看是否有更适合的材质，或者能否找到同质的备用材料。

一路上夏言像脱离笼子的鸟，眼神里藏着惊奇和欢喜，不时惊喜地回头拉他的手臂，问他那是什么。

沈靳记得，那几年里她几乎没有机会外出，她也从没像现在这样有这么外露的情绪，像个没长大的小姑娘般，对他是全然的依赖和信任。以前的她从不敢这样，说话向来是温温婉婉、客客气气，她是个过于被动的人，他平日里所表现出的古板理智，让她不敢对他有丝毫亲密的举动。

他的问题，和她的问题，交织成了一潭死水般的五年。

在这似真似假的又一世里，他想和她尝试另一种可能，因此工作也好，事业也好，他并不想太放在心上。

他不是五年前的自己，事业心和夏言，五年前他的事业心占了主导，而现在，他想让夏言占主导。

这趟出行，与其说是为了工作，不如说是为了夏言。

在那五年里，他和她没有过一次单独的约会或者出行，他把和她的这次出行当成了和她人生中的第一次约会，因此一下午下来，他和她一无所获。其他人也没有什么收获。

晚上大家都没有回去，在空地上搭了帐篷，七八个人都带了野营的设备，入夜时，生火烧饭，围在火堆前闲聊，平静而温馨。

夏言全程安静地坐在沈靳身侧，手被他握在手里，毫不避讳。

沈桥嘴闲，吃饱喝足了就忍不住拿沈靳、夏言开涮：“二哥，二嫂的便宜都让你占尽了，什么时候给人家个名分啊？”

沈靳眼眸正盯着篝火看，闻声平静地看了他一眼：“没告诉过你？”

沈桥一脸茫然：“什么啊？”

两个大红本子甩在了沈桥面前。

沈桥好奇地拿起翻了眼，刚喝下的那口酒一下喷了出来。

拿起其中一本结婚证，沈桥举向众人：“看看，看看，这钢戳是真的吧？”

老七一把夺过，很认真地看了又看，朝沈靳、夏言比出两根大拇指：“效率！”他又问，“什么时候的事啊？二哥你也瞒得太紧了。”

沈靳道：“有一阵了。”

沈桥道：“喜酒呢？什么时候办？”

“回去就着手准备。”沈靳说，沉吟了会儿，又看向几人，“这一阵比较忙，一忙起来估计会忘记，你们几个到时别忘了提醒我。”然后他又转头看夏言，“尤其是你。”

夏言还陷在他说婚礼的愣怔中，好一会儿才回过神来，急急想阻止他：

“不用办婚礼的，我觉得这样就挺好的。”

沈靳没说话，伸臂将她揽入怀中。

休息时两人很自然地躺在一个帐篷里。

夜晚的山林湿气重，夏言几乎被沈靳整个搂入怀中。

走了一天路，她体力跟不上，有些困，沈靳却似乎困意全无。

睡意蒙眬中，她隐约听到他问：“夏言，你喜欢什么样的婚礼？”

他的声音很轻。

她没有想过。

“都可以的。”迷迷糊糊地应着，夏言早已扛不住困意，睡了过去。

沈靳低头看她，轻轻叫了声她的名字，没有回应。

眼睑垂下，他看着她的脸，不语。

她从来没有憧憬过婚礼，五年前如此，现在也是。

她自己的健康问题给不了她那样的期待，她从没想过她会嫁人，自然也不会对婚礼生出向往。

夜色渐深，其他帐篷的亮光渐渐熄去，虫鸣声让夜里显得尤其静谧。帐篷外萤火虫错落。

沈靳看着帐篷外的点点亮光，想叫醒夏言，叫她多陪陪他，看到她脸上的疲惫，抬起的手又轻轻放下，将她揽入怀中，改成握住了她的手，十指紧扣。

“夏言……”轻声叫她的名字，他想说点什么，又不知道还能说什么。整夜整夜失眠时，除了她，睡眠于他成了最大的奢侈，偏偏她人在眼前时，他不想睡，困意却又一阵一阵地涌来。

夏言第二天早上是在鸟鸣声中睁开眼的，同时睁开眼的还有沈靳。

两人眼神刚对上，有短暂的停滞，而后条件反射般互相转了个身，又被交缠的手指拉了回来，眼对眼，鼻对鼻。

沈靳一脸平静。

夏言一脸惊悚，大脑有那么一瞬间陷入空白，但又很快回过神，抽回手，狠狠推开他，抱着被子坐起身，背对他而坐。

沈靳也慢慢坐起身，不紧不慢地脱下睡衣，拿过一边的上衣。

夏言余光能看到他赤裸的胸肌，很自觉地转开眼眸，转身想拉开帐篷出去，被沈靳拉了回来。

她困惑地回头看他。

沈靳往她身上扫了眼："睡衣。"

夏言低头看了眼，睡衣还没换。

她默默地偏开头，从背包里取出长裤和T恤，抱在胸前，纠结着怎么换。

身后传来窸窸窣窣的声音，夏言下意识地回头，沈靳正在脱睡裤。

夏言愣住，眼眸不自觉地往上瞥，与沈靳的眼神对上。沈靳动作也略顿，大概没想到她会突然回头，但又很快变得坦然，伸手拿过角落里的长裤，看夏言还直愣愣地盯着他看，动作终于停了下来："有事？"

"没……没事……"夏言直挺挺地转过身，"你换完的话麻烦出去一下。"

沈靳转过身，整理衣服："我不会偷看。"

夏言自然知道他不会偷看，她只是不习惯。

沈靳徐缓的嗓音自身后响起："动作快点，一会儿吃完早餐马上出发，昨天已经耽搁了一天。"

"……"夏言直接拎起被子，往头上一盖，脱衣、穿衣，动作有些急，但很快，换完后掀了被子。

"我好了。"扔下话，夏言拉下帐篷的拉链，钻了出去。

沈桥和老七他们已经起床，正在生火，看到她出来，很自觉地打了声招呼："二嫂，早啊。"

昨晚聊婚礼的事撞入脑中，夏言动作顿了下，回头，看向正从帐篷里出来的沈靳。

目光相撞，沈靳视线在她身上停了停，又平静地移开，看向沈桥："十五分钟后出发。"

换来沈桥几人的哀号。

"二哥，不带这样赶时间的，昨晚你明明不是这样的。"

说完沈桥又眼巴巴地看向夏言："二嫂，你和二哥说一声，再给点时间，十五分钟吃个早餐都不够。"

“没的商量。”沈靳淡淡地道，“出发前没提醒你们，自带干粮，时间有限，不要把时间浪费在无谓的事情上？”

没人敢吱声，老大的话就是铁律。

几人以最快的速度解决早餐和收起帐篷，分头继续忙活。

夏言依然和沈靳一组。

人多时她还能假装什么事也没发生，单独与沈靳一起后，这两天的事跟着蹿入脑中，心思有些乱，整个人也沉默了许多。

沈靳大多数时候也是沉默着，看着像是全部心思都回到了工作上，昨天的他像在游山玩水，今天像在玩命。

夏言起初还能跟得上他的脚步，半天下来就不太行了。先天羸弱的体质的缺陷在这种户外活动中显得尤其明显，走着走着她的脚步不自觉地就慢了下来，靠着路边的大树休息。

一只手掌突然横伸了过来，修长有力，骨节分明。

夏言有些怔，抬头看他。

沈靳微微倾身，握住了她的手：“跟着我。”

夏言想抽回，没抽动，他的手握得不重，但很稳。

夏言放弃了挣扎，任由他牵着。

山林很密，也很静。

沈靳注意力都在沿路的藤科植物上。

如果没有这两天的事，夏言大概也能和他一样专注，但到底是被干扰到了，就这么被他牵着手漫步在这山林中，看着他平静的侧脸，鼻子总有些酸，眼眶也有些酸，说不上来的情绪。

她异样的沉默让他回过头来，视线撞上，她从他的眼睛里看到了自己的狼狈，仓促下想转开，又很自然地冲他微微一笑：“怎么了？”

沈靳看着她没说话，另一只手突然朝她脸上伸了过来。他的指尖落在脸上，她瑟缩了下，感觉到他的指腹在眼角轻轻一揩，她垂眸，看到他指腹上的湿润。

她微怔，隐约听到一声很轻的叹息。

阴影压下，她被他轻轻搂入怀中。

夏言僵住。

沈桥吊儿郎当的声音从对面传来："二哥，上午匆匆把我们轰出来干活，原来是要享受二人世界呢，这不太厚道哦。"

夏言被轻轻放开，耳边是沈靳平静的嗓音："有收获吗？"

对面传来拍箩筐的声音："找了一些，看着还行，带过来让你鉴定鉴定。"

身影闪现，老六和老七从土坡上跳了下来。

"这些都是根据林雨昨天给我的提示找的。"沈桥将搜集到的东西呈了上来，"二哥，你看人的眼光真够毒的，招了一个夏言不说，连林雨也是个行家。"

沈靳瞥了他一眼："林雨？"

沈桥后知后觉地想起沈靳要开除林雨的事，懊恼地拍了记嘴巴，尴尬地扯开话题："二哥，你先看看质量怎么样。"

沈靳接过沈桥递过来的藤条，一边看一边测试柔韧度。

夏言看着他认真地打量，想起那天为林雨求情的蠢事，摇头笑了笑，转开了头。

没有人注意到她这边，她的注意力被前方大片被藤木缠绕的乔木林吸引。藤有手腕粗，茎细长，攀着粗壮的乔木枝干一路往上，几乎看不到头。

夏言不觉走了过去，将垂下的藤条割了一小段，观察它的横切面，以及测试它的柔韧性。

自小和藤条打交道，夏言认得这是什么：白藤的一种，但柔韧度比普通白藤更强一些，去鞘藤茎抗拉强度更大，藤茎质地也更为上乘。

她是做设计的，眼中看着原材料，大脑中已经自动将它们剥离加工，幻化成各类成品的样子，哪部分适合做骨架，哪部分适合做编织材，要经过怎样的打磨上色达到怎样的效果，一时间兴奋占据了整个心绪，脚不自觉地跟着这一片藤条缠绕的方向转。

和沈桥聊完的沈靳一回头便察觉到夏言不见了，四下看了眼，没看到人。

"夏言呢？"他问。

沈桥也困惑地四下看了看："刚刚还在这儿啊。"

"夏言。"沈靳冲着山林叫了声，没回应，脸色也跟着一紧，将东西扔回沈桥手中，“都四下找找。”

他掏出手机想给她打电话，没想到深山里没信号，电话打不出去。

把手机重重地塞回口袋里，沈靳转身便走，沿着前人踏出的路，边走边叫她的名字，脚步略急。

沈桥从没见过沈靳慌乱的模样，也跟着慌了神。

“刚刚不是还在这儿吗？”沈桥边找边说，“就是要走也走不了多远啊，应该能听到我们的声音的，难道出什么事了？”

他的话音刚落，便见沈靳脚步生生刹住，回头看他：“你去那边找。”

沈靳又道：“老七，你去另一边。”

安排完，他自己已往另一个方向而去，边找边叫夏言的名字。

从兴奋中回过神的夏言隐约听到沈靳叫自己的名字，下意识地看了眼手机，才惊觉时间过去有些久，边转身往回走，边高声应了声：“我在这儿。”

走得急，夏言没留意到脚下的不平，一脚踏在了低洼处，脚腕跟着一疼，脚步不觉停了下来。

循声找来的沈靳远远便看到了她，脸上的紧绷卸下，长长的一口气吐出，朝她走了过去。

“跑哪儿去了？”他问，嗓音带着淡淡的磁性，敛起了刚才所有的慌忙。

夏言转身指了指身后那片藤条：“刚刚去那边看了下。”

沈靳抬头，视线沿着手臂粗的藤条往上看。

“那属于白藤的一种吧？”夏言问，“藤身很粗壮呢，起码得有五厘米了，做支架完全没问题。我刚过去看了下，韧性和抗拉性都比普通白藤强很多，节和节之间的距离也很长。而且表皮是乳白色，色泽均匀，几乎没有任何斑点。原色风格更偏现代时尚风，浅色系染釉上色也能最大限度地保持色彩饱和度。”

“你看这横切面……”夏言将手中的藤条递给他，“都是随手砍下来的，内外比重几乎看不出区别，内部组织很密实，纤维明显比其他藤细长柔软。”

说着她两手抓着用力一掰：“弹性也很大，但表皮厚实坚硬，意味着防水效果不会差。现在主要是要拿回去测一下含糖量，只要含糖量低于常用藤条，就不用担心虫蛀问题了。”

沈靳接过她手中的藤条，试着弯折了阵，从包里取出小刀，随手削了一段，观察了会儿横切面，转身看向那片藤条："我过去看看。"

夏言下意识地跟上，脚刚踏出去，崴到的脚腕痛感传来，疼得她本能地皱起了眉，没发出声音。但沈靳还是察觉到了她的异样，转身的动作停下，垂眸看向她的脚。

夏言崴伤的右脚不大自在地往左脚后藏了藏："不小心崴了下，一会儿就好。"

沈靳没吭声，蹲下身："我看看。"

夏言看着蹲在面前的他，心情一下有些复杂。

除去交流的问题，夏言知道他一向是温柔体贴的。

正是他这种体贴，像网一样将她牢牢网入他无意间展现的温柔里，无法自拔。

发现她许久未动，沈靳抬头看她，与她的眼神撞上。

夏言狼狈地转开视线："我没事的，没伤到。"

"路都走不了了还叫没伤到？"沈靳嗓音淡淡的，朝四周看了眼，想给她找个坐的地儿，但没有，周边杂草丛生，有半人高，也不知道密草下会不会藏着什么。

"这里没能坐的地方，你扶着我的肩膀站稳，我先看看你的脚伤。"沈靳说着已拉起她的手，压在他肩上，另一只手伸向她受伤的脚踝。

夏言起初还有些不习惯，但脚被他握住，她站不稳，不得不轻轻扶住他的肩，任由他脱下登山鞋。又有些尴尬，他就蹲在她身前，蹲下的身体头部刚好到她的小腹处。

沈靳手试着去触碰她的脚踝，边碰边问："是这里吗？"

起初没碰到伤处夏言还能忍，他摸着摸着碰到了扭伤的地方，夏言疼得皱起了眉。

这一幕刚好落入循声找来的沈桥、老七眼中。半人高的杂草遮住了沈靳的身影，只依稀露出半颗脑袋，正蹲在夏言身前忙活着什么，画面让人……浮想联翩，刺激得沈桥生生刹住脚步，顶着张红透的老脸拦住老七，连声喊："回避，回避……"

“……”意识到沈桥误会了什么的夏言尴尬得涨红了脸，轻轻推了推沈靳。

沈靳没回头，只是嗓音沉了下来：“老六滚过来！”

正欲回避的沈桥迟疑地回头，看夏言正在看他，微红的脸上明明透着尴尬，眼神里却又带着点“你死定了”的幸灾乐祸。

老七偷偷推沈桥，让他过去。

沈桥硬着头皮走去，拨开杂草，看向蹲在夏言面前的沈靳。

姿势是不太雅，但很正常，他只是在检查夏言的伤脚。

“夏……夏言怎么了？”结结巴巴地开口，沈桥想一巴掌拍死自己。

“扭了脚。”替她将鞋穿上，沈靳站起身，手往那片密集的藤林一指，“去砍下来，拉一车回去。”

沈桥：“……”

抬头看向蔓延得高不见头的藤条，沈桥不确定地问沈靳：“一车？”

沈靳看向他，若有所思：“少了是吗？”

“没有没有。”沈桥很快严肃了脸色，“二哥，要这一车藤条做什么？我们还要继续找吗？”

沈靳道：“检测糖分，加工试试韧性。”

沈桥迟疑：“那也用不了……一车吧？”

沈靳道：“那就用两车。”他说着看向老七，“老七，你留下陪他。”

老七：“……”

老七暗暗瞪了眼老六。

“一会儿我安排人过来装车。你们别乱跑，这里边信号不太好，别到时找不到人。”吩咐完，沈靳转向夏言，弯下身，“上来。”

夏言尴尬地看了看其他人，不太愿意。

沈靳回头看她：“你脚扭到了，这山路没法走，我们还得赶着回去。”

他声音温和，与刚才略有不同。

夏言盯着他宽厚的背，有些迟疑，心情也有些复杂。

嫁给沈靳那么多年，除了床上，她和他还从没有过这种类似情侣间的亲密举动。

她和他这种既熟悉又陌生的矛盾关系，让她没办法以老夫老妻的理由说服自己，坦然接受这种与熄灯后完全不同的亲密。

“我……我可以自己走的。”到底还是不太习惯，她嗫嚅着拒绝。

沈靳没说话，手臂往她的膝盖一扣，直接将她扣到背上，两只手稳稳地托住了她的臀部，背着她站起身。

夏言被迫伏在他背上，只觉尴尬异常，也不敢看向其他人，但这种尴尬随着沈靳渐渐走出那片山林而消散，取而代之的是难以名状的复杂感觉。

山林很静，两人一路上都没说话。

沈靳走得很稳，他的背很宽，有一种很有力量感的稳健。

夏言从没在他背上靠过，那种偶像剧里男人转身，女人从背后抱住他的温暖画面她从来没敢试过。

抵在他肩上的手掌有些迟疑，夏言想将脸贴上他的背，感受他的体温，但理智又拉扯着她，让她不能重蹈覆辙，不能再陷进去。真的，假的，活着，死了，未来，没有未来……

乱七八糟的东西在大脑中撕扯，等回过神时她已被放入他车的副驾驶座上。

她的背贴着椅背，眼前是他近在咫尺的俊脸。

将她放下，沈靳并没马上起身。

她因思绪混乱而散开的瞳仁慢慢找到焦点，与他的黑眸对上。

他的黑眸很静，正在看她，气息交融，暧昧随着沉默在狭小的空间里蔓延。

意识像被冻结，她怔怔地看着他慢慢放大的脸，气息逼近，她的唇被吻住。

熟悉的温柔随着他渐深的吻铺天盖地而来，鼻息里都是他的味道。落在后脑的他的手掌拉近了他和她的距离，眼中是他好看的眉眼，微敛的眼睑掩去了他眸中的平和，慢慢加重的唇舌动作让他的眉宇间染上了淡淡的情欲之色。

夏言脑子迷糊得厉害，从早上醒来看到他，她整个情绪就陷在不知名的低潮中，眼前的他是他，又似乎不是他，她分不清。

他恍神的状态让他几乎是对她予取予求，从温柔到粗暴，又突然停止，他的动作停了下来，唇没有离开她的唇，只是抬眸看她。

她愣怔的样子换来他在她的唇上轻轻一咬。

她看着他的瞳孔里终于开始有了焦距。

他的唇稍离她的唇，额头轻抵在她的额头上。他是就着放她进车的动作吻的她，大半个身体还在车外，靠着落在她头上的手掌支撑他逼近她的身体。

夏言眼眸对上他的，轻声问他："你是谁？"

他的眼眸与她的眼眸静静对望了会儿。

"我是沈靳。"他说。

"哪个沈靳？"她依旧是很轻的声音。

他眸光缓缓落入她瞳仁的焦距里："还有第二个沈靳吗？"

有吗？

没有。

自始至终就只有一个沈靳，只是记得和不记得的区别而已。

眼睑垂下，夏言手掌轻落在他肩前，将他轻轻推开。

沈靳垂眸看向肩前的手掌，不语。

夏言背轻轻贴在座椅上。

"先回去吧。"她轻声说。

沈靳沉默了会儿，点点头。

一路上两人谁都没说话，习惯性地沉默，过去五年里，这是他和她的惯常状态。

夏言也习惯于这种安静，没有憋闷，也不会有不平，就是平和，宁静。

路上沈靳安排了货车司机和伐木工人去山里帮忙，夜幕时分，几人已兴致高昂地回来。一起被带回来的除了夏言找到的那批白藤，另有一批直径偏小、适合做编织材的省藤。

刚走进办公室，远远地看到在谈事的沈靳和夏言，沈桥便抓着那一捆藤条朝沈靳走了过去："二哥，好东西。"

“这是我们刚找到的一种省藤。”沈桥将东西朝沈靳递了过去，“你看看，柔韧性特别好，而且表皮带斑点，可以做天然装饰。”

沈靳拿过来折了折，看向他：“你找的？”

沈桥不好意思地笑了笑，意有所指地瞥了眼办公桌旁的林雨：“我可不敢居功。林雨建议的，昨天出发前林雨给我发了几种藤条的资料和生长习性，我根据她提供的线索找的。”

然后他偷偷挪到林雨桌前，拿起她桌上的绘图本：“二哥，你看林雨设计的作品，就是以这种藤条为原料做的缠扎纹样和面层设计，是不是很精致？”

沈靳拿起看了眼，看向林雨：“你怎么知道这种藤条适用这种设计？”

“我爷爷和我爸爸都是做藤艺设计的，以前家里开过厂子，只是后来倒了。我小时候跟我爸去山里找过藤，但是我爸没看上这种，我看它们长得好看自己割了些回来，试着做过，发现韧性不比其他的差。”林雨小声回，因着那天差点被开除的事至今心有余悸，整个人看着有些胆怯，回话时也小心翼翼了许多。

沈靳点点头，没有说话，盯着她的设计图稿看。

对面走来的人事部专员远远地看到这一幕，想起那天沈靳外出前叮嘱的事，纠结了好一会儿后，拿着份离职交接单走了过来，怯怯地叫了沈靳一声：“沈总。”

沈靳看向她：“什么事？”

“您昨天上午吩咐我……”她小心地挪向沈靳，迟疑地看了眼林雨，声音不自觉地放低，“您那天上午吩咐我给林雨办理离职手续的事……还要不要继续啊？”

她的声音已经尽量压低了，但到底是在领导面前确认消息，音量还是不小，不只沈靳听到了，林雨、沈桥听到了，夏言也听到了，都不自觉地看向沈靳。

沈靳也一下想起是有这么个事，但和过去几次一样，想不清这么做的动机。

眉心微微拧起，沈靳试图梳理出缘由，从那一夜他给夏言打那个电话，那番意味不明的对话，他守了她一夜，再到不问缘由强硬开除林雨，夏言劝阻他……

人事专员迟疑地看他：“沈总？”

沈靳看了眼手中的设计图，看向她：“先留下吧。”

林雨情绪一下有些控制不住，手捂住了嘴，看着是想哭。

沈桥轻拍她的肩，眉开眼笑：“我说了吧，我二哥是惜才的人，有才华的人他才舍不得放手。”

夏言看着沈桥，不觉微笑，想起那几年，他也好，老七也好，都早已和林雨玩成了一圈。他们是同事，共事多年的同事，每天八个小时，一周五天，一个月二十二天，一年就有至少两百天是朝夕相处的，这样一个集体里，处出了感情很正常。她常年闷在家里，也不大与他们打交道，加上性子也不是很放得开的人，他们在她面前更多的是一种敬重和距离感，也因此和他们在一起时，她更像个外人。

夏言说不上此刻是什么滋味，倒不是怨沈靳，他是惜才的人，林雨确实是有才华，有能力，也肯吃苦的，林雨在沈靳身边那几年，将他的工作安排得井然有序。她不知道他们私下是怎么相处的，只是要是她身边出现这样一个体己的人，她想自己大概是会沦陷的吧。

只是昨天她无意识中干过的事沈靳今天也在无意识地重复，除了她误打误撞地进入他们的工作圈，成为唯一的变数。夏言发现，她似乎还是在无意中重复五年前的轨迹，她的人生还是逃不开沈靳。

这是不是意味着，就这样稀里糊涂地走到第五年，她还是会死去？那童童呢？

心思一下有些混乱，夏言想起当初从昏迷中醒来时的信誓旦旦的自己。

她想知道一个没有沈靳的人生最后会走向哪里，没想到忙着忙着，突然就忘了初心。

林雨能留下来的消息让所有人都很振奋，倒不是说多喜欢林雨，只是这个团队还太小，处了几天都处出感情来了，舍不得这个团队有任何缺失。更重要的是，林雨留下意味着老板还是正常的，还是在意他们这些员工，愿意与他们并肩作战的。

夏言没有将心头的复杂情绪展现出来，始终很平静，也没打算将她刚起步的事业拱手让人，该她掌控的还是她亲自来。

这一天她忙得有些晚，沈靳也一直没下班，不知道是在忙还是在等她。

程谦还是会约她，聊藤艺，聊工艺，聊工作。

他约她约得有些频繁，让夏言萌生他是不是看上她了的荒谬感，甚至会不自觉地考虑，要不要尝试另一种可能。她活了两辈子还不知道谈恋爱到底是怎样一种感觉。

晚上七点多的时候程谦又给她来了电话，他是习惯性到公司附近了才给她打电话，每一次的理由都是路过。

他的电话打过来时夏言下意识地往窗外看了眼，果然看到程谦慢慢驶近的车。

沈靳在她的手机响起时抬头看她，看到了她看窗外的动作，视线也跟着转向窗外，瞥了一眼，又看向她，看着她单手接起电话，然后另一只手迅速将桌面收拾干净，关电脑。

沈靳把笔记本电脑轻轻一推，也站起身。

夏言还接着电话，抽空冲他挥手告别。

沈靳平静地没应，转身取过衣帽架上的西装外套，与她一块儿出了门。

两人一块儿等的电梯，夏言已挂断电话，正盯着显示屏上的数字。

电梯门开，两人一块儿进的电梯。

电梯里没人。

夏言站在电梯的另一角，两手轻轻搭在斜挎包包带上，目光平静地盯着显示屏，看着很乖，很安静，一直没说话。

沈靳也没说话。

电梯门开，夏言终于有了动作，扭头冲他挥手告别："我先走了。"

砰，沈靳大脑里绷着的那根弦断裂，一只手拽住她的手臂，另一只手迅速按下电梯关门键。刚开启的电梯门又缓缓合上，夏言被他推抵在了电梯壁上。

"……"夏言眼看着电梯门一点点合上，询问的眼神看向他。

沈靳没有说话，弯身，突然将她的手机从她手中抽了出来。

他垂眸看了眼，看向她：“和程谦去吃饭？”

“没有。”她摇头，伸手去拿手机。

她没拿到，沈靳手臂一偏移开了，目光自始至终看着她。

“夏言，对于我们目前的关系，你是怎么定义的？”

“同事。”她说。

沈靳道：“还有呢？”

她摇头：“没有了。”

他黑眸渐沉。

她面色平静：“你呢，怎么定义的？”

沈靳道：“夫妻。”

夏言忍不住笑了下：“这算哪门子夫妻啊，一觉醒来突然多了本结婚证，这和梦游没区别啊。”

沈靳道：“婚姻关系是事实。”

“梦游犯罪会被判刑吗？”夏言问，“理论上来说，梦游属于精神病中的‘意识障碍’，符合《刑法》规定的‘精神病人在不能辨认或不能控制自己行为的时候造成危害结果’，不用追究刑事责任。”

沈靳道：“但判定的前提是，要依据医学鉴定和其他证据。你觉得你的行为属于梦游？”

夏言想了想：“算吧，不属于梦游也属于失忆吧。”

沈靳道：“失忆和民事行为能力没有本质联系。”

夏言：“……”

然后她幽幽地吐出一句：“那也是人格分裂。”

沈靳看着她不动：“你是吗？”

夏言反问：“你不是？”

沈靳道：“不是。”

夏言：“……”

说不过他，她推开他想走，又被沈靳扯着手臂拉了回来。

“说来说去你就是千方百计找理由否认这桩婚姻是不是？”他的声调一

如既往地平和徐缓。

“为什么不？”夏言试着抽回手，“我从来就没有想过要再嫁给你。”

被握着的手腕倏地一疼，她皱眉，抬头看他。

“什么叫再？”他问，“再的意思就是以前你已经嫁给我了是不是？我们离婚了吗？”

夏言道：“可以明天去离啊。”

沈靳：“……”

合上的电梯门开，沈靳看也没看，手又重重地压上关门键。

门外的人一脸尴尬，没敢进来。

电梯门重新合上时，电梯内的气氛重新恢复平静。

“沈靳，”夏言轻声开口，“我不知道你是不是还记得这两天的事，你问我是不是不想要你了，其实我想说，是的。”

她抬头，看入他黑沉的眼眸：“我说这些话不知道你听不听得明白，在过去很长一段时间里，我都是活在有你却好像不如没有你的世界里，能不能让我也试试没有你的世界是什么样子的？”

她的声音很轻，是一贯的徐缓平和。

沈靳沉默地看着她，眼神复杂。

听不明白，又似乎听得明白，他胸口闷闷胀胀的，有些疼。

“其实这桩婚姻根本就没有主观存在过。你没想过结这个婚，我也没想过，不是吗？”

沈靳看着她不语，理论上确实如此。

“所以……”夏言抿唇，“就不能原来是什么样子，现在也维持什么样子吗？我觉得和你共事很愉快，也很感谢你给我这个平台。‘遇鉴’让我很有成就感，觉得人生很有意思，很想把这个品牌做下去，看看能把它做成什么样子。”

沈靳盯着她看了许久，终于开口：“我能把这理解为威胁吗？”

他松了语气的声调让夏言不觉弯唇。

“没有。”她说，“我觉得一开始的沈总就挺好的，严谨刻板，认真严格，不徇私——”

合上的电梯门再次开启，沈靳的手也再次重重地压上关门键。

夏言眼角瞥见电梯外的人：“外……曹……曹老……”声音一下变得结巴。

沈靳回头，只来得及看到快合上的门缝外那张错愕的脸，手很快压上开门键，侧身退了一步。

电梯门开启，曹老走了进来。已经被沈靳放开的夏言不大自在地捋了捋头发，低垂着眉眼不敢看曹老。

曹老轻咳了声:“这电梯摄像头还挂着呢,年轻人还是要注意一下场合。”

夏言眼珠子乱瞟不说话。

沈靳面色如常：“曹老吃过饭了吗？”

曹老道：“还没，刚忙完。”

沈靳抬腕看了眼表：“那一起吃个饭吧。曹老方便吗？”

曹老点头。

沈靳看向夏言：“你呢？”

夏言迟疑了下，点点头。

出了办公楼大门，沈靳并没再看到程谦的车，眼眸朝夏言转了过去。

夏言没吭声，和曹老一起上了沈靳的车。

一顿饭吃得平静而和谐，大部分时间沈靳都在和曹老谈工作、谈工艺。两个行家坐到一起，探讨的也大抵是行业现状和未来。

饭后沈靳送两人回家，先送的曹老再送的夏言，一路上没怎么说话。电梯里被打断的话题似乎也找不到继续的口子了，那两天“她”和“他”延续的微妙和暧昧似乎也正随着理智的回拢而逐渐消散。

车子在公寓楼下停下，两人一块儿下的车，一块儿进的电梯，都回了公司附近的家，背对着背开门，差不多同一时间拧开的房门，都有些微的停顿。

“夏言。”沈靳突然开口，“试过后还会回来吗？”

夏言吸了吸鼻子：“不知道呢。”顿了顿，她又说，“我和程总不是你以为的那样。我没有男朋友，也没有适合发展的对象。”

她回头看他：“最近想先专心工作和生活，感情的事顺其自然。”

沈靳似是笑了下："公司不禁止办公室恋情，如果可以的话……你也可以考虑一下近水楼台。"

他突然轻轻抱住了她。

她微僵。

她的发顶被印下一个很轻的吻。

"晚安。"他声音很轻，放开了她。

夏言一夜好眠。

第二天夏言照常上班，出门时遇到了同样准备出门的沈靳。

"早。"沈靳主动打招呼。

"早。"夏言微笑着回应。

沈靳将门关上时，冲她晃了晃手中的档案袋："先把这事办了吧。"

"……"夏言一下没明白过来，直到看到档案袋里的红本子。

上午十点时，两人已坐在民政局里。沈靳面色始终很平静，平静中又带着点说不清道不明的凝重，尤其是工作人员将离婚协议书递过来时，他盯着那几个字看了许久，有些失神。

夏言看向他，心里也说不上是什么滋味。

工作人员看两人不像真要离婚的样子，温声劝着："小两口过日子，总难免会有些小摩擦的，磨合着磨合着就好了，没有什么过不去的坎儿……"

工作人员边说着边将离婚协议书收回，被沈靳拦住。

沈靳将协议书拿了过去，往桌上一摆，指尖压着一转，拿起笔便要签字，笔尖压在纸上时又顿住，扭头看夏言，也不说话。

夏言瞥了眼那份协议，轻声说："你要是不想签就算了吧。"

沈靳嘴微微抿起，手指很快压住协议书，笔尖落下，像怕自己反悔般，笔尖都不带停的，一口气全签完了，啪的一声扔下笔，看也没看，指尖压着协议书转向夏言。

夏言也拿起笔，看了眼协议书，迟疑了下，也很快签下名字，将协议书递给工作人员。

结婚证被收回。

小红本子递交出去时，沈靳手有片刻的停顿，闭了闭眼睛后，又很快递了过去。

从民政局出来，沈靳说不上是什么滋味，胸口堵得厉害。

他转向夏言：“恭喜你，你自由了。”

夏言嘴角勉强弯了弯：“也恭喜你，你也自由了。”

沈靳并没有笑：“别和我说恭喜，我并没有觉得这是喜事。”

“那本结婚证是我的筹码。”他看向她，“我不知道我放开这个筹码对不对，认识你这么久，你似乎就一直是吃硬不吃软。”

“留着那本证，牵住你的那根线就一直在我手上，你想飞也飞不远，现在线断了……”他声音微顿，“要是夏小姐是个没良心的，我亏大了。”

“那不是意味着及时止损了吗？”夏言偏头看他，“到时沈总应该放鞭炮庆祝才是。”

沈靳道：“我看你似乎现在就想放鞭炮庆祝。”

夏言不觉微笑：“要一起吗？”

她的脑门突然挨了一记轻拍，不重，却一下把她胸中的郁气拍散。

沈靳脸上也已不复刚才的凝重，右手拿着车钥匙对不远处的车子按了两下。车子解锁，沈靳率先往车子走去：“庆祝这种事还是留着以后吧。离婚不是什么大喜的日子，上午耽搁的工作时间，晚上补回来。”

第十章 靠近

两人回到公司已是中午，赶上沈桥几人下楼吃饭。

沈桥对两人前几天晚上晒结婚证的事记忆犹新，看两人这个点儿才来，当两人最近在忙婚礼的事，笑道："二哥，你最近三天两头迟到，忙婚礼呢吧？日子定了吗？"他又笑嘻嘻地看向夏言，"二嫂，婚礼这事你让我二哥操办就好了，你一起忙就没惊喜了。"

夏言笑了笑，没说话，看向沈靳，想看他的意思。

沈靳面色如常："让送去检测的藤条都送过去了吗，结果什么时候出？"

沈桥道："估计这两天就差不多了。"

林雨和沈桥他们一块儿下来的，看向夏言："夏言，你们吃过饭了吗？一起吧。"

大概是因为她那天稀里糊涂为林雨说话的事，夏言发现林雨这两天对她似乎热情了不少，也没再像前几天般带着畏惧感。

夏言并不想和林雨有任何工作以外的接触，也不吝于在林雨面前表现自己的冷淡，她嘴角客气地弯了下："我吃过了，谢谢。"

看电梯门开，夏言先进了电梯。

林雨似乎并未察觉到她的冷淡，吃完饭回来时还是给她带了份午餐，热腾腾的，还都是她爱吃的菜肴。

夏言有些折服于林雨的细致，她入职以来两人几乎没有真正意义上一起吃过饭，顶多是在员工餐厅排队打饭时偶尔碰到。

“我看你平时好像都只点这几个菜，也不知道你喜欢吃什么，就随便点了几个。”把餐盒拿到她面前时，林雨笑得有些腼腆，“你应该还没吃午饭吧？趁热吃一点吧。”

夏言诧异地看了她一眼。

林雨手指往自己唇上指了指：“唇色还是完整的，但新补的妆不是这个色泽的。”

将餐盒搁下，林雨轻声叮嘱：“多少吃一点吧，下午还有五个小时班呢。”她说完出去了。

夏言抬头看她，她是径直出去的，经过沈靳的办公桌前甚至没抬头看沈靳，脚步也没有一丝一毫的迟滞。

她不觉看了眼沈靳。

沈靳抬头看她：“怎么？”

夏言推了推桌上的餐盒：“送你。”

沈靳道：“别人特地给你带的，可不是给我带的。”

夏言道：“或许林小姐就是想带给沈总的。”

沈靳没理她：“我已经让老五带了饭，估计快到了。想吃哪个你自己定。”

夏言自然是吃沈遇带的。

饭没吃到一半，曹老急吼吼地进来，不是找她，是找沈靳。

“沈总，上周就说到货的那批藤条怎么这个时候还没消息？”曹老问，“打磨、蒸煮、加工、抛光、上色、组装、编织、喷油都得要时间，这要再不过来，我们的第一批货可没法准时出库。”

沈靳皱眉：“还没到货？”他冲门外喊了声，“让老三进来。”

原材料进货方面由老三负责。前期是沈靳联系青艺藤业——当年的老客户，后期交给老三跟进处理。

老三很快过来，绷着张脸，看着像刚从哪儿受了气回来。

“青艺藤业的原材料一直没运过来是怎么回事？”沈靳问，开门见山。

“这几天就是一直在忙这个事。”老三一提到这个就急，“原本在家装设计展前就和他们公司下了订单，约定了送货时间，展会后又追加了两笔订单。按计划上周就应该到货了，但是那边给我的反馈说，库存不够，最近海关查得严，东南亚运过来的那批货还扣在海关出不来，得再等几天。我想着这也属于不可抗力，也是没办法的事。前两天去找了趟他们的负责人，他们还是拿海关搪塞，早上我又找了他们一趟，他们说是被催得没法了，想要把合同解除了，他们支付违约金。我正想找你说这个事。”

沈靳道：“现在那边怎么说？”

老三道：“李总坚持要解约。赔不赔钱都还是小问题，关键是藤条原料市场一向紧缺，优质的玛瑙藤一直很走俏，这约要真解了，短时间内我们去哪儿进货？”

“听他放屁。”老六脾气暴，当下爆了句粗口，“要是他家的货真被海关扣了，五哥会不知道？我看他就是不想卖了。就李力那抠门劲儿，连违约金都愿意赔了，要不是高价转卖给别人了，我这脑袋给他拧下来当球踢。”

沈靳手压下笔记本电脑，看向曹老：“公司在展会前有进过一批货，您带人先做着，能做多少是多少。”他说完看向老六，“昨天送检的那批白藤催一下，检测结果下班前务必发给我。”又看向老三，“青艺那边我来处理。你现在就找人，去乡下，大批量高价收购白藤，就老六带回来的那车那样的，越多越好，越快越好。”而后他拿过桌上的车钥匙，“我先去一趟青艺，都先去忙吧。”

夏言拿过一边的包：“我和你一块儿出去。”

沈靳脚步停了下来，回头等她。

夏言一边将文件往包里塞，一边向沈靳走过去，动作有些急，手从包里伸出来时，不小心把里面的东西也带出来了，啪的一下掉在了地上。

林雨座位离门口近，反应快，出声提醒：“夏言，东西掉了。”

夏言下意识地回头，“离婚证”三个字让她欲伸下去的手僵在了空气中，正欲帮她捡东西的林雨也愣了愣，抬头看她。

所有人都看到了地上的小本本，一个个看向夏言和沈靳，尤其是曹老，一双眼盯得夏言头皮发麻。

沈靳弯身替她将东西捡了起来，边塞回她手中，边对沈桥道："老六，对了，你帮我留意一下风起路的新楼盘。"

沈桥一下有些蒙："二哥，你要买房？"

"是有这个计划。"沈靳淡淡地应道，"家里的两套房子学区地段都一般，也小了些，以后有小孩了不方便，还是要置办一套大的。"

"最近不是限购了吗？一个家庭最多限拥有两套房子。"不知是谁困惑地嘀咕了声。

话音刚落，众人的目光一致落向夏言手中的离婚证。

办公室里的员工都是适婚年龄的，对房价多多少少有些关注。这两年住房限购令的新闻炒得正热，安城最近房价涨势猛，前一阵也刚出台了限购令，限购对象是家庭，每户家庭只允许新购两套商品房。有些家庭为了规避政策，会有一些假离婚行为。

众人面色从震惊转为了然。

沈靳也不做任何解释，面色如常："大家都先忙吧。"他转身，手臂搭上夏言的肩，"走吧。"

沈靳拥着她往外走，进了电梯才放开了她。

"谢谢你。"夏言看向他，真心道谢。

沈靳转头看她："不怪我不解释清楚？"

夏言摇头："这种事哪里能解释得清楚啊，大家还在纳闷我们为什么会突然迫不及待地结婚了呢。"

沈靳看了她一眼："连我都有同样的困惑。"

夏言忍不住笑了笑："那你还接受得这么坦然？"

沈靳道："有时候就是一种感觉吧。"

夏言道："什么感觉？"

沈靳看向她："似乎你本来就是我的。"

夏言："……"

电梯门开，已经抵达一楼，电梯外的光线冲散了那一瞬间升起的情绪。

“你真要买房吗？”夏言换了个话题，边与他一块儿往外面走边道，“现在买房可不划算，今年房价有些高了，明年会降不少，六月能降到最低点。不过如果不着急的话不如等等，等到二〇一四年底和二〇一五年初的样子，那个时间段会低一些，但别超过三月……”

沈靳脚步突然顿住，扭头看她。

夏言一下子没反应过来：“怎么了？”

沈靳道：“你怎么会知道得这么清楚？”

“……”脑袋一下有些蒙，夏言很快反应过来，“我根据新闻分析的啊。”

沈靳道：“依据呢？说来听听？”

夏言：“……”

她说不出来。

沈靳也没逼问，径自上了车。

系上安全带后，沈靳并没有马上开车，手搭在方向盘上，沉吟了会儿，转头看她：“其实我们真的是夫妻，就真实发生在未来那几年，只是出于某些原因，我暂时忘了，但你清楚地记得，对吗？”

夏言：“……”

她很快反应过来，摇头道：“也可能是我做了一个关于未来的梦。”

沈靳没有说话，手臂突然朝她伸了过去，在她头发上揉了揉。

很亲昵的举动。

夏言微怔，看向他。

沈靳已收回手，脸已经转向风挡玻璃方向，启动了车子，换了话题：“我们先去青艺藤业的仓库，再去找李总聊聊。这人有点势力，说话可能不太好听，一会儿你就在休息室等我，没必要跟我去会议室。”

夏言也跟着回到工作状态：“干吗，你还怕我和他们吵架啊？”

沈靳扭头看了她一眼：“怕你心脏受不住。”

夏言抿唇：“我修身养性了二十多年，没那么容易被气到。”

想想又不对，她自以为修身养性了二十多年，但最后离开的方式……夏言干脆闭了嘴。

青艺藤业离安城实业不算远，开车过去四十多分钟。仓库和办公楼在同一个园区里，工厂大，占地面积也大，但管理一般。

沈靳是以见青艺老总李力的名义在门卫处登记进的园区，没有依着保安指的路线去停车场，反而去了仓库区。

仓库正在卸货，卸的正是他们要的玛瑙藤。

沈靳将车停在了路边，掏出手机，给李力打电话。

手机很快接通。

李力一贯地笑脸迎人："哟，沈总，今天怎么有空打电话了？"

隔着个手机都能感觉得出他嘴角咧开的弧度。

沈靳身体缓缓靠向座椅，嗓音清清淡淡的："听说李总都要把我这笔生意砍了，我能不有空吗？"

李力笑道："沈总说的哪里话，这不是怕耽搁沈总您吗？说起这个事确实是我对不住沈总，按理说上上周就应该到的货，没想到让马来西亚那边的海关给卡了，又遇上台风天，至今出不了货，也不知道什么时候才能到。听老三说您这边着急用，我也不能耽搁了您不是，所以正想着找您谈谈，要不您再找找看别家有没有，我再给您贴点钱您看行吗？"

沈靳道："十倍吗？我们合同签的违约金是十倍没错吧？"

李力笑道："沈总您说笑呢，这不是不可抗力嘛，海关报告和台风天气报告都在那儿摆着呢。我也是过意不去，才想着多少补贴您点损失。"

沈靳轻笑："李总，我认识您也不是一天两天了，多年朋友，我们就打开天窗说亮话。紫盛高价把这批货截下来了，是不？"

李力一愣，而后笑道："沈总您这说的是哪里话，我们公司和紫盛一直有合作，他家的订单确实下得比您这边早。我和您多年的朋友，坑谁也不会坑您啊！"

说着话，李力矮胖的身子从办公楼出来，往仓库而去，他身后跟着几人，其中一人沈靳认得，周少辉，曾经的软宸集团的设计总监，现在紫盛的设计总监。

"李总。"沈靳看着远处缓缓走向卸货区的几人，对着电话缓缓地道，

“方便见面聊聊吗？”

李力有些为难：“这几天恐怕不太方便，我得去海口出个差，正忙着赶飞机呢。”

沈靳轻轻按了声喇叭。

李力循声望过来，看到驾驶座上的他，一下愣住，而后脸上浮起尴尬。

沈靳推门下车：“李总出差什么时候回来？”

李力脸上尴尬更甚，迎上前来，堆着笑脸打招呼：“沈总，您怎么在这儿了，什么时候来的？”

“刚到。”沈靳淡淡地回道，看向一边的周少辉，“周少辉，好久不见。”

周少辉没想到会在这里遇到沈靳，早听说沈靳已经出来，但一直没机会见到。他对于当年的老板还是带着几分知遇之恩的感激的，笑着迎了上来。

“这几年过得怎么样？”沈靳问。

周少辉道：“就那样呗，混口饭吃。”

还有其他同事在一边，他也没敢说太多。

“有空一起吃个饭。”沈靳也没过多寒暄，客套了几句后，转向李力，“李总，我今天过来只是和您要句话，您是确定不出这批货了是吗？”

“这……”李力有些犹豫，脸上又堆起为难的笑，“沈总，眼下实在没办法。这货是紫盛早订下的，新货一时半会儿到不了，要不您再宽限半个月？”

沈靳瞥了眼正在装卸的玛瑙藤：“据我所知，紫盛上月底才从您这边进了批货。您这边和紫盛是长期供需关系，是紫盛的稳定货源，并不存在临时供货不足的情况。紫盛今年的业绩一直在走下坡路，这个季度高端藤椅家居销量比上一季度下降了至少十个点，紫盛在减少产出，却临时增加原材料采购……”沈靳看向他，笑了笑，“李总的心思大家心知肚明就好。我也是不喜欢为难人的人，既然李总觉得难办，我也不强人所难。”

与周少辉道了声别，沈靳和夏言一块儿离去。

两人回到公司时，沈桥已拿着白藤的检测报告回来，含糖量远远低于其他藤条，韧性却要高得多。

“原材料全部替换成白藤。”沈靳当下拍板。品牌当初搭载江熠的品牌是以情怀和理念为卖点，没有在原材料上做过任何文章，杜绝了替换原材料可能带来的信任危机。

老六也被派往乡下，加大采购力度。这种白藤还未被发掘，安城储量尚算丰富，周边村民深谙这类植物的生长习性和分布区域，安城实业出资采购，也在一定程度上解决了周边居民的收入问题，争相进山砍伐的村民不少。

但采购只能作为短期策略。国内棕榈藤资源向来匮乏，优质藤条尤甚，产品一旦大批量面市，涌向这一原材料的大小厂家必定不会少，沈靳决定聘用当地农民进行人工种植，并另设原材料加工厂，满足公司需求只是一方面，抢占原材料市场也是目的之一。

而在这之前，沈靳让法务部正式起诉青艺违约。

接下来的几天，整个公司陷入异常忙碌的状态。

老三和老六的采购工作进展得很顺利，沈遇负责设厂事宜，曹老负责原材料加工和工艺制作，夏言和沈靳负责主设计，整个公司渐渐步入正轨。

真收到律师函的李力起初还没放在心上，只当沈靳在借此施压，捂着那批货说不发就不发。

宋乾那边的意思，是沈靳有求于他李力，而不是他李力有求于沈靳，沈靳公司的命脉掐在他李力手上，还怕沈靳跟他硬碰硬不成？

李力自己想着也有道理，他家的原材料在这个市场几乎是一家独大，海外厂商都与他这边合作密切，别说沈靳一家新公司没有足够的资本和精力跑到海外寻找货源，就是去了，他打声招呼，哪个厂商敢给沈靳？就算没他这招呼，沈靳一新公司能有多大订单量？扣除长途运输成本和员工成本，几乎没有利润可赚，谁愿意接他这生意？再退一万步讲，沈靳的大名在业界谁人不识，沈靳当年那点事更是尽人皆知，除了他，谁还敢与一个信誉有问题的人打交道？再者沈靳也不是蠢的，就为那点货千里迢迢从海外进口，这成本他扛不扛得住都是个问题。

心思这么一转，李力淡定了，把律师函搁置不理，但明面上还是想着要与沈靳维持着友好。

他没想过要放弃沈靳这笔生意，只是相较于刚起步的安城实业，紫盛才是他最大的金主，他的公司百分之六十的货都销往紫盛，宋乾以中止合作为要挟，逼他压着沈靳的货不发，他不敢不做。

紫盛是大公司，是并购了当年最大的软宸集团才有现在的规模，一同接手过来的还有软宸所有的技术人才和进货、销货渠道，它不同于安城实业的小打小闹，多的是海外进货渠道。沈靳得求着他，他却得求着紫盛，自然是不敢得罪。更何况宋乾那边还以略高于沈靳的价格悉数拿下了沈靳那批货，他不亏反赚，权衡之下自然是与宋乾站一条船上。

再推己及人地想，紫盛是他李力的金主，他得求爷爷告奶奶地供着紫盛，什么时候敢和他们横过？现在他是沈靳的金主，掐着沈靳的命脉，沈靳再硬气，敢真和他横？

不过沈靳这订单量他吃得下，怎么说也是一笔钱，李力就想着先拖着，拖到沈靳的产品交货时间过了，宋乾不理会了，再把货发过去，沈靳即使有气，但他能不收这货？不收他去哪里再弄一批这么好的原材料？

和宋乾认识多年，宋乾是什么打算李力心里门儿清，不过是怕沈靳真东山再起了，掐着股劲儿要把沈靳摁死在摇篮里，不让他有起来的机会。

沈靳这一拨复出闹得声势浩大，一炮打响，这于沈靳就是柄双刃剑，如期交货了，安城实业和“遇鉴”趁势而起；交不出货，直接把自己坑死。

李力也不赌沈靳能不能起来，有时候人生就看点时运，谁也说不好。沈靳这笔钱他是非挣到手不可的，但宋乾那边也不去得罪，因此在收到律师函后，李力一边搁置不理，一边压着货不发，一边试图联系沈靳，没想到一次也没联系上。

从那天在工厂里沈靳撂下话不强人所难后，李力就再也没打通过沈靳的电话，打私人手机不接，打办公室的电话，助理永远是歉然地回话：“不好意思，沈总在开会。”“不好意思，沈总出去了。”“抱歉啊，沈总不在。”……总之，就是没一次能将电话转到沈靳手上。不只沈靳的电话打不通了，老三的电话也不接了。

李力觍着脸试过几次后心里也不平衡了，想着沈靳和他横，自己干脆也端着不理会，沈靳找不到合适的原材料，最后还不是得回去找他。

晾了几天，没等到沈靳一个回电，李力又有些放心不下，怕沈靳真认了真，权衡过后，放下身段主动去了趟安城实业。在前台那里就被拦了下来，让先在楼下等等，前台人员去通报。

李力不得不坐在一楼的休息区等，等了半天没等来沈靳，也没等来前台的通报，心里不大痛快，担心沈靳真较了真，也不好发火，于是耐着性子等，没等来沈靳，却看到了正下楼的夏言。

他记得夏言，那天和沈靳站一块儿的，好像姓夏。

“夏小姐。”李力微笑着起身打招呼。

夏言回以一脸困惑，不紧不慢地走向他：“请问您是？”

李力从钱包里掏出张名片，递给她：“你好，我是青艺藤业的负责人，李力。”

夏言客气地接过：“不好意思，没认出李总。”她又问他，“李总有什么事吗？”

李力道：“沈总在吗？”

夏言道：“在开会呢。”

李力道：“沈总大概什么时候有空呢？”

夏言抬腕看了眼表：“恐怕得到下午五点多了。”

李力笑道：“没事，让沈总先忙，我先在这边等等。”

夏言也不阻拦：“好的，回头我和沈总说一声。”

告别了李力，夏言径自去了厂区。

沈靳就在那边。

老三和老六去乡下收购的原材料已一一到位，曹老那边也早已忙开，加工好的原材料都已送往车间。

曹老放心不下底下人的手艺，监督完原材料那边的打磨加工工作，又马不停蹄地进车间，亲自上阵。

沈靳办公室那边暂时没什么事，也加入车间的监督工作，不容许产品有一丝一毫的瑕疵。

夏言手上暂时没事忙，也是想着过来帮忙的，看到沈靳正站在一个搭好的藤椅骨架前，手拿着编织到一半的装饰盘花，正比画着，一身黑色西装与周围显得格格不入，神色却又分外认真和专注。

屋里就他和曹老在。

夏言和曹老打了声招呼，走向沈靳。

“李力来找你了。”在沈靳面前站定，夏言低声说。

沈靳头都没抬，依然不紧不慢地忙着自己手上的活儿：“在哪儿？”

夏言道：“一楼休息区。”

沈靳道：“晾着，不用管他。”

夏言嗯了声：“我和他说你在开会。”

沈靳点了点头，扭头看她：“你过来做什么？”

夏言道：“帮忙啊。”

她的话音刚落，沈靳手中的盘花便落在了她手上。

“你看看这个摇船盘花是不是偏大了些。我先去接个电话。”交代完，沈靳已拿过一边振动的手机，按下接听键，走了出去。

夏言站在他刚刚的位置上，旁边是同样在忙的曹老。

看她站过来，曹老问她：“忙完了？”

夏言点点头：“对啊。”

曹老扭头看了她一眼：“是不是还忘了点什么？”

夏言皱眉，一下没想明白。

曹老提醒她：“离婚证。”

夏言头皮一下发麻，这一阵大家都忙得厉害，她还以为这个事已经过去了。

“真要买房呢？”曹老问。

夏言硬着头皮点头：“嗯……”

曹老道：“看好了吗？”

夏言道：“最近在忙，还没时间去看呢。”

话音落，她的脑门突然挨了记轻拍。

“真把我老头子当那几个二愣子糊弄呢？他的事业刚起步哪儿来的闲钱买房？”

夏言挠着脑袋看他，不敢吱声。

他之前追问过她和沈靳为什么仓促结婚、为什么结婚没有婚礼之类，她在他面前交过底，她和沈靳还不是真正意义上的夫妻，只是阴错阳差，一时头脑发热。但当时为着不让老人家担心，撒了个小谎，说是和沈靳在磨合中。

“你和他是不是磨合不来才离的婚？”曹老问，开门见山，“我是想着你和他既然只是阴错阳差，没到真夫妻那一步，我就先帮你掂量掂量，看他值不值得你托付，现在既然你自己都有答案了，我还折腾什么，我回家搓麻将不舒服啊？”

夏言拽了拽他的衣袖，声音轻软下来：“您不是想要把您的手艺传承下去吗，搓麻将还怎么传承啊？而且您最近不是忙得挺开心的吗？”

“那是因为我在给自家外孙女婿和外孙女干活我开心。”曹老说到这儿又不淡定了，“都不是自己家的了，我给别人做什么嫁衣？他沈靳以后再有能耐、再有钱也是别人家的，苦活累活你和我全干了，福全让别人家的闺女享去了，谁干？”

夏言小心地看他：“不传承了？”

曹老眼一瞪：“不全传给你了吗？”

夏言不敢吱声了，讷讷地回他：“我是真的想买房才假离婚的。新婚姻法不是都要出来了嘛，我婚前没房子呢，我就想着婚前置办一套傍身，我手上刚好还有点钱。”

她的脑门又挨了记戳。

“脑袋里装的什么东西？不想着怎么好好过下去，尽想着给自己留后路。”

“谁都不想有那么一天啊，但万一呢？要是他真没忍住，出轨了，难道你还让我忍着不离吗？”夏言抬头看他，“你看你这么在意这个，那要是到时真不小心发生了这种事，我真离了，你不是得捶胸顿足追悔莫及啊？”

“我悔它做什么！要是以后你们真那啥了，婚内财产，到时不得分你一部分？你那一部分就当我给你的嫁妆，我给得心甘情愿。”曹老看她，“但现在有什么？负资产！你们要真离了，我再忙活下去以后能分到你头上？”

夏言说不过他，鼓着腮帮子不敢说话了。

曹老非要她给一个答案，她和沈靳是不是真的结束了。

夏言怕他明天真不会来了，很认真地摇头："真没有。"

沈靳刚好接完电话进来，随口问了句："没有什么？"

曹老抬头看他："在聊你们离婚的事，问她你们是不是真离婚了。"

沈靳看了眼夏言："她怎么说？"

曹老笑道："沈总怎么说她怎么说呗，小丫头一心向着你呢。"

夏言手肘不动声色地往沈靳的手臂上撞了撞，让他别胡乱说话。

沈靳似是笑了下，没有多说什么，站到夏言身侧，与她一块儿忙活。

几人都没再继续这个话题，一直忙到了临近下午六点。

晚上公司有团队聚餐，今天都不用加班。夏言回办公室拿包，刚到办公楼大厅便被李力叫住了。

夏言没想到他还在，诧异地问他："李总，您还在等沈总啊？"

李力脸上的笑已不太挂得住了："沈总还没开完会吗？"

夏言懊恼得一巴掌拍在了脑门上："你看我，一忙起来就忘记这个事了，实在对不住啊，我帮您打电话问问行吗？"

"……"李力脸上的笑越发僵硬，他勉强挤着笑脸，"没事，夏小姐你先打电话问问。"

夏言当下给老六打电话，捂着听筒稍稍后退了几步，电话一接通，自顾自地道："喂，老六，沈总开完会了吗？"

"啊？已经开完了？什么时候的事？那沈总还在办公室吗？"

"出去了？他什么时候出去了？你怎么也没和我说一声啊？"

"不是不是，李总来找他，一直在楼下等着呢，我给忙忘了。"

"那沈总一会儿还回来吗？啊？"

……

李力看着她的神色从平静到懊恼，再从懊恼到自责，一颗心也被吊得跟什么似的，好不容易看她终于挂了电话，声音也不觉跟着急了起来："沈总又出去了？"

夏言迟疑地点头，人看着像要哭出来的样子："李总，实在对不住啊，是我没交代清楚。刚刚同事说，沈总下午四点多就开完会了，有个客户从印度尼西亚过来，他去机场接人了，今天估计没办法回公司了。"

李力道："可……可我不一直在这儿看着嘛，我没看到沈总下楼啊？"

夏言道："沈总直接去的地下车库，开公司的车去机场接人了。"她说着手往外面的露天停车场一指，"沈总的车都还在那儿呢，我也以为沈总没开完会的。"她说完又面露懊恼，"李总，真的对不起啊，是我疏忽了。要不您看这样好吗，您先回去，等沈总有空了我帮您约一下他？"

李力一口气憋得难受，看夏言又一副快哭出来的样子，确实不像成心的，憋着那口气没法发，勉强弯了弯唇："那就麻烦夏小姐了。"

夏言看着他上车离去，脸上慢慢恢复平日的平静，正准备往电梯走去时，身后突然传来沈靳的声音："看不出来，你自编自导自演的能力挺不错的。"

夏言循声回头："你什么时候过来了的？"

沈靳道："来了一会儿，看你演兴正浓，没敢打扰你。"

夏言："……我是在帮你挡他。"

沈靳道："所以我不出来让你被打脸不是？"

夏言点头："谢谢老大体谅。"

说完她先往电梯走去。

沈靳跟在她身后，看着她按下电梯按键，突然出声问她："你和曹老是什么关系？"

他记得有一次和她讨论王叔和曹老，她有坦诚过认识曹老，言辞间对曹老的行事风格极为熟悉；她的手艺也明显师承曹老。

他当时还问过她方不方便引见，当时她委婉地提过，如果没有那本结婚证在，还有可能。

沈靳当时猜过有没有可能是她的祖父或者外祖父之类，但看到真人，又不太确定，如果是祖父辈的，看着似乎年轻了些，整个人看着都快是夏言爸爸那一辈的了；曹老也总故意摆着一副和夏言不熟的样子。

夏言不敢坏了老爷子的恶趣味，含蓄地回了句："沈总觉得是什么关系就是什么关系。"

看电梯门开，她走了进去。

沈靳一块儿入内，看向她："曹老是你劝过来的？"

夏言不敢居功，摇了摇头："他自己要来的。"

看沈靳只是看着她不说话，眼眸深黑，眼神……她说不上来，就是一直任由视线静静地落在自己身上，看得电梯里的空气隐隐都有暧昧的迹象。她有种他下一秒就要抱住她的错觉，好在没有，电梯很快停了下来。

电梯门口已经围了一堆人，都早早收拾好准备下班去聚餐。

看到电梯里的两人，老六出声催促："快点快点，我们在楼下等你们。"

等夏言和沈靳都收拾好到楼下时，其他人都已上车出发，只剩老六、林雨和徐菲在等着。

五人里只有沈靳有车，自然是都上沈靳的车。

沈桥想着有三个女生，因此很自觉地去拉副驾驶座的车门，弯下半个身子就想钻进去，换来沈靳淡淡的一瞥："滚后面去。"

沈桥瞬间醒悟，很自觉地把副驾驶座让给了夏言："老板娘优先。"

自从看过结婚证后，他对夏言叫"二嫂"和"老板娘"叫得极为顺畅，离婚证事件完全不影响他的观感。

只是想到离婚事件，沈桥就想起沈靳托他看房的事来，一上车话题便转到了买房的事上，一股脑儿给沈靳推荐了好几套房。

沈桥推荐的全是一百六十几平方米的大四房，总价不低，现在买和明年六月买是大几十万元的差价。夏言记得这个时候的沈靳确实挺穷的，全部身家都押在了公司上，负债累累，公司刚起步，还没到赢利阶段，他哪里真拿得出钱买房？她这几年靠着自己的小手艺和钻研淘宝倒是挣了笔钱，但明知道明年房价会降的前提下还掏光积蓄买房，她也没这么傻，因而也就替沈靳回了句："好像有点大了。再看看吧，不着急。"

沈靳也淡淡地应了声："再看看吧。"

沈桥不疑有他，爽快地点头。

夏言坐着有些累，回头找靠枕，冷不丁与林雨的视线撞上。

林雨正在看夏言，一种若有所思的眼神，夏言一时间也说不上来，也不知道是不是自己对她的先入为主导致过度解读了她此时的眼神。

林雨大概没想到夏言会突然回头，目光一下子没来得及收回，相撞上的那一瞬间夏言看到了她眼神里匆忙收起的尴尬，她回头将后面的抱枕递给夏言。

“谢谢。”夏言客气地道谢，坐正身子时偷看了眼沈靳。

沈靳正专注地开车，捕捉到了她偷觑过来的眼神，扭头看她：“怎么？”

夏言冲他晃了晃手中的抱枕：“怎么买了个这么丑的抱枕？”

本来只是她随意找的借口掩饰自己的偷窥，没想到沈靳扭头看了她一眼：“晚上陪你去超市挑几个你喜欢的。”

夏言：“……”

车子在半小时后在老六订好的中餐厅门前停了下来，卡座的装修风格，虽然正是用餐高峰期，餐厅里却不见嘈杂。

其他人早已到来，都已进了包厢。

夏言和沈靳几人往包厢方向走，好几个包厢都不爱关门，里面的人嗓门也大，远远地便听到里面的吼声：“他沈二算什么东西，给老子摆架子？！我还真不信了，这货我捂死了不发，看他到时怎么跪着求我！”

说话的正是稍早前离开的李力。

夏言想起一句老话：白天不说人，晚上不说鬼。

那么大个城市背后说句闲话都能被正主听到，也不知道李力运气好还是不好。

她的目光不自觉地转向被说闲话的正主，沈靳面色始终平静如常，反倒是旁边的三个人脸色不太好看。

沈桥啐了声：“什么东西！”

包厢里宋乾带笑的声音传出：“李总，来，喝酒，喝酒，被那种人气坏了身体不值。”

喝过酒的李力继续大着嗓门道：“宋总您说得对，现在是他沈二求着我，不是我求着他，我就看看他能和我横多久。”

宋乾笑道：“李总，你可别到时沈二给你灌几壶迷汤，你就被迷得不知东西南北，把货给他发过去了。沈二不能有任何起来的机会。”

粗野的笑声随着他们与包厢距离的缩短而变得清晰：“宋总说的哪里话，

他沈二能给我灌什么迷汤？到时发货时间到了，你看他求不求我。他还以为他还是当年的沈二呢？我就等着他回来，把尊严踩在地上踹碎了捧到我面前，看他还怎么横。”

沈桥咽不下这口气，转身就想冲进包厢找人算账，被沈靳拦了下来。但沈靳拦得了一个拦不了两个，一直默不吭声的林雨冷不丁端过迎面走来的服务员托盘上的果汁，转身进屋，啪的一声便朝李力脸上泼了过去。

不只屋里的人愣住了，连夏言也愣住了，是被尴尬得愣住的。

林雨面上一片冰冷，手中握着空杯，目光冷冷地看着李力：“你又算什么东西，真以为我们‘遇鉴’没有你活不——”

眼看着她要说漏嘴，夏言一把拽过林雨，赔笑道：“不好意思，不好意思……”她生生打断了林雨的话。

屋里不只宋乾、李力在，程让和程谦也在。

程让本是慵懒地靠坐在椅背上玩手机，嘴角始终勾着嘲讽的淡笑不说话，林雨和夏言的闯入打断了他嘴角的哂笑，他的目光看向两人。

程谦原也只是漫不经心地喝着酒，垂着眼睑一直没说话，看到夏言进来，他一下站起身，看向她。

“你怎么在这儿？”他问。

夏言也看到了他，客气地颔首：“程总。”然后她冲屋里的几人略略点头，“不好意思打扰了，你们继续。”

说完她推着林雨出去。

“等等。”程谦突然出声。

夏言询问的眼神看向他。

程谦看了眼她身后的沈靳，嘴唇动了动，最后变成两个字：“没事。”

沈靳也已进屋，看向李力：“李总，听说您等了我一下午，实在对不住，下午太忙，没时间招呼您。”

李力脸上一阵尴尬：“没事……没事，沈总忙您的。我刚多喝了几杯酒，说话有些大舌头，不过脑，沈总别往心里去。”

沈靳笑了笑：“没事，过些天我还得求您办事呢。”

与屋里的其他人微微颔首后，他退了出来。

夏言顺道把门带上："我帮你们把门关上吧。说话不过脑没事，但过了别人的耳，别人路过还以为里面是什么东西在吠呢，影响了形象可能不太好。"

她啪的一声带上了门，一回头看到沈靳在看她，又是那种幽深难测又平静异常的眼神。

"怎么了？"她轻声问，下意识地摸了摸脸。

她的手被沈靳拉了下来，握在了手里，沈靳道："没事。"

老六还一脸郁愤难平，情绪全挂在脸上，一到包厢就重重地拉开椅子，一屁股坐了下去。

林雨和徐菲脸色也不太好，都沉默着不说话。

其他人本来还闹腾着，一看这架势，都停下了。

"怎么了？发生什么事了？"老七问，"怎么一个个苦大仇深的？"

沈桥道："碰到了几条乱吠的疯狗。"

老七挑眉："说来听听？"

夏言站在桌前，四下扫了圈，问："都到齐了吗？你们点餐没有啊？"

"还没呢，等你们过来再一起点。"老七说着把菜单递给夏言，"你们看看想吃什么。"

说完他又转向老六，追问发生了什么事。

"刚经过外面包厢的时候听到有人在说——"徐菲接过了话，话到一半声音又低了下去。被人背后议论的毕竟是自己的上司，被他们这群员工听到已经够尴尬了，要是再被当面提……她自觉地闭了嘴。

老七听得着急："怎么不说了啊，到底什么事啊？"

"就是遇到了几只疯狗。"沈桥端过茶狠狠地灌了一口，"要不是二哥拦着我，我非进去掀了他们的桌不可。"说着他又朝林雨竖了竖大拇指，"干得漂亮！"

林雨不大自在，也有些尴尬，欲言又止。

老七和其他人听得云里雾里："我说你们能不能别打哑谜，把话说清楚行不？"

夏言把菜单往桌子中间轻轻一放："我们还要不要点菜啊？"

她的声音不大，也是一贯的温柔徐缓，其他人却是一下被镇住，一个个看向她，那眼神就像一不小心看到个撕下淑女面具的粗鲁女汉子，一瞬间对自己的认知产生怀疑。

尴尬伴着热气从面皮底下一点点升起，夏言牵了牵唇："是不是应该先点菜啊？饿死了。"

沈靳倾身拿过菜单，招来服务员，一口气点了十多道菜，而后把菜单递给服务员，这才出声解了其他人的惑："在外边包厢碰到了李力和宋乾几个，在讨论这次捂货的事。"

"我就知道。"老三暴脾气跟着起来，"三番五次给我找借口我就觉得不对劲，果然是故意压着货不发，看这次不整死他！"

老六接话："对。"

群情愤慨时，林雨却迟疑地转向沈靳，向他道歉。

不只夏言困惑地看过去，坐在她旁边的沈桥也困惑地看她："你道什么歉呢？"

林雨迟疑地看了看众人，才细声道："李力他……他是我舅舅……我不知道他会那么恶心大家……"说完她又像怕大家误解，疾声道，"但我家和他早断绝关系了，我就是看不惯他那嘴脸才冲动了的……"

夏言原以为林雨的举动是言情小说里女主角看不惯男主角受辱挺身而出的狗血桥段，没想到是新仇旧恨热血上脑大义灭亲，脑子一下也转不过弯来，不觉看向沈靳。

按言情小说的发展思路，向来冷情冷血的总裁因为女主角出人意料的挺身相护，心脏在那一瞬间受到巨大冲击和震撼，下意识地去留意这个他从来看不上眼的女人，尤其是这种与平口个性充满巨大反差的行为。

沈靳询问的眼神朝她看了过来，夏言很淡定地转开眼，端起茶杯喝茶。耳边传来沈靳淡淡的嗓音："没事，过去的就算了，谢谢你。"

这个话题被沈靳一句"谢谢你"终结，在吵吵嚷嚷地商量了怎么让李力和宋乾被打脸后，话题随着菜的陆续上桌转向了别处，餐桌的气氛也慢慢跟着轻松。

聚餐临结束时，夏言起身去洗手间。

餐厅面积小，包厢里并没有附设洗手间，只在不远处的走廊尽头设了个公用厕所。

从洗手间出来，夏言拧开水龙头弯身洗手。身侧空着的位置隐约有阴影压下，夏言本没留意，直到程谦低沉的嗓音缓缓响起："压着安城实业的货不发不是我的意思。"

夏言讶异地抬头，程谦正在不紧不慢地洗手，她看过去时他正扭头看她。

"程总。"夏言客气地打了声招呼。

程谦关了水龙头，往夏言他们包厢的方向看了眼："部门聚餐？"

夏言点点头："对啊。"她也顺手关了水龙头，抽了张手纸擦手，道，"程总，我先回去了。"

她转身想走，手臂突然被程谦拽住。

夏言困惑地回头看他。

"上次王叔的事是宋乾找人干的，我没有参与，但我事后知情。"程谦看着她，徐徐地道，"这次的事我从头到尾都知情，但我不干涉，也不阻止。"

夏言微笑道："我大概猜得到。程总和王叔没什么交情，但他住院后程总一直去看他，对他照顾有加，应该是有点补偿心理的。谢谢程总的坦白。"

夏言小心地转了转手臂，暗示意味很强，希望他能先放开她。

程谦并没有如她所愿放开她，眼眸依然看着她不放："你没有什么要问的？"

"……"夏言摇摇头，"没有。"

程谦道："你就不担心这批货不能送到，你们不能如期交货？"

夏言依然只是摇头："这是老板该担心的问题，我不是老板。"

程谦道："我以为以你对自己作品的热爱，容不得它出一丝一毫的纰漏。"

夏言抿唇，终是没能忍住，抽回了手，仰头看他："我以为以程总的气量，是不屑于用下三烂的手段打压竞争对手的。"

程谦道："这不是我的意思。"

夏言道："但你默许了。"

程谦坦然地点头："对。我想知道，四面楚歌的沈靳能触底反弹到什么地步。”

“那程总就搬好凳子抱好瓜好好看着。”轻声说完，夏言转身想走。

她的手臂再次被拽住，连带着身体被拽着往后退了两步，被推抵在了墙角。程谦手撑在她身后的墙上，平静的话语伴着温热的气息扑面而来：“你是在为沈靳不平还是为自己的心血被糟蹋了不平？”

夏言一下心慌，抬头看向近在咫尺的男人面孔，他正低头看自己，将自己逼抵在墙角的姿势暧昧而充满遐想空间。

她和程谦算不得多熟，总共也就一起吃过两次饭，一起经历过王叔被打，勉强算得上共患难一次，以及在医院遇见过几次，不咸不淡地聊过几次。

虽然他的频繁邀约让她自嘲过他是不是看上她了，要不要考虑试试，但也只是郁闷难解时自暴自弃式的自我解嘲，她没对程谦存过非分之想，也相信单凭几次短暂的接触，程谦不可能会对她生出非分之想。本质上，他和沈靳是同一类人，都是理智过头，又异常冷静的人，只是沈靳更倾向于蛰伏，收敛了所有的锋芒，他更倾向于锋芒毕露，从不吝于以自身的气场压人。

此刻，他以这种极为暧昧的姿势将她逼抵在墙角，居高临下地看着她，问她是在为沈靳不平还是在为她自己不平。意料之外的状况让夏言脑子一下全乱了，只戒备地看着他。

程谦并没有进一步的举动，只是垂眸看着她，重复了一遍刚才的问题，似乎只是想借这种方式，最快速度地得到他想要的答案。

这个在夏言冷静时都没想明白的问题，此时更没办法明确回答他。她混乱的大脑连基本的语言组织能力都丧失了，只余一双眼睛紧张而戒备地看着他，然后眼角的视线看到了对面包厢走出来的沈靳。沈靳的眼眸与她一眼对上。

她看到了他骤缩的瞳仁，而后看到他朝这边缓缓走了过来。

她目光的落点让程谦不自觉地回头。看到了朝他们走来的沈靳时，他撤回了抵在夏言头侧的手，回头与沈靳打招呼：“沈总吃完了？”

夏言趁机退出了墙角，走向沈靳一边。

沈靳看了她一眼，黑眸缓缓看向程谦：“程总还没回去吗？”

程谦道："准备回去。"

微微颔首后，程谦并没多做停留，转身走了。

沈靳看向夏言："回去吧，大伙儿都在等你。"

大家都已吃完，就等她一人。

沈靳看她这么久没回去出来找她。

夏言也早已吃饱，买了单，和大伙儿一起散去。

沈靳顺路送她，一路没怎么说话。

他一贯是这个性子，但车里的气氛又隐隐和平时不同，有股压抑的沉闷感。

"刚……我是在洗手间门口碰到的程总。"迟疑了一下，夏言闲聊式地开口，"他说王叔的事是宋乾指使的，他知情，但不是他的意思。这次压货的事也是。"

说完她看向沈靳。

沈靳也抽空回头看了她一眼："他对你挺坦白的。"很平静、很客观的语气，并不带丝毫嘲讽或者其他。

夏言嘴角勉强弯了弯："好像是……"她又补充道，"他大概就是那种我卑鄙也要卑鄙得坦坦荡荡的人吧。"

沈靳不语，眼角瞥见对面马路的大型商场，趁着绿灯左转了过去，将车停在了路边。

夏言困惑地看他，却见他熄了火，抽出钥匙。

"去超市看看。"

夏言一头雾水地跟着他进了商场，直到在汽车用品区站定，看着货架上颜色各异的靠枕，才恍然，想起去吃饭的路上，她为掩饰被逮个正着的尴尬随口扯的小谎。

"喜欢哪个？"在货架前站定，沈靳扭头看她，问道。

夏言嘴角不大弯得起来："我只是随口说说。"

沈靳拿起货架上一个卡其色的靠枕，冲她晃了晃："这个怎么样？"

"……"夏言勉强点了点头，"挺好的。"

沈靳看向一边的导购："拿四个。"他又问她，"护颈呢？喜欢哪款？"

夏言迟疑地看了看他，随手指了一款。

沈靳转向导购："把这两个也包上。"

从商场出来，到家时已晚上十点多。一路上两人都没怎么说话，回到家门口时互道了声晚安，各自掏出钥匙开门，侧身背对着，谁也没说话。

夏言握着钥匙，钥匙插在门孔里，一点点地旋，开门的动作不自觉地比平时慢。

沈靳也是。

背对着的身体，谁也没看谁，谁也没说话，走廊里的声控灯灭了又亮，两边的门几乎同一时间被拧开一道缝。

夏言握在门把上的手顿了顿，用力推开门。

她的左臂突然被握住，死紧，掐到了骨子里地疼。

夏言回头看他。

沈靳黑眸与她对视了两秒，松开了手："晚安。"

第二天，夏言刚准备去上班，就在门口碰到了沈靳。

两人最近的默契度似乎特别高，几乎在同一个时间点出门，夏言也自然地蹭了沈靳的顺风车。

两人今天都出门迟了些，几乎是踩着点儿到的公司，刚出电梯便远远地看到了从办公室出来的沈桥。沈桥手里拿着个手机正要拨号，抬眼看到了他们，手已经朝沈靳招呼开："二哥。李力让人把货全送过来了，正停在仓库门口……"

他的话音还没落，李力矮胖的身子也跟着从办公室走出，被脂肪堆得圆润的脸上堆满笑容："沈总，好消息，货到了，这不，我一大早赶着亲自给您送过来了，希望没有耽搁你们的进度。"

说话间，沈靳已面无表情地与他擦肩而过，脚步未停。

"沈总？"李力困惑地回头看他。

"怎么送过来的就怎么带回去。"沈靳终于出声，浅浅淡淡的嗓音听不出情绪，人也没看他，只是径自吩咐沈桥，"让保卫科的人去仓库门口盯着点，别让人下货把地板弄脏了，后勤清洁人手不够，别净给他们增加工作量。"他又吩咐已经从办公室里出来的老七，"去法务部催一催，看维权工作走到哪一步了，大概什么时候开庭。”

“……”李力矮胖的身子窜到沈靳前头，“不是，沈总，货我给您送过来了啊，为表达我的歉意，我还特地给您多送了几车……”

沈靳平静地看向他：“李总，今天几号？”

李力：“……”

沈靳道：“合同定的日期是几号？”

李力：“……”

沈靳道：“回去告诉你家主子，我这里不是他献殷勤的踏板，别什么垃圾尽往我这儿堆。”他说完看向沈桥，“把人轰出去。”

沈靳绕过李力，进了办公室。

夏言跟着入内，看沈靳的脸色似乎不太好，也不太敢吭声，默默地去倒了杯水，递给他。

沈靳回头看了她一眼。

夏言将水递过去些：“先喝杯水吧。”

沈靳接过那杯水：“谢谢。”

一饮而尽后，他转身回了座椅上，看夏言还站在原处没动，眉梢略略一挑：“还有事？”

夏言抬眸看他，轻轻点头：“我觉得你这次的行事风格和你平时不太像。”

沈靳道：“怎么说？”

夏言道：“我以为你会顺势不动声色地从李力身上连皮带肉地抽掉一层，而不是这样直接撕破脸。其实你心里清楚，这批货到了，对我们是好事。”

其实整个产品计划都因为李力扣货的事被打乱了。初定的计划里，第一代产品主打的是情怀和格调，落点在理念上，第二代产品落点在原材料上，因此第一代产品用的是市面上声誉度比较高的玛瑙藤，它存在的意义只是代表着上乘品质。但第二代产品落点在原材料上后，除了材料本身的质地和包装赋予它的上乘品质，更代表了一种独一无二。市面上没有人在用它，他们挖掘的优质新品，是这片土地上生长的、与一代代手艺人承载着的工艺完美结合的独特品种，是“遇鉴”的独一无二。这本身就是一个新奇点，但一旦第一代产品已经用了这种原材料，第二代产品再将它作为卖点，也就失去了新鲜感，以及那种揭开面纱前的神秘感。

就因为李力扣货不发的事，沈靳不得不把第二代产品的原材料用到第一代，原定好的第二代产品也不得不被暂时搁下，重新拟订产品方案。

现在李力把货送过来了，意味着第二代产品的设计和宣传方案都可以如期进行。而且现在是李力觍着脸上门求他们，夏言以为以沈靳的性子，是要把李力剥一层皮后，还让李力对他沈靳感恩戴德，而不是这样简单粗暴地撕破脸。

沈靳身体缓缓靠向座椅的椅背，双臂缓缓交叉环胸，看向她："计划被打乱，我们就设计不出新产品了吗？公司就一点抗风险能力都没有？"

夏言轻轻摇头："我不是这个意思，只是觉得你既然有能耐整治他，天堂模式就摆在眼前，你为什么非得选择地狱模式呢？"

沈靳看着她不动："你觉得，李力为什么会突然改变主意把货送上门？"

"是为了补救吗？"夏言不确定，"昨晚被我们撞破的事让他心生尴尬，想补救？或者是不想得罪你，想缓和和你的关系？"

沈靳嘴角略勾了一下："我没你想的那么重要。"

他的手指朝她勾了勾。

夏言上前。

沈靳站起身，身子前倾，手掌冷不丁扣住了她的后脑勺。夏言下意识地想退，但被他强行压扣了下去，压得她上半身几乎弯到了桌子上方，与他眼对眼鼻对鼻相望，气息交融。

夏言心口一下发慌，抬眸看他。

沈靳也在看她，黑眸很静，很深。

"程谦不发话，你以为他李力敢动半分？"看着她的眼睛，他徐徐开口。

夏言微怔，扣在她后脑勺上的手掌蓦然收紧，她的鼻尖几乎抵到他的鼻尖上。

"你以为程谦为什么松口让李力把货送过来？"视线看入她的眼睛，他一字一句，把声调压得极低、极缓，"他在讨你的欢心，明白吗？"

夏言："……"

沈靳道："我不想给他这个机会。"

话音刚落，他的唇咬上她的唇。

夏言下意识地想退，扣在后脑勺上的手掌狠力一压，迫使她的头颅更靠近他。

她看到了他黑眸里的狠劲，他眼神清明，却发狠，一如他压在她唇上的吻，近乎残虐。

她的眼神与他对上。

他盯着她的眼睛看了会儿，戾气散去，重新恢复她看不懂的平静深黑。唇上的动作也停了下来，眼睑敛下，额头轻抵在了她的额头上，伴着一声徐缓的吐气声："夏言，如果能留下你，我心甘情愿选择地狱模式。"

他放开了她，冲门外喊了声："开会。"他说完拿起桌上的会议记录本，出了门。

外面办公室的其他人也赶紧拿起会议本和笔起身。

沈靳扫了众人一眼："林雨，你去仓库的门口看着，让李力把他带过来的东西一根不少地运回去。"

林雨愣了愣，而后点点头："好。"

把李力轰走的沈桥也匆匆赶来开会，跟在沈靳身边。沈靳以只有两人听得到的声音说："以后所有与产品有关的会议，林雨都禁止出席。"

沈桥一愣："为什么啊？"

沈靳道："没有为什么，这是规定。"

没有人知道沈靳为什么会突然下那样的规定，虽然没有公开提，但几次会议下来，林雨都被以这样那样的理由支开。众人联想到沈靳那次突然要求开除林雨的事，私下里都在猜测是不是沈靳借冷待林雨逼她主动辞职，但又猜不出个所以然来。林雨那天在餐厅还为沈靳打抱不平了，大家原来还以为经过那事，林雨要被领导另眼相待了，没想到事情来了个急转直下。大家都在想着是不是林雨抢功的表现让老板娘夏言不快了，对林雨生了防范的心思，给沈靳吹枕边风了，沈靳为表忠心才把林雨放逐的，然后都忍不住为林雨叹息，感慨小姑娘的冲动，没眼力见儿，沈靳、夏言新婚宴尔感情正浓，自己的老公被诋毁，夏言一个当妻子的都还没发话，她林雨突然跳出来为老板鸣不平，换谁都会多想的。

这么猜测大伙儿倒不是认为林雨真的对沈靳有什么非分之想，至于沈靳，就觉得更不可能了。一个看着就不近女色的古板男人，每天跟在夏言屁股后上班下班，一声不吭把人拐去结婚，吝于当众宣告主权宣布婚讯，会议上对所有人都不假辞色，独独对一个人温柔的男人，连林雨的名字都未必叫得出来，又怎会和林雨扯上关系？

而林雨入职也有些时日了，他们也从没见林雨找他们打听过沈靳的情况，或者在他们讨论沈靳时，也从不见她加入或刻意去听，眼神也从没追随过沈靳。如果真的对一个人有非分之想，哪可能对那个人一点兴趣也没有？反倒是这一阵相处下来，众人都觉得她挺谦虚认真的，虽然偶尔过于积极主动了，但争的都不是什么触及别人利益的活儿，就是领导没派活儿，自己闲得心虚主动找活儿干而已，而且也帮了大家不少忙，找资料、打印材料、提建议、帮做 PPT、买咖啡、带外卖，几乎所有端茶小妹的工作她都一人独揽了下来。她那是一种骨子里的热心，这种热心在他们看来，就是看到自己的老板被人诋毁跳出来抱不平，在她这种人做来也完全不会让人意外，更何况那人还是她的舅舅。她一时气愤也可以理解，只是她冲动在了不合时宜，没考虑到夏言的立场。

但他们到底是和夏言共事更久一些，感情也更深一些，也特别能理解夏言的立场。没人敢直接去向夏言求证，更不敢贸然去让夏言别和林雨计较，怕伤了感情。

但公司小，女人多，茶水间和洗手间又是八卦集中的地方，夏言这一阵跑厕所也跑得勤快，便依稀听到一些与自己有关的闲话，然后对于这样的锅，夏言自觉背得有点冤。

她这一阵心思都在新产品设计上，压根没留意到林雨有没有出现在会议上，被人这么一说，仔细一回想，才发现林雨已经有好几次没来开会了。

不只她听到了这种小道消息，林雨也听到了，两人同上洗手间时听到的。

夏言看到了她煞白的脸色，她备受打击的样子像是遭遇了严重的职场打压。

门内的对话，门外的样子，看着确实是被打压了的。

这误会有点深。

虽然夏言因为前一世的事对现在的林雨没办法喜欢得起来，但到底不是当年的林雨，她也不想背上这种误会，下意识地低声澄清："我没有——"

"我知道你不是那种人。"林雨轻声打断了她的话。

夏言回眸看她，她嘴角是带着笑的，有些微腼腆。夏言无法从她嘴角的笑容里看到一丝虚伪。

这样的林雨会让她不自觉地怀疑自己的判断，也可能是，还没对沈靳产生渴望的林雨确实还是单纯的。

夏言分辨不出来，只看到她轻轻地把手指比在唇边做了个"嘘"的动作，大概是怕惊动了里面的人惹得大家尴尬，悄无声息地从洗手间退了出去。

两人是一块儿回的办公室。

回去的路上，夏言还是解释了一句："我不知道这个事，沈总也不是那样的人。"

林雨点点头："我知道。"然后她自嘲地笑了笑，"可能真的是我能力不行吧。"

夏言勉强牵了牵唇，没有说话。

夏言回到办公室，沈靳在忙。办公室的门开着，夏言不好明着问他这个事，怕外面的人听到，想了想，在 QQ 上给他发了条信息："最近林雨为什么都不用参加会议了？"

消息发了一会儿，没看到回复，夏言抬头看他，沈靳正在看设计稿，没注意电脑。

夏言手指在桌面上轻轻敲了敲，沈靳抬眸，目光与她碰上。

夏言端起水杯喝水，眼睛看向电脑屏幕。

沈靳视线也跟着转向电脑屏幕，扫了眼，搁下笔，长指在键盘上敲了敲，很快给她回了过去："她暂时不用参加产品会议。"

夏言道："为什么？"

沈靳道："心态太稚嫩了。"

夏言皱眉，没想明白。

沈靳的电话已响起，夏言看着他接起电话，冷峻的脸上一贯地平静。也不知道对方说了什么，只看到他轻轻点头："好，一会儿见。"

之后便见他挂了电话，将桌上的设计稿收好搁到一边，关了电脑，站起身，对她说："一会儿没什么事吧？陪我去见个人。"

夏言点点头，也跟着站起身："好。"

去见人的路上，夏言继续刚才没聊完的话题："为什么不让林雨参加公司会议了啊？我以为经过那天晚上的事，你会对她倍加器重。"

沈靳扭头看了她一眼："怎么说？"

夏言把那一套总裁论调搬了出来："大部分小说、电视剧里，一个自己看不上眼的女孩在自己被欺压时突然出人意表地站出来，誓死捍卫自己，这个女孩是要带上主角光环的，这种时候的男主角是会被触动到的，并开始注意到女孩，在不知不觉中爱上她。"

沈靳点点头："那小说、电视剧里有没有说，如果两个女孩一起站出来捍卫这个男人，这个男人最终选择谁？"

夏言："……"

沈靳扭头，目光又朝她看了过去："嗯？"

夏言偏头，想了想："等我遇到这类型的小说我再告诉你答案。"

沈靳道："我现在就可以告诉你答案。"

夏言笑道："漂亮的吗？"

沈靳道："通透的。"心思通透的。

夏言嘴唇动了动，没说话。

他要带她见的人一个小时后在安景餐厅终于见到，是那天在李力的公司遇到的周少辉。

夏言记得沈靳有提过，他原是软宸集团的设计总监，手腕高，把底下那班人养得死心塌地却又对他恨得牙痒痒。

死心塌地是因为他从不会亏待底下的员工，会极力为他们争取利益。人为财死，鸟为食亡，有个处处为自己谋福利的上司谁不爱？但爱里又夹着恨。他太专断，做事太凭个人喜好，喜怒无常，心情好的时候把人捧上天，心情不好把人往死里踩，跟在他身边做事跟伺候个皇帝似的胆战心惊，但换个领导，要不到这样的福利。而且周少辉的性子急惊风似的，脾气一阵一阵的，脾气来时谁都往死里骂，丝毫不给面子，脾气一过他压根忘了这事，又勾肩搭背地称兄道弟，继续给谋福利，因此时间长了，跟着他的那班子人也习惯了，他说什么便是什么，不去触他的逆鳞就好。

当年周少辉与宋乾交好，被宋乾忽悠着去了紫盛，连同他底下那班人全部带走，整个设计部瞬间被掏空。产品出不来，非法集资的事没解决，沈靳在拘留所出不来，工厂出不了货，信任危机一桩接着一桩，银行断了贷，催账单一份接着一份，资金链全断。两个主要负责人一个被羁押，一个设局跑路，深陷信任危机，社会影响恶劣，再大的公司也像被抽了基石的楼，一下坍塌。

沈靳打算把宋乾当年用在他身上的那套送还给他——把周少辉连同周少辉的团队一起挖过来，断了紫盛的输出。

但他要做的和宋乾又不太一样，周少辉就是棵墙头草，把他的团队挖过来后，他要拔了这棵墙头草。

沈靳和夏言到餐厅时周少辉也刚好到。

周少辉四十多岁，戴着副金框眼镜，人看着斯文儒雅，嘴角常挂着笑，但眼神里的野心藏不住。

若不是因为这份野心，周少辉当年也不会被宋乾说动，带着整个团队跳槽到紫盛；如果不是因为这份野心，他和宋乾也不会闹掰，给了沈靳约见他的机会。

当年宋乾是许以公司二把手的位置才把他说服过去的，没想到过去以后还是设计总监，宋乾反而摇身一变成了公司二把手，职位上压了他一头，待遇也比不得软宸集团，他心里憋了一肚子气没处发。但也没办法，沈靳垮了，紫盛一家独大，别的小公司比不上紫盛，名声和待遇更是没法比，他也只能憋着那口气留了下来，指望着靠自己的才华让程谦刮目相看，压过宋乾。

程谦也确实赏识他的才华，却从没有给他升职的意思，宋乾始终压了他一头。

沈靳今天约他的目的就是挖墙脚，连同他当年带走的那批人。

沈靳许以周少辉公司副总的位置，薪水比他在紫盛时涨了三分之一，给了原始股。

这样的条件让周少辉很心动，对他来说，工作既是混饭过日子的活儿，也是能提升身份地位的事，是能满足自己领导欲望的事。

但心动归心动，沈靳的公司与紫盛的悬殊在那儿摆着，紫盛又在全面打压，沈靳的公司能不能活下去都还是个未知数。

因着这份考虑，周少辉没敢贸然答应。

沈靳也不催，只说会给他三个月时间考虑，并且给了他一沓盖了公司合同章的劳动合同，合同上把所有待遇条款和职衔写得清清楚楚，入职日期空了下来。

他底下那批人，谁擅长什么风格，沈靳摸得清清楚楚，相应的职位也给他们安排好了。

沈靳的意思是，让周少辉拿着这沓合同回去，什么时候想过来，在合同上签上名字和入职日期，直接带着合同去公司人事部报到即可。

周少辉把劳动合同带了回去。

“你觉得，周少辉同意的可能性有多大？”回去的路上，夏言问沈靳。

沈靳回了她一个百分之百的答案，说周少辉只是在观望。当年是他提拔的周少辉，给了周少辉相对自由的发展空间，才有了周少辉的今天，周少辉也亲历了软宸的发展壮大，对于他的能力，周少辉还是认可的，同时对他也是抱着几分感激的。只是这份感激不足以让当年的周少辉放下一家老小等他回来。那时的软宸风雨飘摇，在外人看来已是凶多吉少，没人知道沈靳还能不能出来，周少辉又一直只将自己定位在员工上，也没有什么共患难的意识，因此有机会抱到更好的大树，自然是趁着自己的剩余价值还能被榨取时赶紧跳——他底下那一班人是他抱紧紫盛这棵大树的必要条件。

沈靳能理解周少辉另攀高枝的行为，这是人之常情，无可厚非，但站在他的位置，周少辉在公司低谷时趁机挖走了核心团队，就有了趁火打劫的意思，所以他要人，又不要人。

“那你觉得……”夏言皱眉，“他大概什么时候会回来？”

沈靳扭头看她：“我们要解决的不是他什么时候回来，是他必须在两个月内带着他的人回来。”

“……”夏言询问的眼神转向他。

“周少辉是认可我的能力的，但同时，他也知道紫盛在打压我，而且‘遇鉴’是新品牌，能不能在这个市场上立足谁都说不准。虽然借着设计展和江熠的名气，‘遇鉴’的知名度打出去了，但它到底只是一个新品牌。公众对它的品牌内涵、个性等都不了解，也就是没有形成所谓的品牌认知度，没有形成认知度也就没有任何刺激他们购买的欲望点。

“这归根结底还是属于家居市场，与日常起居和个人健康息息相关的行业，涉及的是环保问题。对于消费者来说，他们更倾向于信任知名大品牌、老品牌，比如紫盛。周少辉清楚地知道这一点，所以他要观望，确定我们能在紫盛的打压中突围成功，站稳脚跟，他才会回来。

“我们不可能被动地等他回来，没有这个时间，所以只能主动出击，在两个月时间里，让‘遇鉴’突围出去，并且成功立足这个市场。”

沈靳把这个难题扔给了夏言以及整个设计部和品牌部，而且时间卡得很紧，只给了他们一周时间想方案。

沈靳让沈桥在郊区租了套别墅，这一周时间里，所有人搬到别墅里，闭门会议，头脑风暴，写方案，想不出令他拍板的方案，谁也不许离开别墅。

沈靳也一块儿过去，十多个人，男男女女，只有四个卧室和一个榻榻米大通铺。沈桥作为后勤，负责安排房间，沈靳和夏言作为众人眼中的老板、老板娘，自然被沈桥安排到一个房间里。

一行人拎着行李走进客厅时，沈桥拿着本子，一边介绍别墅内景一边分配住宿问题。

夏言是和沈靳最后下车进屋的，刚走到门口便听到沈桥把自己和沈靳安排到一个房间，一个趔趄差点摔倒，而后很淡定地举手：“大家都是来工作的，没必要分什么领导不领导的，男生和男生一个房间，女生和女生一个房间。”

沈桥愣愣地点头：“是这样啊。”他说着冲她晃了晃手中的本子，“林雨没过来，过来的加你一起也就三个女孩子，房间都是只配一张床，所以我让徐菲和李靓靓一个房间，你和二哥一个房间，不正合适吗？”

夏言："……"

李靓靓是和林雨同一批入职的女孩，和程剑、徐菲他们一起负责品牌宣传。另有几人也是差不多那个时候入职的，但以男生为主，把林雨凑一块儿也才凑出个双数。

沈靳抬腕看了眼表，两手交叠拍了下："好了，我们是来工作的，不是来开轰趴（英文 Home Party 的英译汉发音，即私人举办的家庭聚会。）的，大家先把行李拿回房间，十分钟后在客厅集合。"他又吩咐，"老六，你负责订晚餐，让餐厅送过来。其他人，男生放好行李后下楼把长桌拼成会议桌，女生把桌椅擦一下，一会儿开会。"

众人三两下便散开，回房放行李。

人多，房间不够，一米八的大床都优先安排成了三人间，剩下一米五的床给了徐菲、李靓靓那组和沈靳、夏言，但沈桥多少顾忌着沈靳、夏言老板、老板娘的身份，床虽不大，房间位置却是最好的，在顶层，是整套别墅里唯一带了大露台的房间。

夏言和沈靳跟在沈桥身后，一块儿回了他们的房间。

沈桥边推开门边笑嘻嘻地道："二哥，二嫂，床小了点没办法。屋主就主卧装了一张一米八的大床，其他都是一米五的，我们人多，只能留给其他人一起挤着住。一米五的床两个人还是能勉强凑合着住几晚的。"

沈靳将文件包搁下，淡淡地应了声："没事。"

夏言四下打量房子，想找出个类似沙发的东西，但没有。

房间是很简约的北欧风，灰白色调，极简，一张大床，一个衣柜，一张原木色桌子，靠窗一个小茶几和两张单人沙发，没了。

外面的露台上倒是有个双人黑色吊篮和两把躺椅。

沈桥推开了通往露台的玻璃门："床是小了点，环境绝对是很好的。外面的露台很大，有吊篮，有躺椅，有桌子、椅子，晚上一起坐在这里看夜色很浪漫哦。"

沈靳抬头看了他一眼："晚餐订了吗？"

"马上去。"话音刚落，沈桥利落地滚了出去。

沈靳将包里的衣服取出，拿过衣架，正要将衣服挂进去时，夏言本能地接了过去，娴熟地将衣架穿入衣领中，然后轻捋着衣服上的褶皱，捋着捋着动作慢了下来。她……她在干什么？

她惊悚地抬头，撞入沈靳若有所思的眼神，他正动也不动地盯着她。

“……”夏言在大脑空白了两秒后，两手一松，衣服往下落。

沈靳伸臂捞过，在衣服落地前抢救了回来。

手掌懊恼地在额头上轻拍了一记，顺着发际线从头发上抚过，夏言尴尬地转过身，去整理自己的衣服。

沈靳看了她一眼，手不紧不慢地捋着衣服上的褶皱，突然淡淡地道：“以前这些活儿都是你在做？”

“啊？”夏言一下没听明白，扭头看他。

沈靳轻晃了下手中的黑衬衫：“你很习惯这个动作。”

夏言不说话。她能不习惯吗，她都快习惯成本能了。他一向是有些小洁癖又极注重细节的人，每一件衣服都要挂得仔仔细细，不留一丝褶皱。以前刚结婚时挂衣服这种小事都是他自己做，她和他熟了以后才慢慢接手过去。他下班回家，每次刚脱下外套，她便习惯性地将他的衣服接过去，替他挂上，多年下来，都快变成本能了。在办公室那么久她还能克制着没按这一本能去动他的衣服，刚刚不知道怎的突然就脑抽了，大概是同是居家环境，一下恍惚了。

沈靳转身将手中的衬衫挂上，看她还在对着她那堆衣服恍惚，手里拿着件挂到一半的裙子，正有一下没一下地捋着上面的褶皱，神思根本没在这儿，手一伸便顺手接了过来。

“我来吧。”沈靳淡淡地道。大掌将那件嫩黄色长裙一捋，挂入了衣柜，而后顺手拿过她剩下的衣服。

等夏言回过神时，惊悚地看向见底的箱子里躺着的黑色内裤和bra（文胸），低腰、性感……

沈靳也看到了，抬眸看她。

“……”夏言脸颊一下烫起来，僵着身子转过了身。

沈靳轻咳了声，转过身：“你先收拾一下，我给江熠打个电话，这个会议他必须参加。”

夏言低低地哦了声，简单粗暴地将箱子直接合上，内衣、内裤什么的，没脸挂出去。

忙完见沈靳还在打电话，夏言和他说了声便先下楼了。

其他人都已下来，都在忙着布置临时会议室，第一次做这种形式的头脑风暴，兴奋感冲散了加班的无奈。

会议持续到夜里十一点多，会议的前期，主要是沈靳在分析市场形势，以及研究怎么突围出去。

“遇鉴”作为新品牌，有好也有不好。

不好的一面是，公众对它的品牌认知度为0，与知名大品牌相比，缺乏信任感。

但相应地，正是因为新，它的可塑性便强于老品牌。这个市场的宽容，让消费者除了信任大品牌，也乐于接受让他们产生情感共鸣，对品牌理念产生认同感的新品牌。

沈靳的意思是，“遇鉴”不去和紫盛比知名度，而是从品牌好感度入手，俘获消费者。但有品牌好感度的前提，是有品牌认知度。

得益于设计展和江熠的名气，知名度他们有了，但也仅是公众知道有这么个东西，没形成品牌认知度，一种“我为什么要选择‘遇鉴’”的品牌认知。

这几天的闭关头脑风暴，就是讨论怎么去打破这个局，以一种病毒式传播的方式把“遇鉴”的品牌内涵、品牌形象爆发式地传播出去，并引起消费者认可和追捧。

会议上大家都稀稀拉拉地提了几个点，但都没到点子上，而且只是会议的第一天，沈靳也不希望给大家太多的压力，任由大家各抒己见。会议气氛异常轻松，这还是入职这么久以来，大家第一次在会议中感受到沈靳的人性化。

这种人性化不仅体现在沈靳没给大伙儿施压上，会议结束时，沈靳还让无所不能的沈桥准备了烧烤架和烧烤料。

当沈桥拎着两大袋鸡翅站在门口喊人帮忙时，刚散会的众人欢呼着扑向老六，帮他接过手中的东西，一边帮忙一边夸。

老六不敢居功："老大的意思，我只是个跑腿的。"

于是众人对老六的追捧变成了对沈靳转了性子的质疑。

沈靳并没有加入大家烧烤活动中的意思，收起桌上的会议资料，淡淡地道："注意休息时间，明天谁在会议上打瞌睡，我收拾谁。"

说完他转身上了楼。

众人笑，一边手忙脚乱地帮忙，一边揶揄夏言，说她把沈靳调教得好，沈靳越来越有人情味了。

夏言只笑不语，这样的烧烤活动让她想起了她出事前，和沈遇、乔时他们一起在沙滩上烧烤的情景，与这种热闹不大一样，却又异常温馨和……怀念。

许是夜太深，她胸口突然涌起些物是人非的伤感，视线不自觉地转向会议桌另一头的沈遇。

沈遇平时忙，他虽已辞去了警察工作，但骨子里到底还是一个警察，平时除了试着接触生意上的事，一有空还是会去警局，帮个小忙，给些意见或提供些有用讯息。

他不参与闭关会议，但会抽空过来开会。

刚开完会的他并不急着回去，就坐在会议桌前，双臂环胸，偏着头看着门口的热闹，面色始终淡淡的，和沈靳一样。到底是兄弟，气质像，骨子里也像，情绪都藏在心里，让人揣摩不透，异常沉稳，又异常理智。

夏言想起沙滩烧烤那一夜，也无端想起了乔时，沈遇的女朋友，一个很温暖的女孩。

她对他们的事了解得不多，只知道两人在这之前有过交集，乔时过来实习，实习结束便回去了，再没回过安城，沈遇也没再去找过她。

夏言在这个世界醒来后便没再见过乔时，也没人提起过这个名字，从这个时间看，乔时应该是已经结束实习走了，她没来得及认识乔时。

她在沈遇旁边坐了下来。

沈遇回头看她："不去和大家一起热闹热闹？"

夏言摇摇头："不去了，我不会弄这些东西。"

沈遇回头看了眼楼上："老二呢，怎么不把他也叫下来？"

夏言道："估计在休息吧。"

她的眼睛瞥向沈遇搁在桌上的手机。手机刚好进了短信，只是很轻微的振动，沈遇很快拿起。

夏言看到了他黑眸里的光，但也只是一瞬，在点开手机屏幕后又暗淡了下去。

夏言抿唇，试着问了一句："在等乔时的电话？"

她明显看到他动作略顿，黑眸转向她，眼睛里带着探询。

"你认识乔时？"沈遇终于开口。

夏言迟疑地点了点头："算是吧。"

沈遇道："怎么认识的？"

连问话都带着他身为警察的敏锐，夏言有点招架不住。

她借着喝水的动作将这个话题带了过去，放下水杯时，轻声问他："你怎么没去找她啊？"

沈遇嘴角微微牵起："找她做什么？"

夏言突然回答不上来，鼻子有些酸。对啊，找她做什么，即使他不去找她，最后抱着期待的还是她，回来的也还是她。

先爱上的总是把自己放得低一些。

她眼睛看向沈遇的手机，问他："你有乔时的电话号码吗？能把她的电话号码给我吗？"

沈遇拿起手机，边翻找乔时的电话号码，边问她："你要她的电话号码做什么？"

夏言开玩笑："劝她别等了啊。"

沈遇动作略顿，看着她的黑眸还带着浅浅的笑，却停下了找号码的动作。

夏言吸了吸鼻子："我开玩笑的。"

沈遇也笑了笑，按暗了手机，把手机重新扔回桌上。

夏言也没再执着于乔时的电话号码，她和乔时隔着五年的距离，彼此还只是陌生人而已。

沈遇待了没多久便回去了，夏言也没加入大伙烧烤的热闹中，借口累便先回房了。

沈靳已洗漱过，换下了那一身西装，换上了普通家居服，刚洗了头，正站在吹风机前吹头发。

他头发长得好，乌黑浓密，头发微湿的样子削去了平日里的冷硬，看着温柔许多。

看到她推门进来，他关了吹风机，问她："怎么不在楼下和大家多待会儿？"

夏言待不下去，那样热闹又其乐融融的画面总让她不自觉地想起沙滩那一夜的沈遇、乔时，以及那一夜的沈靳和童童。

她想起童童顽皮地挣开她的手，她去追童童，沈靳拦下她去逮童童的样子——手起手落一巴掌就拍在了小丫头的屁股上。她那时光顾着心疼小丫头，没去细想沈靳对童童的愠色，现在回想起来又总觉得有些不一样。

对于童童，沈靳向来异常温柔又异常严厉，矛盾得让她也分不清沈靳到底是爱这个女儿还是不爱。

她想起她紧张而忐忑地告诉沈靳她怀孕了时，他脸上突如其来的紧绷，那时她的感觉就像被一盆冰水兜头淋下，从头到脚凉了个彻底。可是躺在产房里吊着那半口气时，那种濒死的感觉里，一直牢牢地记得他死死地握住她的手，颤着嗓子叫她的名字的样子。

她的视线隐约有些模糊，模糊了的视线里，高大的阴影在慢慢靠近。

"怎么了？"他低沉的嗓音响起时，她的下巴也被微微抬起。

眼眸与他慢慢对上，他蹙眉的样子让她发现自己的失态。

夏言吸了吸鼻子："没事，想工作呢。"

沈靳嘴角似是勾了下："想工作能想到哭，我这个当老板的得检讨了。"声音渐低。

夏言也勉强弯了弯唇："是要检讨了，哪有把人关着想方案的……"而后她转开话题，"你怎么也不下去？"

"有我在大家放不开。"沈靳浅声应道。长指轻轻地落在她脸上。

肌肤相触时，夏言本能地僵了下，抬眸看他。

沈靳半敛着眼眸，手指将她眼角的湿润轻轻擦掉，动作很轻、很慢。

这样的沈靳异常温柔。

她看得有些怔，整个人也落在他的身形圈成的阴影里。

他擦拭的动作渐渐停下，眼眸与她的缓缓对上。

视线纠缠的暧昧程度随着光影攀升。

夏言想走，却又像被蛊惑了般，怔怔地站在那儿，看着他的黑眸眸色渐浓，气息逼近，直至他的唇轻轻压上她的唇，柔软，但熟悉，熟悉得让她突然不想推开，甚至不自觉地微微张开唇。他的气息窜入，一下癫狂，手掌失控地插入她的发中，牢牢托着她的后脑勺，动作渐渐激烈。另一只手掌也不知何时贴在了她的背上，长指失控地微收，一点点揪紧了她身后的衣服。

失控的情绪随着渐渐攀升的情欲在空气中蔓延，渐渐粗重的喘息声加重了这种暧昧。沈靳近乎粗暴地将她推抵在了门板上，温热的唇舌从嘴角蔓延向白皙的脖颈。衣服被扯落，她战栗的身体被钩着紧紧贴住他的身体，头无意识地仰起……

嘭嘭嘭……门外突然响起的敲门声打破了这一切，沈桥轻快的嗓音隔着门板清晰可闻：“二哥，二嫂，鸡翅烤好了，给你们送了些上来。”

房间里的火热骤然停止。

第十一章 甜蜜

夏言看向埋在自己颈窝里的脑袋，脑子空白了两秒后，手忙脚乱地推开了沈靳，将被拽下的衣服拉起，急急背过身。

沈靳长长地嘘了口气，将门拉开半条缝，看向端着盘烤鸡翅和烤肉的沈桥：“什么事？”嗓音浅浅淡淡的，又异常沙哑。

沈桥将还冒着热气的烤肉和烤鸡翅奉上：“看你和夏言都没下去，给你们送过来一些。”

沈靳看了他一眼，伸手接过：“天色不早了，都早点休息。”

说完他关上了门。

夏言还背对着他，纤细的背影里都透着懊恼。

失控过后，随之而来的是满心的尴尬，夏言也不知道怎么就意乱情迷了。

沈靳轻咳了声：“老六送了些烤鸡翅和烤肉上来，先过来吃点吧。”

他转身将盘子放在桌上。

夏言慢吞吞地挪了过去，在桌前坐了下来，拿过烤鸡翅，有一下没一下地啃着，也不敢正眼看向沈靳，垂下的头发遮住了大半张脸。

“头发吃到嘴里了。”淡淡的嗓音落下时，沈靳手已伸了过去。

沈靳的手刚碰上她的头发，夏言已反应极大地侧头避开，而后又意识到自己的反应过度，不大自在地拨了拨头发：“那个……我下去再烤点。”

没等沈靳回应，她便起身走了，逃也似的。

楼下的热闹还在继续，冲淡了她刚才的狼狈。

夏言并不是很想加入，物是人非的感觉太过强烈，但也没办法坦然回房面对沈靳，只能借着回到人群中和他们打闹来消磨时间。

众人热闹到了深夜一点钟才各自散去，这一个多小时的热闹冲散了夏言的尴尬，但回到房间看到还没睡的沈靳时尴尬又淡淡地泛起。

沈靳正在桌前忙着，面前摆了台笔记本电脑，电脑开着，他修长好看的两只手正在键盘上飞快地敲着。

听到开门声，他扭头看向门口，视线从她脸上慢慢落向她空着的两只手上：“烤肉呢？”

夏言：“……”

想起刚才离去时的借口，她轻咳着，不大自在地挠了挠头：“他们……吃完了。”

“下次再给你留点。”她假装淡定地去衣柜取衣服，眼睛克制着没乱看，取完衣服便进了洗手间。

她从洗手间出来时沈靳已关了电脑，正在铺床。

房间里只有一床被子，一米五的床，被子也大不到哪儿去。

夏言纠结地看着那一床蓝白相间的被子。

沈靳回头看她：“还不睡吗？”

夏言看了他一眼，微微点头，木着身子走了过去，掀被上床，在靠着床沿的位置躺了下来，扯了点被角，直挺挺地躺着。

沈靳看向她：“我以为你应该已经很习惯这种同床共枕。”

夏言微微侧头看他，静默了会儿：“有些东西是习惯不了的。”

她确实还不是特别习惯。

以前在家里都是沈靳强她弱，两人又都不爱说话，虽然肉体亲近，但心不近，她又爱着他，在他面前总是免不了多一些小心翼翼。

“也可能是你没去试着习惯。”沈靳说道。关了灯上床。

他身形高大，被子往身上一盖，夏言身上的那一点布料被扯了过去，不得不向里挪了点，等到身上能被被子全盖住时，整个人几乎要贴到沈靳身上。两层布料下，黑暗里他的体温清晰可感。

沈靳侧头看她，她还没睡，正睁着眼睛看天花板。

她的眼睛很漂亮，柔柔的又异常晶亮，夜里都泛着光。

沈靳侧过身，长臂一伸，夏言冷不丁被他捞入了怀中，像过去五年的每一个长夜。

她身体微僵，想推开他，被他压着背扣入了怀中。

“我不会乱来。”他哑声说。

夏言自然知道他不会乱来，刚结婚的头两年他都是这么抱着她睡的，确实很君子，后来的三年变成了食髓知味，抱过她时，唇习惯性地落下，手也很轻车熟路。

现在他的手只是规规矩矩地扣在她的腰上，将她安置在怀里。

她偷偷抬眼看他，沈靳已闭上眼，呼吸绵长，看着像是睡了过去。

夏言试着转了个身，身子微动时扣在她腰上的手掌收紧了些。

“别乱动。”暗夜里他的嗓音低哑迷离，这是他将睡未睡的样子。

“我这样睡会不舒服。”她低声说。说的是事实，她喜欢背对着他睡，呼吸自由些。

沈靳任由她转过身，手掌还是轻轻地钩在她的腰上，让她的背贴着他的胸膛。

她人在怀中的感觉，让他睡得很好。

夏言也睡得很好，只是第二天醒来时她已变成了挂在他身上：一只手搂着他的腰，另一只手屈起缩在她和他之间，一条腿跨在他的大腿上，蜷缩着缩在他怀里。沈靳直挺挺地躺着，身体绷得厉害，早已醒来。

意识随着慢慢睁开的双眼窜入脑中，眼眸对上他异常深浓的黑眸，大脑在短暂的空白后，夏言一下收回了手和脚，背对他坐起身。

她身后传来沈靳起床的声音，被压下的床板微微升起，沈靳下了床。

没一会儿，洗手间传来洗漱声。

沈靳洗漱完后夏言心情也平复了下来，很镇定地起身洗漱、换衣服。

之后便是一整天的会议。

今天的沈靳没有昨晚的心慈手软，虽然还是那副平平静静的模样，但眼神里都透着股气势，轻轻一眼扫过，让人心尖都打战。

江熠下午时赶了过来，一起过来的还有纪澄澄。

“急吼吼地把我叫过来，有好事分享？”人还没进门，他吊儿郎当的嗓音已从门外传来。

沈靳起身去接他：“你来了才叫好事。”沈靳又问他，“怎么样，最近忙吗？”

江熠笑道：“自己当老板，哪有什么忙不忙的？”

沈靳也跟着笑了笑：“意思是不忙了？正好，公司还缺一个品牌总监，你兼任几个月。”

江熠一双丹凤眼看向他：“挂名的？”

沈靳点点头：“挂名的。”

沈靳一痛快他反倒不敢接了：“不会藏着什么坑吧？”

沈靳笑道：“江总还是怕陷阱的人吗？”

江熠经不得激，当场接下了品牌总监一职，没想到，沈靳是真的给他准备了坑，沈靳要用他的客户资源作为“遇鉴”突围的窗口。

会议在头脑风暴进行到第三天时，所有人已渐渐从兴奋转向疲态，没有人能想出令沈靳满意的营销方案。

第四天时，沈靳在会议上提了个方向，放弃产品本身，从客户使用场景入手。

夏言一下想起后面几年大热的几款软件抢占市场的营销案例，举手道：“既然我们定位的是高端品牌，为什么不借由高端客户家里的真实场景呈现，集中体现我们的品牌个性？”

一语惊醒梦中人，沈靳目光直直地转向江熠。高端客户、设计、个性，还有谁比江熠更适合？

余下的三天，连轴转的会议里，确定具体营销方案，确定出镜人选，确定每一个人选的营销点……

第七天时，方案尘埃落定，闭关会议结束，写稿的写稿，外联的外联，设计的设计，开始分工协作。

几天的高压会议，每个人都像被剥了一层皮，疲惫不堪，尤其是夏言这种体质弱的，脸上的倦意藏也藏不住。

闭关会议结束后沈靳送她回家，夏言刚上车没一会儿就睡了过去，头贴靠在车窗上，睡得极沉，到家了也没醒。沈靳不忍吵醒她，开着车绕了半圈，途经他家路口时，把车开了过去，想着先让他母亲给他拿些资料。

没想到车子刚转入小径，夏言便醒了，边拨着头发边四下看了看："到了——"

"吗"字在看到外面熟悉的景致时停了下来，夏言一下有些慌，急急地叫了声："停车。"

沈靳将车停了下来，扭头看她。

"不舒服吗？"沈靳问。

夏言微微点头："嗯，胸有点闷。"

沈靳手掌伸了过来，贴着她的额头试额温。

夏言微微侧过头避开了："没有什么事，就是车里有点闷，下去透透气就好了。"

沈靳开了车门，与她一块儿下了车。

夜风有些凉，吹得夏言脑子清醒了些。

沈靳的家就在前面几百米处，屋里还亮着光。

"怎么把车开这儿来了？"夏言问。

沈靳道："回来拿点东西。"他说着手指了指前面，"我家就在前面，要先过去坐坐吗？"

夏言摇头："不用了，我有点累，想先回家休息。"

沈靳道："我先送你回去。"

他拉开车门，还没来得及上车，他母亲的电话打了过来，问他到哪里了。

夏言隐约听到电话里的问话，也看到了不远处门口里的身影，扭头对他说：“你先过去拿东西吧，我在这里吹会儿风。”

沈靳不太放心。

夏言笑道：“这里沿路都是铺面，都开着门呢，没事的。”

沈靳点点头：“别乱跑，我拿完东西就回来。”

夏言嗯了声，看着他回去，自己另外拦了辆出租车，上车先走了，在车上给沈靳发了条信息：“我先打车回去了。你忙了几天也挺累的，先在家好好休息吧，送我回去你又得回来，太折腾了。”

收到短信的沈靳正要从母亲姜琴手上接过东西，动作略顿后，回头看向不远处的车子，车子旁边已经没了人。

他给夏言打电话。

夏言很快接起，先开了口：“我已经在车上了，一会儿就到家了。你不用送我了，先在家好好休息吧。”

沈靳道：“车牌号多少？”

夏言一愣。

沈靳重复：“你坐的出租车车牌号多少？”

低声示意一边困惑地看着的姜琴先回去，沈靳转身走向车子。

夏言哪里有注意看车牌号，轻声回他：“司机师傅很好，你不用担心，到家了我给你打电话。”

沈靳已上了车，还是那句话：“给我车牌号。”

夏言沉默了会儿，问司机要了车牌号，报给了他。

没多久，沈靳的车出现在后视镜中。

他并没有追上来，只是在出租车后不紧不慢地跟着。

司机师傅是个健谈的中年人，听到了他们的对话，也看到了后视镜里紧随的黑色轿车，笑着道：“男朋友吗？小伙子人挺不错的。”

夏言嘴唇略略动了动：“谢谢。”

看着后视镜里的车，想着与姜琴的那些年，夏言心情复杂得有些难受。

出租车将她送到家门口时沈靳的车子也在出租车后停了下来，两人一块儿下的车。

夏言隔着车子，回头看向他：“你看，我都说我没多久就到了，你这样跟着跑一趟，一会儿又得开回去，多累啊。”

沈靳视线在她脸上停了会儿：“你也可以说，晚上疲劳驾驶不安全，让我住一晚再回去。”

夏言笑了笑，而后轻轻摇头：“我请人送你回去。”

沈靳也笑了下，走向她：“我先送你回去。”

夏言轻轻点头。

家里人都还没睡，沈靳上门的次数多了，大家也渐渐习以为常，招呼了会儿便由他们自便。

沈靳并没有马上离去，与夏言一块儿去了她的房间。

察觉到他跟在身后，夏言扭头问他：“挺晚了，你还不回去吗？”

沈靳把门关上：“不知道为什么，我总有种预感，如果我现在回去了，我们又会回到原点。就如同，如果刚才我不追过来，我们就跨不过去了。”

夏言被他逗笑：“不是一直都这样吗？”

沈靳摇头：“不一样的。”

夏言收住笑，也不知道该怎么搭话，确实还是不太一样的。

现在的她和沈靳像在谈恋爱，心里甜甜暖暖的，很踏实，这是他和她未曾有过的体验，但情感之外，总有些现实的东西是跨不过的坎儿，夹杂着矛盾和不甘。

“除了林雨，和我妈也有关是吗？”沈靳轻声问。

夏言抬眸，盯着他看了会儿：“我能先问你一个问题吗？”

沈靳点点头：“你说。”

夏言道：“你防着林雨的真正原因是什么？”

“其实我一开始录用她，确实是看中了她的潜力，没有多想。但你看到她时的反应不太对劲，请假、失踪，有离开的念头，我的直觉是在你那段记忆里，我们三个是不是发生过什么。我想借由林雨作为突破口去了解这段记忆。”沈靳说着看向她，“而且之后那几天，我无缘无故开除林雨的事，加强了这种直觉，我迫切想知道为什么，尝试着再一次留下她。但在我无法解释我的行为的那一晚，你提到过林雨，也曾经提起过，你做了一个梦，梦里我出轨了，所以我猜那个人是不是她。这一段时间的相处，明显看得出来你在忍受，所以我有了放弃一开始的想法的念头。我希望是你亲口告诉我那些事，而不是我通过你和林雨来揣测。那天餐厅发生的事算是一个契机，她这么做，是心机也好，或者仅是热血过头，都从侧面证实了一个事，这个女孩不够冷静。这种不冷静很容易被人利用，进而泄露一些不该泄露的产品信息，尤其对方还是与她有血缘关系的亲人。这也是一个我决定弃用她的理由，对团队、其他人来说，也没有你担心的无缘无故。”

夏言勉强笑了笑：“现在的她其实没做错什么。”

沈靳道：“在她替我强出头的时候就已经错了。我不希望她成为下一个宋乾，当年的宋乾就是这样一步步取得我的信任的。”

“是人都会犯错，尤其是一个初入职场的新人。如果她是别人，我可能会给机会，但偏偏她是横在你心里的那根刺，我不能等大错铸成了再去反思。”他缓缓补充。

嘴角勉强勾起笑，夏言转开了头，鼻子有些酸，胸口有又酸又甜的矛盾感。

“其实……”好一会儿，夏言终于出声，“我告诉你的，都是从我的角度看到的、理解的东西，是带了个人情绪，甚至是有偏见的，连我都快分不清哪些是真哪些是假了。你总会有想起来的一天的。”

“那么……”沈靳嗓音略顿，轻声问她，“这个结能先放下吗？”

下唇不自觉地咬住，夏言迟疑地看他，鼻子酸得厉害，这个问题的答案她不知道。

沈靳没有追问，张臂轻轻抱住了她。

她安静地任由他抱住，心思矛盾复杂。

第二天不用上班，闭关会议开了几天，每个人都被磨得精疲力竭，迫切需要休息。

夏言睡到了快中午才起来，休息了一晚上精气神好了很多，刚推开门便看到了坐在客厅里的沈靳，正陪她父亲闲聊。

他昨晚没留下来，待了会儿就回去了，夏言没想到现在他会在这儿，愣了下，打了声招呼。

沈靳站起身朝她走来："今天精神好点了吗？"

夏言点点头。

沈靳道："一会儿吃过饭后，一起到外面走走。"

夏言迟疑了下，点点头。

所谓的到外面走走，也不是纯粹的散步。

沈靳带她去了安城的传统工艺展销馆，最近有民间传统工艺展，又恰逢周末，人还是有一些的，但环境很清幽。

夏言不知道这算不算在约会，她试着去顺应感觉。

两人都是民间传统工艺爱好者，沈靳又专精这一块，一起逛这种地方，感觉很好。

中途沈靳的手机进了电话，他先出去接电话。

夏言一个人在展厅里逛，不太凑巧，遇到了程谦和程让。

程让先看到的她，直接出声叫住了她，人也朝她走过来。

"一个人过来逛啊？怎么不叫上我？我最近闲得慌。"人到近前，程让嘴里已经叽里咕噜地说了一通。

自罗良镇被沈靳坑着拉了几大车家居回来后，程让就鲜少再去安城实业。那一阵也就是一时兴起。

程谦也看到了她，目光在她和程让脸上转了圈后，朝他们走了过来。

夏言想起上次餐厅里他将她抵靠在墙角的事，不大自在地冲他打了声招呼："程总。"

程谦略略点头，看向程让："去门口看看徐老他们过来没有。"

程让比了个"OK"的手势，扭头对夏言道："等我一会儿，我出去一下就回来。"他又对程谦道，"哥，你帮我招呼下夏言。"

程谦没应他，视线一直在夏言身上，直到程让出了门，才出声道："我听李力说你们把他连人带货轰出去了。"

夏言点点头："谢谢程总的好意。"

程谦嘴角略略勾了勾，没有说话。

夏言与他也没什么话题，转身看展柜上的工艺品。

程谦走了过来，与她并排站着，目光跟着一起转向展柜。

“夏言，你是不是觉得我这样打压沈靳很卑鄙？”

夏言讶异地看他。

程谦也转头看她，在等她的答案。

夏言很坦诚地点点头：“我无权评价程总的行为，但站在我的角度来说，我觉得是。”

程谦道：“那你是不是认为，当年我吞了他的公司很过分？”

夏言不做评价。

她的沉默让程谦勾起了冷笑：“那你有没有想过，当年如果不是我趁机把他那个烂摊子接手过来，他培养的那批人、那批技术，早已分散各处，那条产业链也早已溃不成军？”

“是宋乾设计了他，不是我。

“即使我不出手，公司也只会落到宋乾手上。你以为宋乾守得住这个公司？”

夏言皱眉，为他话里的深意。

程谦却是摇头笑了笑，和她解释这些做什么？

夏言也问出了心中的困惑：“你为什么要和我说这些？”

程谦长舒了一口气，双手缓缓插入西裤的口袋：“大概是坏人做久了，想做一回好人。”他的眼眸慢慢转向她，“在你眼里，我是不是只是一个满脑子只想着赚钱，一身铜臭味的无良商人？”

夏言：“……”

她还没想到怎么回答，沈靳的嗓音已缓缓插入：“程总是什么样子的人，在她眼中并不重要。”

话音刚落，他已走到近前，手臂很自然地环上夏言的肩膀，看向程谦，打了声招呼：“程总，好巧。”

程谦视线在他扣着夏言的肩膀的手掌上停了停，微怔。

夏言不大习惯这种在外人面前的亲昵，那五年的婚姻里两人在外人面前从没有过这种亲昵的举动。她不大习惯地动了动，肩膀却倏地一紧，沈靳的手掌不动声色地收紧。

程谦微笑，看向沈靳：“好巧。”

程让也已接了人进来，远远地看到沈靳，高声打了声招呼：“沈哥，你也在啊。”

走到近前他才发现沈靳扣在夏言肩上的手，高兴顿时转为诧异：“你们什么时候在一起了？”他又笑着看向沈靳，“沈哥，那么难追的夏言，你怎么骗到手的？”

夏言笑道：“我不难追啊。”她第一次见面就答应嫁给沈靳，这世界上大概没有比她更好追的人了吧，甚至都不用追。

程让喊冤：“怎么不难追了？你看看当时我给你送了多少花、守了多久厕所，也没见你答应我不是？”

程谦突兀地打断话题：“好了，我们还有点事，就先不打扰两位了。”

他冲两人略略颔首，转身想走，身形又略顿，看了夏言一眼，欲言又止。

程让奇怪地看他：“哥？”

夏言也困惑地看他。

程谦轻吐了口气，没说什么，走了。

肩上因手陡然收紧而来的压力唤回了夏言的注意力，夏言扭头看沈靳。

沈靳放开了她，面色淡淡的：“还要再逛会儿吗？”

夏言道：“再逛会儿吧。”

沈靳点点头，看了眼不远处与另一拨人远去的程谦。

程谦他们也没离开，大概是陪客户一起参观这座展厅。

展厅就那么大点地方，之后的几个小时里几人还是不可避免地碰到几次，都是简单地点头打招呼。程谦的目光还是会不自觉地往夏言身上看去，眼神里的深思让沈靳心里不大舒服。

晚上去吃饭，刚坐下，夏言便提起了程谦那段意味不明的话，然后问沈靳：“按程谦的意思，有没有可能，我们对他存在误解？”

沈靳正拎过茶壶倒茶，淡淡地道：“有没有误解，这很重要吗？”

他将倒好的茶轻放到她面前。

夏言盯着杯子里的水纹沉默了会儿，看向他：“我觉得你这话有火药味。”

沈靳动作微顿，目光与她对上，静默了会儿，开口：“抱歉。”他的语气缓了下来，“夏言，我没有那么是非不分，一直以来，你看我哪次和程谦冷眼相对了？”

是没有过，一直以来，他和程谦见面时都是格外客气和生疏，只是……

夏言两手端起茶杯，轻声说：“我没有说你是非不分，我只是客观地想知道，程谦这话是什么意思，我们现在这种对抗的策略有没有错。”

说话间，她的眼眸已经缓缓对上他的：“我觉得你好像有点反应过度了。”

沈靳静静地与她对视了会儿，而后点点头：“他让我感觉到了危机。”

夏言道：“工作吗？”

沈靳道：“你。”

夏言：“……”

她抬眸看他。

沈靳拿过菜单，递给她：“想吃什么？”

夏言随便点了几道菜，又递还给他。

沈靳伸手招来服务员，下了单，这才看向她：“夏言，你的心不在我这儿。”

夏言笑道：“那在哪儿啊？”

沈靳道：“在你自己身上。”

夏言：“……”

然后她道：“我给过你五年啊，是你自己不要的。”她又笑着看向他，“反正你现在也听不懂，趁着你还听不懂，也让我先自由一下。”

沈靳也笑了笑，没说话，手臂横过桌子，缓缓地落在她肩上，拨开她垂在肩上的头发，目光安静地落在她脸上，眼神缠绕着她的眼神。

空气慢慢静止，他的脸在靠近，她没有躲开，怔怔地看着他。

他的唇微张，以一种很温柔的速度含吮住她的唇。

不知怎的，她的眼泪一下掉了下来，落在两人相贴的唇里，有些咸。

她狼狈地推开了他，吸了吸鼻子：“公众场合呢。”说完她又忍不住笑了下，又哭又笑的，连眼睛都不敢对上沈靳的。

沈靳也笑了笑，抽了张纸巾，细细地替她擦眼泪。

她没有拒绝。

擦完眼泪，沈靳并没有马上退开，而是偏头打量着她。

夏言被他打量得不太好意思，推了推他的肩膀：“服务员要上菜呢。”

沈靳还是没有退开。

“你刚才说，”他开口，声音很轻，“你不难追。我想问一下，我算是追到夏小姐了吗？”

夏言被逗笑：“沈总什么时候追过我了？”

沈靳也跟着笑了笑，伸手揉了揉她的头发：“现在开始，可以吗？”

夏言偏头想了想：“那要看沈总的表现了。”

沈靳笑，声音很轻：“我没有追过人，没有经验，做得不够的地方，希望夏小姐多海涵。”

“我也没被人追过，做得不好的地方，希望沈总多担待。”说完，夏言自己憋不住笑了。

沈靳也微微笑着，看着她笑。

服务员上菜，尴尬地看着两人。

夏言轻轻推了推他的肩膀：“服务员要上菜呢。”

沈靳回头看了眼涨红着脸的服务员，缓缓坐直身，任由服务员将菜一一端上。

对服务员轻轻道了声“谢谢”，沈靳替夏言盛了碗汤，这才回到正题：“我和程谦除了商业上的竞争，没有任何别的关系，所以不管他出于什么目的收购了当年的软宸，他不是在做慈善，不可能会原封不动地把东西还回来。程谦出身好，家大业大，紫盛只是他家的产业之一，亏了赚了对他来说无所谓，他享受的只是和我一决高下的快感。这大概就是棋逢对手时的——”

他声音略顿，夏言已经接过了话：“英雄惺惺相惜吗？”

沈靳点点头：“差不多这个意思。对他来说，既想看到我重新起来，拥有与他一较高下的资本，又想知道在他的刻意打压下，我还能怎么起来，所以干脆纵容着宋乾。但对我们来说，不管他出于什么目的，‘遇鉴’要起来，只能靠自己。我们不是在和谁斗，是在真心实意做这个品牌，所以我们的策略没有任何问题。”

夏言了然，只是话题一转到工作上心思也就免不了跟着转回工作上："就不知道江熠能不能搞定他那批客户了。"

沈靳看了她一眼："约会时间不谈工作。"

"……"夏言笑了笑，"听老板的。"

说是不谈工作，但心思还是绕回了刚才的问题上，她皱眉问沈靳："不对啊，我们那天开会忽略了一个问题，如果江熠说服不了他的客户呢？我们所有方案预设的前提是他一定能说服，但如果他不能说服呢？"

沈靳看向她："你也意识到这个问题了？"

夏言眉心松开："意思是你有备选方案了？"

沈靳道："先说说你的看法。"

夏言搁下汤匙："我们目标是锁定在商业界、学术界、演艺界等各界有社会影响力、公众形象好的知名企业家对吧？但哪怕他们真的和江熠交情很好，他们又凭什么要给我们打广告啊？"

那天的会议是讨论借由这一阶层用户家里真实的场景应用来集中呈现"遇鉴"品牌，并为此制定了一系列软广告推广策略。

江熠因着家庭背景和工作所达到的成绩、高度，他的朋友圈多是功成名就的精英名流，政界、商界、学术界、医学界、演艺界……几乎每个领域都有他的客户和朋友。江熠信誓旦旦地表示他能搞定这批人，因此会议讨论的重点落在了人员筛选和营销点上。

考虑到公众对各界精英名流的生活感兴趣的程度不同，会议把重点放在了商界和演艺界。商界又细分为金融财经名人、互联网巨头、传媒大亨、地产大鳄等有一定社会影响力和公众好感度高的。

"再退一万步讲，"夏言继续道，"哪怕他们真的愿意帮我们，但是我们能带来的效应也只是一阵一阵的，就像上次的设计展，辐射的范围还是很有限的。既然这样的话，我们为什么不把这次的软广告活动做成全民参与的网络热点营销事件？不仅是我们借助江熠的客户的品牌影响，也同时借助这次事件反哺他们，达成一个双赢的局面？"

沈靳来了兴致："怎么说？"

具体的夏言还没想好，她手握着汤匙，有一下没一下地轻叩着碗沿，脑袋里搜索着以往研究过的品牌营销。

从小由于身体的问题，她大半时间都是待在家里，跟着她父亲和外公学做点藤艺手工。她治病花钱多，初中时就萌生了自己赚钱补贴医药费的想法，一直将自己的手工艺品放在学校门口的精品店寄卖，大概是手艺还过得去，销量不错，但做学生的生意，定价高不了，也赚不了几个钱。而且工艺品这种东西不同于其他，有艺术价值在，能高价也能低价，她不想把自己的东西低价贱卖了，因此很早就开始研究怎么让自己的作品增值。

大学课业轻松，又是留在本市读书，回家方便，她折腾了家淘宝店，更专注于怎么提升销量和品牌价值。尤其是嫁给沈靳那几年，一个人在家闲得发慌，她所有的心思都花在了自己的手工艺品和推广研究上。小店规模不大，但也勉强算得上一家小网红店，有稳定的顾客群，只是到底受困于身体，做大不起来，就是小打小闹，挣的钱能自给自足，看病吃药不用花家里和沈靳的钱。

那几年的宅居生活，她有大把的时间上网和研究一些有的没的的东西，对各类品牌营销和热点事件如数家珍。

沈靳看她一会儿皱眉一会儿托腮的，想得很是头疼的样子，手臂横过桌子，拍了拍她的头："先吃饭，这个问题明天上班再讨论。"

夏言哦了声，心不在焉地拿起汤匙，一口汤还没放到嘴里，又停了下来。

"我想到了。"她把汤匙搁下，看向他的眼睛都因为兴奋变得晶亮，"老五的爸妈那边是开影视公司的对吧？旗下有好几个当红艺人？"

沈靳提醒她："我们请不起明星代言，也暂时没有任何广告成本投入。"

夏言道："我们不走广告代言路线，不做任何广告，也不花一分钱，也不需要他们为我们做任何广告，所以也完全不用担心影响他们的公众形象。"

"就几个条件：当红，最近有杂志采访，微博影响力高。

"江熠的客户也是，人选我们要重新筛选，两个条件：公众形象好，最近有杂志采访。"

沈靳眼眸缓缓与她的对上。

夏言以为他不明白，松开捏在汤匙上的手，站起身："我现在回去把方案写下来，明天发给你，你看看可不可行。”

沈靳轻咳了声：“夏小姐，我们在约会。”

夏言：“……”

两手不大自在地晃了晃，她重新坐了下来。

她有点忘了。

她懊恼的模样让沈靳不觉笑了笑，给她夹了些菜：“先吃点东西。”

夏言腮帮子慢慢鼓起，小心地和他商量：“我们能不能先回去把方案写下来？我怕一会儿感觉跑了，又忘了。”

沈靳眼眸与她对视了一秒钟，爽快地点头：“不过我先说好，我不付加班费。”

夏言笑了笑：“我免费给你打工。”

沈靳也笑了笑，伸手招来服务员买单。

夏言看一桌菜都没动过，浪费了可惜，让服务员一起打包带上。

两人回的沈靳家，边写边讨论效率高一些，回她父母家夏言担心沈靳又被她母亲留下来，回纪沉那边的房子也不合适，也就沈靳的单身窝方便。

“电脑在书房，密码是四个‘1’。”摁亮玄关的灯，沈靳拍了拍她的肩道，“你先写着，我去把饭菜热一下。约会可以暂时没有，肚子可不能饿着。”

夏言点点头，扭头往书房看了眼，问他：“电脑可以随便用吗？你不怕有什么……嗯……那个隐私什么的？你要不要先整理一下电脑？”

沈靳道：“觉得乱你就整理。邮箱、聊天工具、网页什么的随便用，我的电脑没隐私。”

夏言道：“聊天工具不会是自动登录的吧？”

沈靳看了她一眼：“要借机查岗吗？”说着他掏出手机递给她，“密码也是四个‘1’。”

夏言怔了怔，嫁给沈靳的那几年他和她的电脑都是分开的，没有共用，虽然都知道彼此的密码，但她从没开过他的电脑，也没查过他的手机，顶多偶尔他在洗澡，他的电话响了，她会拿起看一眼来电，然后告诉他有电话。他也从不看她的电脑和手机。两人隐私分得很开。

她对他的手机是感兴趣的，她想知道他的朋友圈，想知道他都和他的朋友聊些什么，尤其是在怀疑他出轨的时间里。但她生性软弱，想看但不敢看。

她和他过于生疏的婚姻关系里，她连问他能不能借他的手机看看的勇气都没有。在他的手机随意地搁在桌上时，她也从不敢拿起看一眼，好几次想趁他不注意偷偷查看他的手机，那种做贼的心虚感都压得她喘不过气来。偶尔他撞见她盯着他的手机犹豫不决时，会奇怪地问她怎么了，然后将手机递给她，问她是不是要用，坦然得让她自愧于对他的不信任，因此对于他的怀疑，也游走在自我肯定与否定的反复中。

过于沉溺于对往事的回忆，她没注意到沈靳靠近的手掌，直到脸颊上传来温热的触感。她抬眸，视线与他的黑眸撞上，他眼睛里混着的温柔怜惜与探究，让她的心情一下又带了些说不清道不明的复杂。

她微笑着将他的手机推了回去："你这是在给我挖坑呢。把你的老底儿看完了我还不得把自己的老底儿也交代干净啊。"

沈靳笑道："你还能有什么老底儿？"

沈靳拉起她的手，将手机塞入她的掌心："帮我收着，我去热一下菜。"

沈靳去厨房忙，夏言去电脑前写方案。

他的电脑一如他的人，被整理得干干净净，建档整齐，聊天软件和邮件真是自动弹跳了出来，密码自动输入，点击登录就行。

夏言真没胆登录他这些东西，虽然他给了她特权。

她的心思也不在这上面，都在方案上了，开了文档就开始敲键盘，连沈靳把热好的饭菜端进来她也没察觉。

沈靳看她忙得认真，也没出声打扰她，拈了块红糖粑粑喂到她嘴边，看她一口全咬下后，抽了张纸巾擦了擦手指。高大的身子慢慢俯下，一手搭在她身后的椅背上，一手撑在办公桌上，看向她正在敲着的文档。

他的气息将她笼罩住时她才回过神来，扭头问他："你看看这样可以吗？"她边说边拖动鼠标让他看前面写下的文字。

沈靳大致扫了眼："你先写完。"

看她嘴里的东西嚼完了，沈靳又拈了块红糖粑粑给她。夏言本能地一口咬下，敲在键盘上的手指也接着往下敲，但敲着敲着停了下来，缓缓扭过头，惊悚地看向沈靳手里被咬下半截的红糖粑粑。

沈靳皱眉看她：“怎么？”

“……”夏言小心地拿过他手里的食物，“我……我来就好。”

沈靳好笑地看她：“你家老板虽然不想给你加班费，但喂饭这种小事还是能代劳的。”

“谢谢老板。”夏言看向桌上还散发着热气的饭，“您还是给我加班费吧。”

她的脑袋换来一记轻拍。

沈靳将饭端给她：“慢点吃，吃完了再忙。”

她慢倒是真慢，脑子不在吃饭上，嘴巴也不在吃饭上，趁着吃饭的空当儿，又和他商讨起方案的实施细节，不时搁下筷子去敲键盘，一顿饭吃完时，方案草稿也出来了。

沈靳替她收拾碗筷，她埋头修改。

沈靳洗完碗筷回来，她方案已修改得差不多。沈靳重新俯下身子，一手搭在她的椅背上，一手撑在电脑桌上，看向电脑屏幕。

夏言敲下最后一个句点，把文档拉回到第一页：“你看看有没有哪里需要修改的。”

沈靳很快看完，手指着文档的最后一页：“把双赢的结果以数据形式落实到合同里。比如对于演艺人员，第一期营销结束后，能给他们带来多少关注度，这个关注度是通过百度指数、新闻词条、微指数等数据客观呈现的；对于企业家，能给他们名下的品牌带来多少关注度，或者产品销量提升几个点，这些都要落实到合同里，具体数字签合同时再谈。”

“沈、先、生。”夏言一字一句认真地提醒他，“您这是在给我们挖坑。这有点像对赌了，太冒险了，要是我们没办法实现，就成我们违约了。”

沈靳看向她：“如果我们不把实际收益明明白白地点清楚，就像你刚才说的，他们凭什么帮我们？我们现在是在谈交易，不是在谈交情，所以必须要让对方明明白白地看到他们能从这次合作里得到什么。”

“可是……”夏言有些担心，“如果我们达不到预期效果怎么办？”

沈靳看着她：“你不相信你自己？”

夏言迟疑了下，点点头："我觉得压力很大。我没尝试过，说实话，我不是很有把握。"

沈靳道："那我呢？你也不相信我？"

两人眼眸对上，对视了几秒，夏言摇头："没有。"

沈靳笑了笑："那你还担心什么？"

夏言的担心一下全散了，她依着他的要求把条款加上。

沈靳看着她敲字，边不时提点一下用词边道："我们的目的是增加说服力，不是给自己挖坑。条款呈现的是我们的诚意，但真正起作用的是合同上的数字，数字是谈下来的。我们索求的东西对他们来说无关紧要，他们自然不会狮子大开口，再怎么样，还有江熠和老五这层面子在。而且有这个条款在，我们的人选就不需要完全局限于江熠和老五的圈子了，我们就有了更大的选择空间。"

夏言了然，依着他的意思把方案完善好，敲完后扭头问他："这样呢？"

沈靳重新看了一遍，点点头："很好。"

夏言心里绷着的那根弦松了下来，手指轻快地一敲，点了保存，给沈靳和自己的邮箱各发了一份——搞定。她轻轻伸了个懒腰，脚尖抵着桌角，想让电脑椅往后退，没推动，这才后知后觉地发现自己几乎是被沈靳圈在了臂弯和电脑桌之间。他身形高大，大半个身子俯下，几乎将她困在了他身体的阴影里，姿势有些暧昧，刚才忙的时候她没留意到，现在回过神来，有点……不自在。

夏言轻咳了声，拿过手机看了眼时间："咦？都凌晨两点多了。"

沈靳笑了笑："你才发现。"

他抬手关了电脑，却没有起身的意思。

夏言小心地戳了戳他的手臂："我得回去了。"

她头微微仰着，小心翼翼又戒备的样子，配上那双睁得圆大无辜的眼睛，勾得他心口微痒。

他头朝她微微俯低了些，两人的气息开始交融。

夏言不自觉地屏息，紧张地看着他。她其实不大抵挡得住这样静静看她的沈靳，他黑眸里的深浓色泽温柔得像旋涡，勾得她心跳一点点地加快，脸上也跟着泛起红晕，尤其是他搭在椅背上的手慢慢地滑入她的发中，牢牢地托住她的后脑勺。

这是他吻她的前兆。

她的心跳快得不像自己的，然后后脑勺微紧时，阴影压下，他的唇也跟着轻柔地覆了上来，含吮着她微张的嘴，很温柔，不急躁，慢慢交融的濡沫牵出旖旎的情欲。他的气息开始变得粗重，扣在她后脑勺上的手掌略微失控地收紧，揉乱了她的头发。唇上的动作却依然是克制温柔的，直至慢慢停了下来，黑眸看入她眼中。

“今晚留下来，嗯？”

他沙哑得不像话的低沉嗓音，勾得她差点点头。

夏言眼眸与他轻轻对上，以近乎呢喃的软嗓回他：“才第一天就一垒、二垒、三垒，还想全垒打，是不是过分了点？”

低低的笑声从喉咙滚出，沈靳在她唇上轻轻咬了一记：“我想更过分一点。”

说完他放开了她。

沈靳人却没起身，依然保持着俯身将她圈在办公椅里的姿势。开了两颗纽扣的黑色衬衫被胸肌撑开一道浅浅的口子，从夏言的位置可以清晰地看到两道漂亮的锁骨，以及微敞的领口下若隐若现、随着呼吸轻微起伏的赤裸胸膛。

夏言跟着沈靳过了几年，自认早将定力修得和他一样高深，没想到那样简单的一瞥后，她发现她的道行还是浅了些，这样胸口微敞的沈靳性感得致命。

她默默偏开头，把沈靳推开，人也跟着站起身，和沈靳道别。

沈靳没真留她在家过夜，送她到门口。她就住在隔壁，在她开门时他还有些舍不得，从背后抱住了她，接过她手里的钥匙，边帮她开门边低声问她：“明天搬过来，嗯？”

话音刚刚落他肋间便挨了一记轻撞，伴着夏言的轻喃：“果然更过分。”

沈靳轻笑，低头在她脸颊上吻了一记，拧开了门，松开了她，和她道了声“晚安”。

夏言也道了声“晚安”，转身想走，迟疑了下，又扭头问他，问出了她多年的困惑：“你会介意我表哥吗？”

以前纪沉也是她的主治医生，又是一起长大的表兄妹，对她一直照顾有加。她闪婚的时候他在国外学习，她结婚一阵了他才知道她结婚了，对这个事一直耿耿于怀，看沈靳一向不顺眼，偶尔甚至会故意在沈靳面前对她表现亲密，试图激起沈靳对她的一丝占有欲，但从来没有成功过。沈靳从来都是平静从容的，没有流露过一丝一毫的吃醋意思，仅是平静地看着他们。反倒是她过不了自己心里那关，始终惦记着她和纪沉没有血缘关系，她已经嫁人了，因此每次纪沉故意引起误会时，她便着急地和他拉开距离，着急地和沈靳解释，每次都只是换来他淡淡的一句“我知道”。为此，纪沉没少骂她没出息，她自己也会有些小懊恼，就像每个陷在爱情里患得患失的女孩一样，她也想知道，沈靳会不会因为别的男人吃醋。

唯一一次让她觉得沈靳似乎是吃醋了的还是有童童以前，沈靳出差，她一个人去医院治疗，她是最后一个病人，治疗结束后纪沉也刚好下班，两人也就顺道一起吃了个饭，那天刚好她的手机没电，不知道沈靳已经回来了，也不知道他打了好几个电话找她。

饭后纪沉送她回家，遇到了出门找她的沈靳。大概是因为夜太深孤男寡女真的容易引发误会，也可能是纪沉前几次撩拨沈靳撩拨得他心里扎了根刺而不自知，那一次的纪沉也依她的意思没再故意在沈靳面前制造误会。沈靳反倒脸色不太好，虽然他一直维持着平静的面容，但掐着她的手臂将她拉到身前的手泄露了他的愠怒。那一晚在床上的沈靳也有些失控，与以往的温柔克制完全不同，手掌压扣着她的手掌，十指紧紧地扣在一起，被情欲晕染得黑亮的眼眸紧紧地盯着她，然后沉哑着嗓子问她，她爱的是不是纪沉。

那是唯一一次，她觉得他也是会吃醋的，只是那时的她已被他逼入重重快感中，并没有太多的理智和他探讨这个问题，只是本能地摇头否认。但那样一次他无波澜的生活里掀起过的浪花却足以让她雀跃很久，让她知道他对她不是完全没感觉的，和他生一个孩子的想法也是在那个时候萌生的。

那一夜之后她和他的关系有了微妙的变化，也可能是没变的，经年累月的平淡，让她都快分不出他们是一开始就是那样，还是以润物细无声的方式在悄然改变着却不自知。

后来她怀孕，生孩子，卧病在床，心思常年在孩子和生死边缘打转，也就没再去执着于爱不爱、在不在意的问题，但偶尔还是会记挂着。

现在踏进有纪沉的这个家，夏言突然想知道他会不会介意。

沈靳很认真地点头：“介意。但是他是你哥，这个认知从小就印刻在你的脑海中，不管有没有血缘关系都改变不了这个认知，所以我不认为你会将这种认知转变成爱情。如果有，你们认识那么多年，哪还能轮到旁人介入？”

夏言不觉笑了笑：“真理智。”

上前轻轻抱住了他，夏言轻声问了句：“就不怕我后知后觉啊？”

她明显地感觉到他的身体一僵，下巴被他抬起，他的黑眸静静望入她眼中。

“你会吗？”他问。

夏言摇头：“不会。”她又说，“他这一阵在外地开研讨会，所以最近都是我一个人住，等他回来……”她抬头看他，“如果你真的介意，我再搬出去。”

沈靳揉了揉她的头发：“搬出去就不必了，如果可以，考虑一下你男朋友家。”

夏言笑道：“好。”

一夜好眠，第二天两人一起去上的班。

上午九点半开会，沈靳把昨晚和夏言连夜写的方案做了个讨论，全员全票通过，法务部当天上午拟订了合同。沈遇订了当天下午飞青市的机票。

备选名单里有江熠在安城的客户，江熠暂时留在了安城，谈判的工作交给助理纪澄澄。

平时江熠工作都带着纪澄澄，纪澄澄和他的客户也熟。

夏言还记得江熠那套门当户对的理论，看江熠把纪澄澄吩咐出去后，随口问了江熠一句："江总和澄澄现在怎么样了？"

江熠笑着看向她："什么怎么样了？"

夏言道："在一起了吗？"

江熠笑着摇摇头："我要结婚了。"

夏言："……"

她试探性地问了句："和澄澄？"

江熠道："不是。前一阵家里安排了个相亲对象，各方面条件都很合适，不出意外的话，年底会结婚。"

夏言："……"

她往纪澄澄远去的背影看了眼："澄澄知道吗？"

江熠点头："知道。"

夏言也不知道该说什么，牵了牵唇角："恭喜。"

远处突然传来了声惊呼。

夏言循声望去：刚走到大门口的纪澄澄与不知打哪儿冒出来的程让撞一块儿了，纪澄澄手上的东西被撞散了一地。

程让边道歉边帮她捡。

夏言起身走了过去，走到近前时程让已将东西捡好，递给纪澄澄。

纪澄澄低声道了声谢后便走了。

程让摩挲着下巴看着纪澄澄的背影，问夏言："你们公司的？什么时候招的，叫什么名字，有男朋友了吗？"

花花公子狩猎模式启动的前奏。

夏言是了解程让在学校的花边新闻的，太花的人靠不住，她并不希望纪澄澄和这样的人牵扯上，也就回了句："有了。"

程让轻笑了声："扯，有没有男朋友我还分不出？"

夏言不太想和他讨论这个问题，岔开了话题："你怎么又过来了，有事吗？"

"我找沈哥的，他在吗？"

夏言还记得沈靳下过死命令，程让不得踏入办公区，她给沈靳打电话，告诉他程让过来的事。

沈靳这次倒没再对他禁足，让他上去。

程让还是过来让沈靳给他安排个工作的，他想加入“遇鉴”。

沈靳看了他一眼：“又是冲着夏言来的？”

程让手一摆：“挖墙脚没意思。我就是想跟着沈哥大干一场，跟着我哥没意思，成熟的品牌，没有发挥的空间。”程让举着手，“我发誓，我真不是来当商业间谍的。如果真要说有点什么私心，我承认，我刚刚在你们公司楼下遇到了一女孩，长得很对我的眼，我想近水楼台。”

沈靳询问的眼神看向夏言，夏言以嘴型回了他“纪澄澄”三个字。

沈靳对做媒婆这种事没兴趣，直接拒绝：“你还打算继续守厕所？”

“我要还想守厕所我还跑什么跑？”程让两手往桌面上一撑，压低了声音，“沈哥，我有宋乾当年陷害你的证据。你让我入职，我和你交换。”

沈靳笑了笑：“你以为我就没有？”

程让：“……”

沈靳冲门外喊了声：“老六，送客。”

夏言看着程让心不甘情不愿地被带走，终于想起沈靳还背负着骂名的事，又想起那份营销方案，担心地看他：“你当年的事还没洗掉，要是舆论闹大了，会不会反噬？”

“闹不大还洗不了。”沈靳淡淡地应道，抬腕看了眼表，下午六点整，随手关了电脑，道，“所以你唯一要担心的，是怎么把效果最大化。”

说话间，他已站起身，走向她的办公桌，问她：“忙完了吗？忙完了把昨天的约会补上。”

他顺手也关了她的电脑。

沈靳的约会和工作脱不了关系。

他另约了昔日的商界朋友，现在已是风投界的名人，名校毕业，大集团企业背景，金融巨头的亚洲区总裁，微博和极少量曝光的新闻里，公众形象也一向代表着高端奢华、低调有品位。

沈靳约他是为着推广去的。两人的交情始于当年对方对于软宸集团的参投构想，后来因为软宸集团出事没谈成，但多年来两人一直保持着淡淡的联系。

两人都不是爱客套的人，见了面寒暄了几句，沈靳拿出方案和合同开门见山。

如果是以前，推广的事沈靳一向不亲自管，顶多是审核方案，方案通过后便交由品牌部门执行推进，他要的只是结果。但这次是新品牌推进，又是夏言拟订的方案，他约略也能明白她承受的压力和期许，也就顺道替她把控一下，把自己过去的关系也重新利用起来。

方案和合同条款都写得清清楚楚，再加上夏言和沈靳当面解析，利弊一目了然。对方什么也不用做，只需在他的采访环境里摆一套“遇鉴”的沙发，他坐着也好，当背景也好，无所谓怎么用，只要能在他的受访照片里入镜就行。

对方略一沉吟之后，爽快地签了合同。他自己对杂志采访的唯一要求是不露正脸，摄影师提供的拍摄建议是他倚在沙发扶手或是办公桌旁，手持红酒杯偏头看向身后落地窗的画面。这样一个拍摄，总需要家居入镜，摆什么沙发不是摆？若没推成功，他没损失，还全了沈靳一个面子，担着沈靳这一份人情，以后再有个合作什么的有这一份人情在也能让谈判顺利些。若推成功了，他名下新投资的新品牌项目也能跟着获益和提高知名度。无论哪一个结果，他都是受益一方。

沈遇和江熠那边同样进展顺利，都是基于差不多的心态同意了下来。

沈遇那边先启动，也没花钱，只是不动声色地在公司旗下当红女艺人的杂志采访里夹了私：采访地点改在了艺人家里，艺人就坐在“遇鉴”的沙发上接受采访和拍了一套杂志硬照。照片主角虽是艺人，但背景里呈现的家居风格和沙发成了“遇鉴”发挥的点。

杂志一刊出，“遇鉴”品牌部连同合作的营销公司马上跟进，以该艺人的硬照表现为切入点，带节奏盘点各类杂志照，进而推进到个人审美，从机场私服照到微博照片和杂志硬照里无意呈现的家居风格，进而带出了“遇鉴”的沙发。同一时间，“粉丝”眼尖，发现一直与该女艺人存在绯闻的荧屏 CP（情侣）的微博晒出的自拍照里，家中也用了同一款沙发。在 CP 粉对这一巧合是否侧面证实两人确实在一起一事津津乐道时，艺人的个人粉为证明两人没在一起，在“遇鉴”品牌部和营销公司刻意的节奏引导下，扒出另有几个知名主持人和艺人家里也用的是同一款沙发，就连最近财经杂志刚刊出的风投大鳄兼某金融巨头亚洲区总裁的采访照片里，他身后的办公室会客厅背景也用的是“遇鉴”的同款沙发。

于是，对于两位艺人是否真在一起的绯闻再次成了罗生门。公众的注意力被水军把节奏带到了备受知名艺人和企业家喜欢的新晋网红沙发“遇鉴”上，越来越多的艺人和行业杂志的人物采访里相继出现“遇鉴”的身影。一时间，哪个名人家里也用了“遇鉴”成为公众热议的话题。闲得无聊的网民和粉丝也如同找影视剧穿帮镜头般，加入寻找“遇鉴”的活动中，全网发酵，“遇鉴”产品以在实际场景中的展现，以一种病毒式传播的方式迅速冲向公众，并让公众形成一种强烈的认知：知名明星和商界大佬都偏爱这款沙发。

由于选定的艺人和各界名流都是公众形象好、社会地位高的，本身就代表着品位和格调，再加之被推成了微博热门，引发了高关注度，无意中形成了联动效应。小有名气的艺人明星和企业家都趁机蹭热度，下订单，晒图，活动效应以超出预期的效果成为当月最热的微博营销事件。把“遇鉴”品牌知名度顺利带起的同时，也将首批参与的艺人和企业家的关注度带了起来，连带着他们旗下的公司和品牌也在不花一分钱的情况下形成了巨大的广告效应和很高的转化率，顺利达成了签合同时承诺的双赢效果。

早在“遇鉴”被公众提及时，宋乾便盯上了这个事，只是当时的焦点在艺人的绯闻上，宋乾只当是沈靳运气好，没想到是沈靳在背后运作这个事，也就没让人从中搅和，等他意识到不对劲时已经来不及了，谁都知道“遇鉴”是怎么被各路明星和各界精英青睐了。“遇鉴”迅速蹿起的销售额和紫盛急速下跌的市场份额打了宋乾一个措手不及，当市场部将当月的销售业绩呈上来时，宋乾差点失手撕了那份绩效表。

一向不太管他的程谦也破天荒地让他去办公室一趟。

宋乾前脚刚踏进办公室，程谦揉成一团的市场报告单便朝他的脸上狠砸了过来。

宋乾不敢躲，硬生生受着。

程让也在，跷着两条大长腿半躺在沙发上，双臂环胸，似笑非笑地看着宋乾的狼狈相。

程谦也不发火，就冷着张脸看他："宋乾，这就是你交给我的成绩单？"

宋乾忍着额头的冷汗，不敢吱声。

程谦道："怎么，没话说了？是我没提醒你吗？你要怎么折腾只要不触线我随便你，但是，这个月的销售额只能涨不能掉。结果呢？狂跌二十个点！这就是你给我的成绩单？"

程让嘲讽地开口："心思都花在给人使绊子上了，哪还有工夫琢磨产品和销售额？"

宋乾看了他一眼，没敢吱声。

程谦冷冷的一眼扫去："怎么，这会儿成哑巴了？"

宋乾流着冷汗道："程总，是我疏忽了，我没想到沈靳会有那个能耐去说服娱乐圈和商界……"

"我管他沈靳有没有这个能耐！"程谦打断他的话，"我要的是业绩。业绩，懂吗？掐死了一个沈靳，你能把业绩提上来？"

"当然能。"宋乾急急地道，"现在我们的市场份额主要是被沈二瓜分走的，只要把他——"

程谦冷冷地打断他的话："我只看到，在沈二起来以前，紫盛每月的市场份额也都在往下掉。"

"这个月本来是有回升的。"宋乾将那团被揉皱的报告单摊开，"你看，第一周的销售额比同期是有上涨的，下半月'遇鉴'横空出世才将我们给截下来了。而且沈二现在销售额高有什么用，李力那边不给原材料，他还能飞——"

他还未说出口的"上天"两个字被程谦狠甩在脸上的产品宣传册给砸断。

宋乾揉着被砸疼的鼻梁，弯腰将掉在地上的宣传册捡起，是"遇鉴"的第二代产品宣传册，主打原材料，强调的是纯天然和环保性能，结合第一代产品的情怀，落点在拯救渐被遗忘的传统民族工艺上。

宋乾讶异地看向程谦："这个是哪儿来的？"

程让缓缓站起身："沈哥送我的。"

"听说沈哥另外开设了原材料加工工厂，还弄了个种植园，人工种植和加工制作独属的原材料。现在还准备培养一批手工艺能手。”程让边说边走向宋乾和程谦，“哦，对了，听说是曹老亲自传授。现在的‘遇鉴’工厂部分就是曹老在亲自督导。”

宋乾皱眉：“曹老不都说早已不在了吗？沈二怎么请到的人？”

程谦冷笑着看他：“曹老的太太姓徐，有个女儿叫徐佳玉，从母姓。徐佳玉有个女儿叫夏言，‘遇鉴’的首席设计师，夏言。你说沈二怎么请到的他？”

不只宋乾惊讶了下，连程让也惊得张圆了嘴，好一会儿才道：“哥，我就说我当初追夏言没错吧，你还不让。知道这次活动是谁策划的吗？夏言，就是她亲自策划的。现在人家夏言对沈哥死心塌地着呢，要挖墙脚也不容易了。”

他的话音刚落，换来程谦的淡淡一瞥：“滚出去！”

程让：“……”

门口在这时传来敲门声，程谦一声“请进”后，周少辉推门而入。

周少辉是过来递交辞呈的。

宋乾当下红了眼：“周少辉你什么意思？”

周少辉早被宋乾这口气压得胸口疼，好不容易有机会扬眉吐气，轻笑着看向宋乾：“宋总，什么什么意思啊，就是不想干了啊，还能有什么意思？”

程谦瞥了眼桌上的辞呈，嘴角微勾：“有意思。”他又问周少辉，“沈二什么时候找你的？”

“有一阵了吧。”周少辉也不避讳。他下午刚找沈靳谈过，手握着安城实业盖了章的合同，心里底气也足，但到底不想和程谦撕破脸，还是客气地道：“程总，我很感谢您这几年的器重，只是可能真的是理念不同吧。我很惭愧没能给公司带来效益，再三权衡后，还是决定换个工作环境试试。”

程谦道：“沈二给你什么待遇，我在他的基础上再涨三分之一。”

“……”周少辉迟疑地看了眼宋乾，“我和宋总可能不太适合一起共事，我们两个只能留一个。”

程谦笑道：“你的意思，还是沈二的意思？”

周少辉也跟着笑了笑：“其实不管是谁的意思，今天我们谁走，程总心里都不会舒服。程总是不喜欢被人威胁的人，哪怕程总为了留下我开了宋总，也必然会对我多加忌惮，恐怕到时也没办法心平气和地共事。与其闹得大家都不开心，不如好聚好散，我主动退出，不让程总为难。”说完他朝程谦鞠了个躬，退了出去。

“周少辉就是一棵墙头草……”门刚关上，宋乾已经骂开。

程谦冷眼扫过去，宋乾讪讪地闭了嘴。

“下个月业绩再往下降，你就麻利点滚蛋！”淡淡地扔下一句话，程谦拿起车钥匙，出去了。

程让巴巴儿地跟上，刚拉开副驾驶座的车门想上车，便被程谦一眼扫过来：“滚下去！”

程让明显地感觉到程谦心情不好，只当是公司业绩问题导致的，笑嘻嘻地道：“不就是业绩问题嘛，多大点儿事，大不了当个顺水人情，把软宸还给沈哥，你还能讨个好名声。”

程谦没理他，径自启动了引擎。

程让厚着脸皮赖在车里不走，道：“哥，到新季餐厅把我扔下，沈哥他们今晚在那儿庆功呢。”

程谦扭头睨了他一眼：“收起你这副吃里爬外的嘴脸。”

程让笑嘻嘻地道：“反正你和沈哥目的一样，沈哥更有经验一点，你不如和沈哥合作算了，你本来也志不在此。”

程谦没理他，快经过新季餐厅时程让已经在催：“哥，前面的路口，记得把我扔下来，今晚他们团队的人都在。”

程谦虽面无表情没理他，但真到新季餐厅门口时还是把车停了下来。

程让一边道着谢一边下车，回头发现程谦也跟着下了车，讶异地看了他一眼。

程谦没理他，问道：“几楼？”

“……”程让指了指门口，“一楼。”

不用他指明，程谦已透过一楼的大门，看到了大厅里的夏言和沈靳，两人并肩站在人群里，显得格外出众。

程让先打了声招呼：“沈哥，夏言。”

夏言和沈靳刚到，正要落座，闻声回头，看到了一起进门的程让和程谦。

程谦目光穿过人群，直直地落在夏言身上。

程谦过于直接的目光让沈靳不觉拧了拧眉，轻搁下手中刚启盖的啤酒，淡淡地打了声招呼："程总有事吗？"他说着不动声色地侧过身，挡住了程谦看向夏言的目光。

"过来蹭个喜气。"程谦说着朝两人走了过来，走到近前时顺手拎起沈靳刚搁下的啤酒，倒了一杯冲沈靳晃了晃，"恭喜沈总。"

"谢谢。"沈靳淡淡地回道。端起另一杯酒，与他碰了碰杯，一饮而尽。

"沈总什么时候找的周少辉？"喝完杯中的啤酒，程谦指腹摩挲着杯沿，状似随意地开口。

沈靳轻搁下酒杯，没有正面回答他的问题："他递辞呈了？"

程谦道："刚递。"

沈靳笑了笑："谢谢程总放人。"眼角瞥见其他人都还站在原处没敢动，他道，"大家想吃什么随便吃，不用太拘着。"

其他人当下四散开，去拿餐盘夹菜。吃的是自助餐，沈靳包下了整个一楼的自助餐厅。

"程总要留下来一起用餐吗？"目光转回程谦脸上，沈靳客气了句。

程谦也不与他客气："打扰沈总了。"

沈靳依然是万年不动的平静模样："程总自便就好。"

他扭头和夏言说了两句，冲程谦略略颔首后，便和夏言一块儿往海鲜区而去。

程谦指腹摩挲着杯沿，看着相携而去的两人，抿唇不语。

程让手肘偷偷朝他的肋间撞了一下："哥，你有没有觉得沈哥和夏言特别登对？"

他这话换来程谦冷冷的一瞥，他当下噤了声，不敢再言语。

沈靳明显地感觉到身后投注过来的两道目光，在谁身上不言而喻。

他并不是很喜欢程谦对夏言这种过于赤裸的觊觎。

"他对你有企图。"替她夹了些生虾，沈靳蓦地道。

夏言一下没反应过来，扭头看他。

沈靳并没有多做解释，转开了话题：“还要来些扇贝吗？”

夏言点头，侧身递盘子时余光看到了不远处的程谦，一下恍然。

“你说程总？”她问。

沈靳没点头也没摇头，将扇贝放入她的盘中时看了她一眼：“夏小姐，请不要在你的男人面前提起你的追求者。”

夏言笑了笑：“谢谢沈总证明我还是有市场的。”

沈靳不语，手掌照着她的脑袋轻拍了一记。

很宠溺的一记轻拍，一点不落地落在了程谦眼中。

程谦端着已经饮尽的酒杯，就站在不远处，眉眼淡淡地看着夏言嘴角弯起的笑意。看着她看向沈靳时眼睛里掩藏不住的情意，也说不上为什么要来这一趟，为什么要留下来，似乎就为了印证什么，近乎自虐地任由目光随着两人打转。

严格来说，他和夏言相处时间并不多，一开始对她的注意也是别有目的，几次接触下来，也算不得对她的观感多惊艳，只是想起这么个人时，心里会有种莫名的舒心和平静感，继而会涌起淡淡的幸福感，想靠近，想拥有。

他从没认真想过对夏言抱持着怎样的情感，说喜欢似乎也说不上，毕竟相交不深，没有感情基础。但要说不喜欢，又会在知道她误以为他打压沈靳时涌起些许不安，会迫不及待地向她解释原委；会在程让提起她和沈靳时被不知名的暴躁控制情绪；会就这么不管不顾地闯进来，想看看她和沈靳到底是怎么个情况。

程谦以为，对于她和沈靳的亲昵，他应是无动于衷的才是，但他的胸口堵得慌，连带着觉得两人脸上的笑容都变得刺眼起来。他一声不吭地搁下酒杯，转身往洗手间而去。

沈靳回头看了眼他远去的背影，敛下眼眸。

夏言一抬头便看到了他眼中的若有所思，手肘轻撞了他一下：“怎么了？”

沈靳冲她露出一个笑：“没事。”他说完轻拥着她往餐桌而去。

一边的程让全程将程谦的眼神变化收在了眼底，从平静到晦涩深沉，看得他心惊胆战。久混情场，他知道那眼神意味着什么，因此在程谦搁下酒杯，转身往洗手间而去后，他也跟了过去。

程谦站在洗手池前，弯身掬了把水洗脸，脸埋在水中过了好一会儿才缓缓抬起头来，看着镜子里的自己出神了半晌，掏出手机，点开了通讯录。

程谦盯着通讯录上的“夏言”两个字看了许久，久到程让以为程谦要摁灭手机时，才点了一下那个号码。

程让上前，挂掉了他刚拨下的电话。

“哥。”背倚着洗漱台，程让看向程谦，年轻的脸上是程谦不熟悉的凝重，“你什么意思？”

程谦看了他一眼：“什么什么意思？”

程让道：“你对我千叮咛万嘱咐，说夏言不适合我们家，让我别去招惹人家，你自己又在做什么？”

“她是不适合你。”程谦平静地应了声，人也背过身，轻倚着洗漱台。

程让道：“难道她就适合你了？”

程谦不语，偏开了头，盯着窗外黑沉沉的夜色看了好一会儿，重新拿起手机，拨了夏言的电话。

夏言的手机就搁在桌面上，铃声响起时，她下意识地拿起，看到“程谦”两个字时皱了皱眉，不知道程谦为什么要打电话给她，下意识地扭头往厕所方向扫了眼。

沈靳也看到了手机屏幕上闪烁的“程谦”两个字，也没说话，拿起筷子不紧不慢地往夏言碗里添了块鱼肉。

手机响了一阵后停了下来，而后再次响起。

夏言迟疑了下，接起：“喂？”

“是我。”程谦转过身，手握着手机，看向镜子里皱眉的程让，“你现在方便出来一趟吗？我有点事想找你谈谈。”

夏言有点摸不着头脑，又想起刚才沈靳半开玩笑半认真说的“他对你有企图”，不觉看了眼沈靳。

沈靳看了她一眼，搁下筷子，手伸向她，拿过她的手机，对电话那头的程谦道：“她现在可能不太方便。有事吗？”

程谦笑了笑，突然问他：“沈靳，你和夏言在一起多久了？”没等他回答，程谦又声音低低地道，“沈靳，我也看上夏言了。”

沈靳嘴唇微动：“谢谢，说明我眼光不错。”

程谦笑了笑，道：“那么——”拖长的尾音里，程谦轻声道，“就看夏言会不会眼光更好一些。”

说完他挂了电话。

餐厅里吵，夏言听不清两人在说什么，但明显地感觉到沈靳面色有些难看，尽管所有情绪都隐藏在了平静的面色下，但紧绷的肌肉泄露了他的情绪。

“他说什么了？”夏言轻声问。

沈靳摇摇头，把手机还给她。

聚餐在平静中结束，程谦没再回来。

餐后沈靳送夏言回去，时间还早，两人没有立即回家，一路牵着手散步。

夜风徐徐，行人匆匆，这于夏言依然是新奇的体验，也都是她曾幻想过的。她以为她会享受这种恋爱的感觉，可是看着沈靳平静的侧脸，想象着以前的他，于现在的他，她说不上是什么感觉，明明是同一个人，又似乎不全然是。

她想她还是有些遗憾的。

“想什么呢？”耳边突然传来他低沉的嗓音。

夏言抬头，摇头笑了笑：“没什么。”而后她转开了话题，“刚才程谦在电话里说了什么啊？”

“看你脸色似乎不太好。”侧过头，她说道。

沈靳目光在她脸上停了停，又转开，陪她走了好一会儿才淡淡地问她：“你觉得程谦这个人怎么样？”

夏言偏头想了想：“我和他接触不深，不好评价。就目前接触的观感来说，人是卑鄙了些，但卑鄙得光明磊落，行事作风好像还挺大胆直接的。”

沈靳不语。

夏言感觉他今晚异常沉默，不觉停下了脚步，偏头看他：“你有心事。”

沈靳盯着她看了一小会儿，坦然地点头：“对。”

“刚才程谦在电话里说，”他声音微顿，观察着她的神色，“他说他看上你了。”

夏言愣住，而后皱眉：“没道理啊。”

“喜欢这种事从来就没有什么道理的。”沈靳声音依然是平静的，“感情的东西有时就讲究个眼缘而已。”

夏言失笑：“沈先生是在说服我去接受他吗？”

沈靳没有与她开玩笑的心情：“不是。我只是担心，他哪一天突然就打动了你。”

夏言收住了笑：“你对我没有信心吗？”

“我是对自己没信心。”沈靳沉默了会儿，手掌轻轻覆上她左胸口心脏的位置，“我在你这里，是有前科的，我只要一个行差踏错，直接就被你踢出局了，连为自己辩解的机会都没有。”

夏言勉强牵了牵唇：“沈先生或许可以试试别犯错。”

沈靳道：“我们认识之初你就对我避如蛇蝎，那个时候我犯过什么错吗？”

夏言一时语塞。

“夏言。”沈靳声音软了下来，“把你未来记忆里背负的东西加在现在的我身上，对我是不是不太公平？”

夏言抬眸看他，忽而一笑：“好像是呢。可是如果把你和我未来记忆里的他完全割裂开来，你还是你吗？”

“有时我挺困惑的，我是该把你当你，他当他，还是把你当他，他当你？”夏言轻声问。

沈靳：“……”

生平第一次，他也没了答案。

第二天上午，周少辉如约来公司报到，一起来的还有他底下那批设计师，就像当年离开软宸一样，他一个人带走了一个部门。

沈靳从不否认周少辉的厉害，但相应地，他也不能不提防。

沈靳将每个人安排到了相应的岗位，职位和待遇上都比在紫盛略高一些，都有自己的助理团队。沈靳给周少辉来了个明升暗降，明面上还是统领着整个设计部，同时兼管生产车间的工作，但暗地里已将他的工作重心转向了生产车间。他对整个设计部有领导权，但没有决策权，决策权还是在沈靳和夏言手上。

沈靳把话说得巧妙，周少辉没听明白其中的道道儿，反而还因为沈靳将生产车间的工作也委任给他的事，觉得自己是受器重的，对沈靳的安排心存感激。其他人从普通设计师晋升为小中层，手握一定的管理权，更是对沈靳抱持着知遇之恩的感怀，不只工作热情高，还不忘与原来的同事吹嘘。

这些人在沈靳的公司良好的待遇让还留在紫盛的人开始人心浮动。

程谦是明显地感觉到整个团队的人心思浮动的，他本没有太多心思在这个团队上，但因着夏言的关系，这种要输给沈靳的感觉让他的心思也跟着浮躁，把气全撒在了宋乾身上，撒完了还是浮躁得厉害，手机拿起又放下，想给夏言打电话，指尖按下，嘟了一声又掐掉了。程谦发现，他和夏言并没有太多工作或生活上的联结点，他的任何一个电话于她都是唐突的。

他唯一能想起的他与夏言的共同联系点就是王叔，以及对于传统手工艺品的喜爱。

手机第三次拿起又放下后，程谦一把推开了电脑，站起身，拿过衣帽架上的外套，出了门。

夏言快下班时才发现手机上的未接来电，“程谦”两个字让她愣了愣。

沈靳刚好过来打水，看到她手机屏幕上的“程谦”两个字时目光微顿，淡淡地道：“突然发现，当初和夏小姐解除婚姻关系实在不是一个明智的决定。”

夏言抬头笑着看向他：“这两天的沈先生似乎有些患得患失。”

沈靳偏头盯着她看了好一会儿，才徐徐地道：“能让一个男人对一个女人患得患失的理由只有一个。”

夏言道：“是什么？”

沈靳道：“这个女人比他以为的更重要。”

夏言：“……”

她想笑，又不大笑得出来，心里是觉得甜蜜的，又交织着别的情绪，还是那个是他不是他的问题。眼前的他与记忆里的他交替着出现，同一张脸，同样的气场，只是眼神还是不太一样的，记忆中的那个沈靳眼神里不会有这样的温度。

“感觉……”夏言勉强笑了笑，“我好像和一个假的沈先生在谈恋爱。以前的沈先生别说甜言蜜语了，连眼神都是没有温度的。”

沈靳脸上也没了笑意，盯着她看了好一会儿，才轻轻地道：“夏言，我们是同一个人。”

“以前的沈先生……”他声音微顿，“只是没学会表达。”

她那天的迷茫，他给她答案。

夏言想去认可，可脑中流转的清冷眸子，让她没法轻易点下这个头。

他没有与她五年婚姻的记忆，这就是不同。

“对了，我想去看看王叔。”并不想过多沉浸在这种无果的负面情绪里，夏言转开了话题，“王叔出院后我一直没时间去看他，我爸也托我带了些补品，让我去看他时顺路给他带上，我现在横竖没什么事了，想去看看他。你要一起吗？”

沈靳看了她一眼，也没去强求刚才的话题，抬腕看了眼表：“我一会儿还有个会议，怕是得晚一点。”

夏言道：“没事，你先开会，我先过去，你看着方便就过去。”

沈靳道：“我晚点过去接你。”

公司距离古巷不远，夏言是走路过去的，她没想到会在王叔那里遇到程谦。

他似乎来了有一阵了，正在陪王叔喝茶、下棋。

她走进来时他抬头看了她一眼，似是有些讶异于她的出现，但又很快敛去，面色如常地收回视线，看向棋盘，将拈起的棋子轻轻落下。

王叔笑着看向她：“丫头，今天怎么有空过来了？”

夏言不大自在地笑了笑：“今天公司没什么事，刚好有空，就过来了。”说着她将手中拎着的补品递上，“我爸托我给您带过来的，他最近忙，一直抽不开身，特地叮嘱我给您带的。”

“你爸这客气啥呢。”王叔笑呵呵地站起身，接过她递过来的东西。

程谦抬头看了她一眼：“沈总没一起过来吗？”

“他一会儿过来。”夏言应道。

因着下午那个未接来电，以及前几天那个暧昧不明的电话和沈靳点明的程谦可能喜欢她的事，再看到程谦时她总有些尴尬。这份尴尬让她不知道该怎么和程谦相处，瞥了眼他们还没下完的棋，留下一句“你们继续，我先随便看看”后，转身去了货架方向，没去打扰他们。

王叔已没了下棋的兴致，眼看着也快到饭点了，一边搁下棋子，一边对货架前的夏言道：“丫头，你来替我下吧，我先去厨房折腾点吃的。大家都没吃饭吧？”

夏言回头劝阻他：“王叔，不用了，我吃过了。”

王叔笑道:“吃过了也再吃一点,我还饿着肚子,总是要做饭的。”说话间，人已弯身进了厨房。

大厅里只剩下程谦和夏言两个人。

夏言有些不自在，假装认真挑选货架上的小饰品，脑子飞速地转着，想着要找一个什么理由先离开。

理由还没想出来，她身后响起了脚步声。

夏言神经一下绷起，极力想忽视，又有些戒备，紧张混着警惕。

程谦并没有什么过分的举动，在她身侧站定，和她一样看向货架上的小摆件，没出声。

夏言也没说话,身体因为警惕而有些紧绷,连呼吸都不自觉地变得轻浅。

耳边传来程谦淡淡的嗓音：“绷得这么紧，你不累吗？”

“……”夏言身体放松了些，不知道该怎么应他。

程谦扭过头看她：“你和沈靳在一起多久了？”

夏言看了他一眼。

他没等她回答，又问了一句：“你看上他什么？”

夏言被问住。

程谦注意力重新回到货架的小摆件上，像闲聊般淡淡地道：“我一直以为，我和沈二属于同一类人，外形、脾气、心性和能力不相上下。或许，”

他扭头看了她一眼，“在家庭背景加持下，我的条件更优越一些。既然你能看上他，有没有可能，我于你具有同样的吸引力，甚至更强烈一些？”

夏言微愣，看向他。

程谦已经背转过身，后背轻贴在货架上，双臂轻轻交叉环在胸口，偏头看她，继续道：“夏言，我发现我似乎喜欢你。这个年纪说喜欢好像有点荒谬，但我确实对你有了不一样的情绪。”

虽然有了心理准备，但程谦过于直白的话语还是让夏言好一会儿说不出话，好半晌才皱眉看向他：“我和程总似乎没有产生感情的基础，我们甚至连见面的机会都少，程总怎么会——”

程谦道：“我也在困惑这个问题。”

“不过，夏小姐的意思……”程谦声音微顿，“是不是说，如果我们有相处的机会，你也可能会爱上我？”

夏言眉心皱得更紧，她没考虑过这个问题。

她对沈靳虽是一见钟情，但钟情的是他的颜值、气质，爱情却是在五年的陪伴了解中一点点加深的。这一次钟情他是在上一世的情感基础上——朝夕相处出来的感情。

和其他男人发生感情，她没有过机会。

“我不知道。”她老实地摇头，“但这种假设没有存在的意义。”

程谦自动忽略她最后一句话：“夏小姐不考虑尝试一下吗？趁着男未婚女未嫁。”

夏言失笑：“我觉得，任何一个有道德底线的男人都不会出这种馊主意，像沈总，他就做不出来这样的事。”

程谦牵了牵唇：“相信我，如果换作他，他连商量的机会都不会给你。”

夏言摇头：“他不会的。”

一个活得清心寡欲的男人，自己手上的都可有可无，更何况去抢别人的？

程谦看向她：“他会，尤其对象是你时。”

而后在她困惑地抬眸时，他冷不丁扣住了她的手腕，抓着将她轻轻抵在了货架上，压低了声音道：“因为……我也会。”

大脑在空白了一秒后，夏言本能地挣扎，被程谦扣着手腕牢牢钉在了货架上。

“你和他才刚开始，感情还不深，你还有重新选择的机会。”程谦压低了声音，“沈靳是不差，但他的事业刚起步，未来几年时间，他的重心必然是放在事业上，能陪伴你的时间有限，这意味着，你得付出比其他女人更多的时间和心力在等待上，最后却未必能得到你想要的结果。这个社会，有多少女人陪着自己的丈夫从零打拼，相互扶持着走到事业有成，最后却落得个被遗弃、为他人作嫁衣的下场。”

“她不会！”

熟悉的淡淡的嗓音响起时，夏言只觉得手腕一松，一抬眼便看到程谦被沈靳拽着胳膊推到一边。

程谦的身体重重地撞上货架，噼里啪啦，货架上的东西散落在地，夏言被沈靳拉到了身侧。

夏言下意识地扭头，看向挡在身前的沈靳。

他面容还是平静的：“程总千方百计地要把我的人骗走，我的公司出事也费尽心思地帮我兜着，是对我有什么企图吗？”

程谦一愣，似是没料到他会来个混淆概念，好一会儿才缓过神来，徐徐地道：“沈总多虑了，我没有这方面的爱好。”

手抓着衣领整了整，他看向夏言，继续刚才的话题：“夏言，你也看到了，沈总正处于最忙碌的事业上升期，能陪你的时间有限。而我的事业已进入稳定期，不仅能给予你物质上的满足，同时能给予你情感上的满足，我有大量的时间和你培养感情，同时有足够的财力满足你对生活、事业的追求和理想。因此在综合机会成本、时间成本和回报率等情况下，你不妨再好好考虑一下我的建议，我们之间能擦出的火花说不定比你和沈总的来得更强烈。”

夏言觉得她还是该趁这个机会和程谦说清楚，因而客气地冲他笑了笑：“谢谢程总抬爱，但是程总似乎忽略了一个问题，您是不是忘记把情感成本计算在内了？我和您之间并没有这一项成本投入。”

程谦道：“所以我在给自己争取机会。”

也不待她再出声，他丢下一句“我等你的答案”后先走了。

偌大的空间里只剩下沈靳和夏言两个人，王叔在货架被撞歪时探头出来看过一眼，又摇了摇头重新回厨房去了。

夏言和沈靳都有短暂的沉默。她先开了口：“不是说要开会吗，怎么这么快就过来了？”

“把几个要点交代下去后就先过来了。”沈靳轻声说。弯身捡起被撞落在地的工艺品。

夏言也弯身去捡，沉默了会儿，低声道：“不是我约他过来的。我没想到他刚好也在这儿。”

沈靳点点头：“我知道。”

他声音虽平静，但脸还是隐隐有些紧绷的。

夏言试图让气氛轻松一些，笑着道：“我发现程总似乎说对了一句话，他和沈先生还挺像的。”尤其是他头头是道地分析她和他在一起的利弊时，简直就像是当初说服她加入公司的沈靳。

只是她调侃的语气没能换来沈靳如往常一般回以调侃，他只是看了她一眼，没有说话。

古怪而别扭的男人。夏言迟疑了下，主动握住了他的手。

沈靳紧绷的俊脸终于有了一丝松动，但还是万年不变的平静模样。手掌却反握住了她的手，有些紧。

他将他的在意都藏在了他收紧的手掌里。稍早前那种甜蜜微酸的感觉再次涌来，那种既盼着他是他，又害怕他是他的复杂搅得夏言心绪全乱，连带着之后的晚餐也吃得有些索然无味。

饭后两人一块儿散步回去，两只手一直不松不紧地握着，一路上没怎么说话，回到家门口时沈靳才松开了握紧她的手。

两人各自掏出钥匙，各自开门，各自沉默着。

空荡的过道安静得只有钥匙拧动的声音。

夏言手捏着钥匙，垂头看着轻轻转动的锁孔，明明一用力就能拧开的锁，却不知怎的拧着拧着就停了下来。

沈靳的动作也停了下来。

“你今晚不太对劲。”沈靳突然出声。

夏言轻嗯了声，低声说：“你好像也不太对劲。”

沈靳沉默了片刻，轻声说：“被留校察看的人没有安全感属正常反应。”说完他轻轻推开了房门。

夏言轻笑了下，好一会儿才低低地开口：“其实……如果我们最后真的没办法一起走下去，程谦一定不会是我们分开的理由的。你不用太把他的话放在心上。”

沈靳道：“但他可能会成为那个结果。”

夏言不语，如果真分开了，不是程谦也可能是其他人，也可能是再没有人。

沈靳也没再说话。

沉默在彼此间蔓延。

夏言重新拧动了钥匙，很用力地一拧，门开了。门被拉出半道缝，又被身后伸来的手掌用力压了回去。

蔓延的沉默并没有被这关门声打断。

夏言手还搭在门锁上，低垂着头。搭在门把上的手又轻轻地重新拧开了房门，但还没拉开又被重重压上。肩上扣了只手掌，扳着她转了个身，他突然就吻了下来，有些发狠。

“留下来。”他声音嘶哑，迷离。

第十二章 梦碎

夏言沉默片刻，突然也发狠了般，拉下他的头，吻了上去，场面一下失控。她被沈靳夺回了主导权，他带着她进了他的屋，从玄关到客厅，一路纠缠，衣衫被扯得凌乱，她被他狠狠地抵在了墙壁上，唇舌纠缠着她的唇舌，十指紧扣。

夏言想放纵，不管不顾，但他越是粗暴，越是失控，她胸口的难受感就越重。眼睛酸涩得厉害，慢慢涌出的泪打湿了眼角。

沈靳吻她的动作渐渐停了下来，他低敛着眼睑，额头抵着她的额头，喘息着。

夏言眼泪还在流，也不知道为什么难过，就是觉得难受。沈靳的情感表现得越浓烈，她就越难受，不知道自己为什么非要拿过去和现在比，她曾经渴望却得不到的东西，他都在一点点地给她，这样的沈靳是她幻想过无数次的样子。可是不对，他还不是完整的沈靳，完整的沈靳是像她这样，既有过去的影子，又有未来的记忆。

“对不起。”她抱住他，哽咽地道歉，心里对他一万个抱歉。

沈靳不语，好半晌才哑声道：“夏言，不管有没有那段婚姻的记忆，我们都是同一个人。”

哐啷——轻微的重物落地声响起。

沈靳本能地将夏言护入怀中，回身道：“谁？”手也跟着摁开了客厅的灯。

沈靳的母亲正站在房间前的过道处，脸色苍白，脚边有一个碎了的白瓷杯盖。

“妈，”沈靳皱眉，“你什么时候过来的？”

“你爸炖了些野味汤，我……我给你送了过来，看你还没回来，就……就给你收拾了下房间，在屋里小睡了会儿……”姜琴结结巴巴地道。眼睛看向一边的夏言。

沈靳也跟着低头看向她。

夏言脸色刷白，嘴唇微微颤动着，看着像在极力克制情绪。

“夏言？”他本能地想去碰她。

她突然反应极大地避开了他的手，从他怀中退了出去，手抓着被他扯乱的衣服，拉上，挡在身前。

“对……对不起啊……”姜琴也尴尬着，脸色不太对劲，“我……我不知道你……你们……”

声音语无伦次的姜琴，和夏言记忆中咄咄逼人的姜琴有些不太一样。

她还没做好面对姜琴的心理准备，尤其是以这副和沈靳纠缠的样子。临死前的记忆如潮水涌入，姜琴大着嗓门指责她装病给沈靳拖后腿、占着茅坑不拉屎的话一遍遍在脑中回响，童童的惶恐害怕、姜琴的谩骂与她气管渐渐抽紧的呼吸交织出一个个光怪陆离的快镜头，震得她脑袋嗡嗡直响。身体先于理智做出了反应，颤颤巍巍的一声“对不起”后，她选择了落荒而逃。

沈靳追了出来，在楼梯口拽住了她的手。

夏言用力想将手抽回，没抽动，她一下失控：“你放开！”

吼完她才意识到自己做了什么，泪眼模糊地看着眼前这个眼神复杂地看着她的男人，残存的理智告诉她，他不是他，眼前的沈靳是无辜的，她不能迁怒于他。

“对……对不起……”她颤着嗓子道歉，极力忍住几欲夺眶而出的眼泪，勉强冲他挤出一个笑容，“我的情绪好像有点不对，可能要一个人冷静一下，我……我先出去走走……”

声音变得哽咽时，她用力抽回了手，三步并作两步地下了楼。

夜风很大，吹得她眼泪一直往下掉，许多她以为已经可以泰然面对的东西，姜琴的出现再次将它们狠狠地撕开了一个口子，疼得她心脏难受。

夏言发现，原来她并不是已经不介意了。

她还是想见见沈靳，想好好地问问他，这五年算什么。

沈靳没有拦她，静静地跟在她身后，看着她一边走一边抬手狠狠地擦泪。路灯下能清楚地看到她纷飞的眼泪，他想上前，又害怕上前。

夏言不知道自己走了多久，直走得双脚发疼才停了下来，在马路边的台阶上坐了下来。

夜已深，商场早已关门，马路上已没什么人。

她一个人坐在台阶上，孤零零的，头微微仰着。光影里，沈靳能清晰地看到她眼眶里滚落的泪水，以及她用力吸气的鼻子。

沈靳倚着灯柱停了下来，没有上前。

他知道，现在的她并不需要他。

这样的认知深刻得连同他的心脏生出的闷窒感也变得异常清晰。

夏言过了好一会儿才发现地面上拉长的、交叠在她身上的影子。

她怔了下，慢慢回头，看到了站在路灯下的沈靳。

他是背倚着灯柱的，双臂环着胸，一条腿往前伸直，一条腿随意地屈起，脚尖抵着地面，头微微侧着，正在看她。

看她看过来，他冲她露出一个很浅的笑，深浓的黑眸里是淡淡的怜惜，却没有上前，只是隔着段距离不远不近地看着她。

她刚收回的眼泪又在眼眶里打转。

夏言站起身，手背挡在口鼻处吸了吸鼻子，勉强冲他挤出一个笑：“你怎么过来了？”

“我担心你。”他说。朝她走了过去，在她面前站定时，从口袋里抽出纸巾，替她擦泪，没想到越擦越湿。

夏言眼泪根本止不住，越流越凶，从默默地流泪变成了低泣，再到抑制不住地哽咽。

“为什么你不是他？”哽咽声里传来她沙哑的声音，“为什么我一开始遇见的不是你？”

沈靳抬臂，轻轻搂住了她。

“夏言，我是沈靳。”他在她耳边低声说。

她摇头，哽咽地道：“你不是。”

“我是。”他声音很轻，一字一句地道，“夏言，这个世界上只有一个沈靳，我只是暂时没想起来而已。”

“你不是。”她很执拗地重复，“你根本不知道我们那五年是怎么过来的，我迁怒于你也好，质问你也好，你根本不知道到底发生了什么。”

说到最后时情绪有些失控，她用力想推开他，但她被他的手臂死死地困住。

她手肘用力顶他，推不动，又挫败地停了下来。

沈靳任由她闹，不出声，也不放手。

夏言情绪发泄完了，也渐渐停了下来。

“对不起。”她吸了吸鼻子，偏开头，低声道歉。她也不知道自己为什么突然间这么失控，姜琴撕裂的那道口子将她自这个世界醒来后便压抑住的情绪全部掀了开来，无处可藏。

她不想迁怒于眼前的沈靳，她在心里一遍遍地告诉自己，他不是他，他是无辜的，她不能怪他。每告诉自己一遍，她心里的难过就重一分，甚至是有些恨他为什么不是他了。每一次都毫无预兆地出现，留下一些似是而非的话，又像失忆般什么都不记得了。她被他留下的一堆的疑问牵绊，他却依然能像没事人一般，一句“什么都不知道”就能推脱得干干净净，她却被绊得寸步难行，和初衷渐行渐远。

手肘不甘心地往身后的身体重重地顶了一下，她放弃了所有的挣扎。

“夏言，”身后的沈靳终于出声，声音有些沙哑，“你不用和我道歉。我们是同一个人，我只是暂时没有捡回那一部分记忆而已。你有权对我发泄，我不无辜。”

夏言摇摇头。

"还是不一样的。"她说。轻轻推开了他，转身在台阶上坐了下来。

沈靳在她身侧坐了下来，与她一起看着渐渐冷清的马路。

"其实……"夏言声音顿了下，"我特别矛盾，我知道你是他，可是我又没办法真的把你完全当他。

"你和我记忆里的他还是不太一样的。他严肃，冷淡，对外人或者对我，都保持着淡淡的距离感，我不知道该怎么去走近他。可是你不一样，你让我觉得温暖，觉得……是被你喜欢着的。

"我不知道该怎么去平衡这种感觉。

"我想把你当你，把他当他，这样我能心安理得地享受和你在一起的感觉，然后试着和你重新开始，不用去在意过去的种种。

"可是完全把你们割裂开来了，我们在一起的意义又是什么？

"我一开始是真的不想要你了，就想试试另一种和婚姻、和沈靳无关的人生。可是你又一直在给我我曾经渴望却从没得到过的东西，像弥补一样，一点点地填满我以前人生的空白，让我想从你的身上把以前所有的遗憾都补回来。可是我又害怕像现在这样，在你身上看到过去所有的委屈和不甘。"

"这段时间和你在一起共事真的很开心，我喜欢你看我时的眼神，喜欢你眼神里的宠溺，喜欢你对我的鼓励和赞许，喜欢你站在我身后，为我遮风挡雨时的沉默和稳重，很多很多。那种感觉就好像重新认识你，重新爱上你一样，想起你时心里会暖暖的、轻飘飘的，看到你被我迁怒时会自责、会难过。我……"她声音哽了一下，"我真的不想让你难过，可是我又想让你清楚地知道我所有的委屈和不甘，但是我又觉得你不应该承担这些。"

"我不知道到底哪里出问题了，我既希望你能记起来，又害怕你记起来后，变回那个我高攀不起的沈靳；既想把你和我记忆中的那个沈靳完全割裂开来，不要记忆中的那个沈靳了，我们就这样试着慢慢走下去，走到哪儿是哪儿……可是……"她哽咽着说不下去了，想象着真的不要那个陪伴了五年的沈靳时，心脏还是会抽疼，尤其是想起那五年时间里他看她时的眼神，那样深的隐忍和沉痛，她还是会心疼。

沈靳扭头看她，轻声说："既然他那么不好，就把他忘了吧。"

她扭头，泪眼模糊地看他："要怎么样才能忘了他？我真的不想再记着他了。”

她赌气一样的话语让他沉默良久，好一会儿才缓缓地道：“夏言，其实我们内里都是同一个人，不是我变了或者他变了，只是经历了事，成长了，心境和处事方式有了变化而已。就像现在的你，和五年前的你，处事方式也是不一样的。”

夏言偏开了头：“或许吧。”

她弯下身，随手抓起地上的小石子，有一下没一下地划着，等情绪平复了些，才轻声问他：“你觉得，两个相互陪伴的陌生男女，有可能产生爱情吗？”

“以婚姻的名义相互陪伴的陌生男女，”她补充，扭头看他，“有可能会产生爱情吗？”

沈靳目光落在她脸上，点头：“会！”

夏言笑了下：“没有交流，怎么产生？”

沈靳盯着她看了好一会儿：“夏言，刚认识时的你之于我只是一个陌生人，可是我还是爱上了你，这就是答案。你的性格、你的特质，你吸引我的地方没有变，现在的我既然能在短短几个月的时间里对你不可自拔，为什么你会觉得，五年的时间，当年的我会对你无动于衷？”

夏言嘴角勉强动了下：“可是……还是不一样啊！现在的你是从好奇开始的，以前的你，对我没有那样的好奇和探究的欲望。”

“而且……”夏言笑了下，“你没经历过，你的答案也不能代表他的。”

沈靳道：“感受是一样的。”

夏言还是摇头，长长地吸了吸鼻子：“我现在可以和你像朋友一样在这儿坐在地上聊天，和他就不行。那五年里我们没有像现在这样情感外露的时候，也没有太多值得回味的记忆，所以其实有我，对他来说只是一个习惯到淡忘的过程，过段时间就好了。但是换成你，你会吗？”

沈靳抿唇：“夏言，你也别仗着我现在记不起来了，妄自揣度那个时段的我的心思。我还是我，但你不是我。”

夏言摇头笑了笑，眼眶又有些湿，她能感觉到自己今晚的反常——她还是想从他身上找她记忆中的沈靳的影子。姜琴撕开的口子，让她异常想他。

“沈靳。”第一次，她认真叫他的名字，“我们能不能试着先分开一段时间？我真的没办法把你和他完全等同起来。”

她哽咽地道：“如果哪天你全都记起来了，我们还能像现在这样坐在地上聊天，再尝试着在一起好不好？”

沈靳看着她不语。

“或者……”夏言冲他挤出一个笑，“等我把记忆里那个沈靳没了，我看到你时不会再觉得委屈和不甘的时候，我们再试着重新走下去，好不好？”

“我现在真的没办法平衡这种感觉，心里既对你有怨气，又觉得你是无辜的；既觉得不甘心，又心疼你的无辜；既想你是以他的样子面对我，又害怕你变回那个带着距离感的他。以前没得到过，还可以假装顺其自然，现在有了对比，我真的没办法……”她没有再往下说，眼眶发红。

沈靳沉默许久，终于出声：“多久？”

夏言道：“一年。”

沈靳道：“好。”声音喑哑。

“还是……”夏言努力朝他挤出笑容，“沈先生人比较好，也有人情味些。”

沈靳嘴角微动：“所以夏小姐别让人捷足先登了，我只等你一年。”

说是这么说，他却突然倾身抱住了她，在她耳边轻声说：“夏言，别让我等不到人。”

夏言轻轻地嗯了声。

夜风凉，沈靳能明显地感觉到她衣服上的凉意。

“回去吗？”他问。

夏言轻轻点头，与他一起起身，刚想走，又顿住。

姜琴不知道什么时候也追了出来，就坐在他们不远处的花圃的台面上，看着已经来了好一阵了。

看到夏言的目光看过去，她局促地站起身，不大自在地笑道：“我看你们这么晚跑出去，不太放心就——”

她局促不安的样子，完全没有夏言记忆中的盛气凌人，以及那种夏言高攀了她儿子的恩赐的眼神。

不过夏言记得，她刚嫁给沈靳那阵的姜琴也还是这般友好的，只是没有这般卑微而已。刚结婚那阵姜琴对她其实不算差，虽然算不得多喜欢，毕竟是个姜琴眼中不太能生养还要沈靳分神照顾的女人——但也算不得刻薄，还是会把她当家人照顾。只是这种好随着她生下童童后的卧病在床近一年，慢慢变成了不耐烦。都说久病床前无孝子，更何况是婆媳。

夏言也自认确实给姜琴带来了麻烦，虽然生孩子的念头也有一部分来自姜琴的压力，但主因还是在于她想要，因此很能理解姜琴偶尔的不耐烦，对姜琴是越发孝顺恭谦。但对姜琴而言，她不需要这样的懂事，她需要的是一个能让她的儿子活得轻松些、快乐些的女人，因此林雨的出现很合她的意。

姜琴对她的刻薄就是从她离开前半年开始的，也就是林雨开始出现在沈家的时候。

林雨的第一次出现是送从菜市场提了重物的姜琴回来。那时夏言对她的观感很好，觉得她是心地挺善良的一个女孩，人也和善，会逗童童，童童也喜欢她，因此她后来频频来家里时，夏言对她并没有什么防备。直到姜琴开始在夏言耳边长吁短叹说别家都几个儿子了，家里就童童一个女孩，再到慢慢地旁敲侧击，问她如果沈靳在外面有了儿子，她会不会接受，她那时才察觉到有问题。尤其是知道林雨是沈靳的部门助理后，她才对林雨有了微妙的感觉，才开始留意林雨的每一次到来。

姜琴对她的态度变化也是从她拒绝姜琴的荒谬提议才开始明显起来的，但姜琴并没有表现得过于张扬，在沈靳面前，在家人和外人面前，姜琴一如既往地对她好，只是在私底下，以她听得到的音量，低声和她的那些亲戚抱怨她的不是。她自己听得难受，但性子不爽利，想着姜琴也不是当面和她说的，是她无意中偷听到的，去找姜琴对峙总不大好，怕撕破脸沈靳夹在中间为难，而且在人前姜琴对她还是不错的，她也自认是对沈靳有拖累的，也就当姜琴是心里不快需要发泄。她能理解姜琴作为一个母亲的心情，也就不去和姜琴计较，继续维持着表面的平和。

她临死前那次是唯一的一次撕破脸，姜琴明明白白地提，她明明白白地拒绝。一直对她有怨言的姜琴大概没想到她会有那样强硬的时候，几年积压的不满也跟着悉数爆发，瞬间撕碎了那些年平和的表象。姜琴指责她拖沈靳的后腿，肩不能挑手不能提，动不动就犯病，也不知道是真病还是装病，帮不了沈靳还要沈靳分神照顾，不肯生二胎，占着茅坑不拉屎，话怎么难听怎么来，也不避讳，嚷得左邻右舍都来围观。难堪、委屈、难过，以及对沈靳疑似出轨的猜忌、心慌，种种情绪糅杂在一起，顷刻间摧毁了她岌岌可危的心脏，心功能急速衰竭，让她甚至连等一等沈靳的时间都没有。

如今看着这个她曾亲切地叫着"妈"，曾对她嘘寒问暖照顾有加又变得刻薄嫌弃她的女人，夏言心情是复杂的。

她不知道该以何种心情去面对姜琴，她花了很长时间去愈合姜琴掀开的口子。她并不想在这个时候面对姜琴，尽管她心里明白，这个时候的姜琴，同样是无辜的。

"谢谢。"很勉强地牵了牵唇，夏言并不想与她有过多的牵扯。

沈靳也明显地感觉到夏言的情绪波动，回头对她说："妈，你先回去。"

路边刚好有出租车经过，沈靳拦了下来，然后转身扶过她，推她上车。

姜琴不太想上车，脚步犹犹豫豫地不肯往前走，迟疑地扭头看夏言："我想和夏言先聊聊。"然后她又着急地保证道，"我不是要拆散你们，就是想和夏言聊点事。"

夏言想起自己心脏急速衰竭前，姜琴也是这样欲言又止地问她："夏言，你现在方便吗？我想和你聊点事。"

她那时真的单纯地以为姜琴只是想语重心长地与她促膝长谈一次，借此化解那段时间里弥漫在她们之间的微妙。

心脏涌起熟悉的不适感，夏言嘴角也勾不起什么礼貌的弧度了，直接道："下次吧，我想回去休息了。"而后她对沈靳说，"你另外打辆车送你妈回去吧，我先走了。"

她拉开车门，上了车，让司机先走了。

夜风从开着的车窗灌入，吹得夏言眼睛有些涩，今晚哭得有些多，好在现在的心情没有初始时激动，只是情绪爆发过后还是有了些后遗症，心脏隐隐泛着疼。她靠在椅背上闭目休息，没看到随后打车跟上的沈靳在并排的车道看她。

车子在公寓楼下停下时，夏言才看到一同下车的沈靳。

她冲他微微一笑，算是打过招呼。

沈靳与她一块儿上楼，一起进的电梯。

夏言约莫明白他是在担心她，抬头冲他露出了一个笑容："我没事。你应该先送你妈回去的。"

"我给她打了车。"

夏言没再说话。

沈靳看向她："明天还回公司上班吗？"

他不确定她说的分开是仅指情感关系上的分开，还是也包括了地理位置上的分开。

夏言轻轻摇头："现在公司算是稳定下来了，周少辉也把紫盛的设计团队带过来了，设计部暂时不缺人。我想去外面走走。"

她抬头冲他笑了笑："活了二十几年，我还从来没有离开过安城。其实一直挺遗憾的。"

沈靳道："打算去哪儿？"

"先去……"夏言想了想，"云省吧，昆市、理市……以前看过一部电影——《心花路放》，感觉挺好的。"

沈靳道："一个人吗？"

夏言点点头："我想一个人。"

沈靳沉默了好一会儿，喉结上下滚动了几圈后，哑声应了声："好。"他又问她："什么时候走？"

夏言摇摇头，还不知道。

"走的时候给我打个电话，我送你。"他说，"别忘了随时电话联系。"

夏言点头，不想把气氛弄得太沉重，又冲他笑了笑："沈先生不用太紧张，我只是请个假，去散散心而已。"

沈靳也勉强勾了勾唇："就怕夏小姐走了就不回来了。"

他上前一步，抱了抱她，又放开。

“我等你。”他说。还冲她露出一个笑容。

回到房间后，沈靳收起了脸上所有强撑的笑容，心里的躁意让入目的东西都变得面目可憎，他大手一挥，直接扫落桌上的东西。噼里啪啦的东西落地声让他有些怔，两手重重地往桌上一撑，身体俯下，静默了会儿，又转身坐在了沙发上，倚着沙发背，头仰向天花板，眼睛重重地闭上。

无力感。

满身心的无力感。

沈靳发现，他不想结束，也不想让她走。

但他骨子里的强硬，面对她时根本无处使力。

他舍不得对她用强。

她的眼泪、她的痛苦失控让他觉得，对她放手是最好的安排。

只有几个月，其实放手……并不是……那么难……吧?

最后一个字从脑中掠过时，沈靳紧闭的双眼陡然睁开，无力感更甚，无处发泄。

没那么难，但也没那么容易。

比他想象中更不容易。

他舍不得她难受，也舍不得对她放手。

锐眸从满地的东西扫过时，沈靳有些怔，他一向不是借外物发泄的人，刚刚那一瞬，他确实是失控了。

长长地吐了一口气，压下胸口的躁郁，沈靳起身，拿过扫帚，将地上的东西收拾干净，将垃圾桶拿去阳台时，又不觉抬头看了眼亮着灯的隔壁，沉默了会儿，没去打扰。回了屋里，胸口的躁意挥之不去，他转身从酒柜里取出酒和酒杯，给自己倒了满满一杯。

端起时，看着杯中轻荡着的浅色酒液，沈靳失神了好一会儿。

他从没想过，有一天他也需要借酒消愁。

他头仰起，酒精沿着喉咙一点点烧灼而入，一滴不剩。

杯子被重重地放下，酒满上，他再闭着眼睛一饮而尽。

沈靳喝光了那一整瓶白酒，微醺，但不至于不省人事。

高大的身躯在沙发上重重地坐下，沈靳手揉着眉心，另一只手拿过手机，摁亮，又摁灭，再摁亮……反反复复几次后，心一横，沈靳干脆摔了手机。他重重地将它砸向大门，砰的一声落地声中，手机背板和电池四散开来。

沈靳重重地闭上眼睛，不去管，也不去想。

他在沙发上睡了过去，不知道什么时候睡过去的，也不知睡了多久，直到光线刺得眼球发疼，针扎似的细疼也从大脑深处密密麻麻地传来。他眉心微微拢起，眼睛睁开一道缝，又在光线的刺激下闭上，手掌压下，再缓缓张开。

阳台外的葡萄架落入眼中，他压在眉骨上的手掌微顿：

“爸爸，妈妈去哪儿了？我都好久没见过妈妈了。”

“爸爸，你说，妈妈什么时候才会回来啊？”

“为什么一开始遇见的不是你？”

“我既希望你能记起来，又害怕你记起来后，变回那个我高攀不起的沈靳……”

“要怎么样才能忘了他？”

“我真的不想再记着他了。”

……

移开压在眉骨上的手，沈靳四下看了眼，很快站起身。被酒精侵蚀过的身体有些不稳，他抬手扶住了墙，另一只手狠狠地揉了把眉心，脚步略不稳地过去捡起摔在地上的手机和电池，装好手机，然后拉开了门，去敲隔壁的门。

又是没有回音。

类似的场景相同的结果让沈靳耐性全无，一只手用力敲着门，一只手抓着门把，狠狠地摇了几次，叫着夏言的名字。

屋里依然没有回音。

手里的手机也一直摁不亮。

外出开会的纪沉恰在这时回来，刚出电梯就看到几欲拆门的沈靳。

“这是在做什么？”纪沉皱眉问。

沈靳回头看到他，侧身退到一边，手掌微微往前一摆，做了个“你先”的手势。

纪沉奇怪地看了他一眼，摸出钥匙开门。

门锁刚拧开，沈靳已用力推开了门，先一步进了屋。

夏言房间的门大开着，人却不在。房间刚被清理过，梳妆台前的化妆品空了一半，衣柜旁边的行李箱也已不在。

沈靳扫了圈房间后很快退了出来，又在纪沉的房间和洗手间、阳台也找了圈。

纪沉看着他在屋里瞎转完，终于出声：“沈先生，能先告诉我发生什么事了吗？”

沈靳从阳台退了回来，看向他：“夏言呢？”

纪沉踢了踢脚边的行李箱：“沈先生没看到我刚出差回来？”

沈靳看了他一眼，抬腿便走，走到门口时又停了下来，侧过身，手伸向纪沉：“纪医生，方便借一下手机吗？”

也不等他应，沈靳上前一步，冷不丁抽出了他掌中的手机：“一会儿还你。”

沈靳边往自己的屋里走，边试着拨夏言的电话，又是同样的关机状态。

手掌发泄似的往刚关上的门板上狠捶了一记，沈靳改而拨了夏言的母亲徐佳玉的电话，快步往房间里走，拉开抽屉，翻找旧手机。

电话很快接通。

“纪沉？”是徐佳玉的声音。

“妈，是我，沈靳。”沈靳道，“夏言在你那儿吗？”

“去火车站了。”徐佳玉一说到这个就有点急，“一大早的突然打电话说想去旅游，人已经在火车站了，让我们别担心。你们两个是不是又出什么事了？大清早的一个突然说想去外地旅游，一个电话一直打不通，急死我和你爸了。”

“我的手机出了点问题。”沈靳说，将抽屉里翻出的旧手机拿了出来，边拆新手机里的电话卡边问她，“她几点的火车？有说去哪儿吗？她的手机怎么又关机了？”

“手机没电了吧。说是昨晚有事，一直在外面忙，忘充了。”

沈靳道：“几点的火车？去哪儿？”

徐佳玉道："说是早上七点多，去云省的。"

沈靳偏头看了眼腕上的手表，已经早上七点十五分，他搭在旧手机电池上的手一顿，而后无力地狠拍了一记桌子，声音重而短促，吓到了电话那头的徐佳玉。

"怎么了？"徐佳玉担心地问他。

"没事。"沈靳敛了敛心神，"妈，我先挂电话，晚点再给您打过去。"他又补了一句，"我和夏言没事，您别担心。"

他挂了电话，另一只手也已利落地将旧手机电池塞上，背板滑入，指尖跟着摁下电源键，手机慢慢亮了起来。

沈靳大掌一扫，将手机扫入掌中，转身出了门，经过客厅时拿起车钥匙，开门，关门，经过纪沉房间的门口时，手臂一甩便将他的手机朝他甩了过去："谢谢。"话音刚落，另一只手已跟着按下电梯键，一气呵成。

上了车，沈靳给沈桥打电话，让他帮忙查一下安城早上七点多的火车都有到哪里的，到云省的是到哪几座城市，具体几点。

沈桥还没起床，边打着哈欠边咕哝着问什么事这么着急，大清早的，还没咕哝完，冷不丁听到沈靳冷着嗓子暴吼："你别磨蹭，马上给我查！"吓得沈桥一个激灵，翻坐起身，看向手机屏幕上的"二哥"二字。

从来都淡定沉静的沈靳竟然发了火？

沈靳没给他反应的时间，扔下一句"三分钟后给我答案"的话后挂了他的电话。

上班的时间点，马路上的车渐渐多了起来，本就不宽敞的马路慢慢变得拥堵，尤其是临近火车站的路段，沈靳困在车流里，有些寸步难行。

他手掌焦躁地搭在方向盘上，有一下没一下地轻叩着，眼睛不时看向腕上的表，秒针一圈圈地过去。

他还没走出这一圈的拥堵，沈桥的电话打过来了，说早上七点的时间段，安城只有一趟前往昆市的火车，七点三十七分发车。

沈靳偏头看了眼腕表，早上七点二十七分。

马路畅通的情况下，从这里开车过去要四分钟，停车场到火车站广播站跑步过去也要四分钟左右，这意味着，即便不堵车，他在火车发车前赶上的可能性也几乎为零。

他搭在方向盘上的两只手肘微微屈起，两掌在鼻尖下轻轻交叉。他在赌，赌一个火车晚点。

林雨这辈子从没喜欢过任何人，可是看着并排车道上车里敛眸静等的男人——他深邃的侧脸逆在晨光里，显示的不是学校里青春洋溢的少年气，而是岁月沉淀过后的沉敛从容，不显山不露水的锋芒尽收——她的心脏一点点不受控制地在加快跳动。

“沈总。”她忐忑地叫了他一声，和他打招呼，“好巧。”

沈靳扭头看了她一眼，皱眉。

林雨嘴角牵出的笑意带着怯意：“沈总也要去火车站吗？”

她安静而欲言又止的样子让沈靳又想起了夏言，那五年婚姻里的夏言，总是淡淡的，安安静静的，眼神异常平和，话也异常少。

他隐约记得，夏言曾呢喃着问过他，大家都说林雨像她，林雨哪里像她了。

是不像。

夏言的平和安静是骨子里透着的，自小养成的，不争不抢不闹，林雨的安静则是小心谨慎的安静。

他偏开了头，不回应，也不理会。

林雨笑容僵在了脸上。

车流开始移动，沈靳侧眸看了眼表，七点二十九分。

搭在方向盘上的手掌一收，沈靳直接将方向盘打了半圈，退出了车流，转向一边的商场前的空地，停了下来，弃了车，转身便走。

阳光从稀疏的枝干间洒下，沈靳一身黑色的西装，穿过车流，避过人流，拨开一个个挡在身前的行人，快步往火车站方向跑去。

林雨的目光随着人群里疾步穿行的高大身影在转，他敞着的黑色西装被风吹得一阵阵后扬，浓密的黑发也没了平日的严谨，林雨说不上是怎样一种感觉，只是近乎痴迷地任由目光追随着晨光里穿行的男人。

沈靳用尽了毕生的力气，赶到火车站广播站时还是晚了点，已经七点三十八分，火车已经准点离站。

他站的位置，能清楚地看到那列有些年代感的绿皮火车正在一点点远离，那辆列车上，有夏言，也或许没有。

手掌用力地从额前的头发中抚过，沈靳转过身，坚持让广播人员帮忙发广播寻夏言。他在广播室等她。

沈靳在广播室等了半个小时，夏言没出现。

他不得不逼自己去相信，刚刚他看到的那辆远去的绿皮火车上，有从没有机会离开过这座城市的夏言。

他再一次错过，没有尽头一般。

沈靳脱了西装外套，挂在臂弯里，在售票大厅前的台阶上坐了下来。

被摔坏的手机在他掌心打转，她临走前可能给他打过电话，只是这部被他摔成了几瓣的手机没能及时收到。

眼睛轻轻闭上，他脑中是另一个世界里，餐桌上，两岁半的童童困惑地问他："爸爸，妈妈去哪儿了？我好久没见过妈妈了。"

喉头有些哽，喉结在喉管里一圈一圈地上下滚动，沈靳睁开眼，偏开了头，看着进站口送别的人群。

开学的季节，年轻的学生情侣一对又一对，拖着行李箱，牵着手，搂着肩，相互凝望叮嘱，或哭或笑地拥抱告别，青春的脸上有甜蜜，也有不舍。

喉头的哽意更甚，沈靳站起身，刚想走时看到室外候车厅大棚下站着的林雨。

林雨也没想到沈靳会看到她，她也是来送人的。她看到了他站在台阶上，失神地看着远方的样子，也听到了他的寻人广播，她就站在不远处，看着他平静的俊脸一点点被麻木的情绪爬满，直至一个人木然地在台阶上坐了下来。她羡慕又心酸，想上前，又不敢上前。

沈靳目光只在她脸上停留了不到半秒便冷漠地移开了，回了车上，重新发动引擎。

回到公司，沈桥被叫进了沈靳的办公室，沈靳见他的第一句话就是："为什么林雨还在公司？"

沈桥一下没反应过来。

自上次林雨被沈靳强行辞退又莫名其妙留下后，林雨便被调到了行政部，负责行政类的工作，沈靳也没再过问，沈桥也就没去处理她的问题，没想到事情过去了这么久，沈靳突然问起。沈桥一下愣住，忐忑地看他：“林雨又犯什么事了吗？”

林雨没犯事，至少这个时候的林雨没犯事。

沈靳知道他是迁怒了。夏言的死，最大的过错方在他，是他没和她好好沟通，是他没察觉到林雨的小心思，也没察觉到他母亲的手段，他所有的心思都放在了他事业版图的扩张上，而夏言也将所有的委屈藏在了她的平和安静下。

可是就算明知是迁怒，他也要迁怒到底。夏言不好过，他不好过，他凭什么要让其他人好过？

“让她收拾东西滚出去！”

他前所未有的冷嗓，以及前所未有的狠厉，让沈桥心惊胆战，想到早上他电话里的发火，眼睛又忐忑地看向他。

沈靳已经在电脑前坐了下来，开了电脑，问他：“安城到昆市最近的航班是几点？”

“我……我没查过。”

沈桥连应答声都慢慢小了下去，好在沈靳没说什么，挥手让他出去了。

林雨刚回到公司便收到人事部的通知，让她去财务部结算工资和遣散费。

突然的辞退让她怔了好一会儿，慌张求问她哪里做错了，为什么会突然辞退她。

人事部只是奉命行事，给不了她答案。

林雨去找了沈桥，沈桥也不知道实情，支支吾吾地说是上面的决定。

林雨一下便想起早上她和沈靳打招呼时沈靳的冷淡。

心里的打击被忐忑慌乱的情绪取代，她猜想是不是她的唐突惹恼了沈靳，或是因为她撞见了他的狼狈，他不想让任何人窥见那一面，又或是，从饭店聚餐那次，她为他强出头，抽了她舅舅一记耳光，他便在那时对她生出了忌惮的情绪。

没有哪一个男人能容忍自己狼狈的一面被赤裸裸地展露在另一个女人面前，尤其是当这个女人于他……林雨急急打断脑中蹿出的猜测，心头有些臊，为自己突然萌生这样一个没被任何东西证实的念头而羞窘，心中的百转千回被这样的念头占去了一部分心思，又害怕被人发现自己萌生过这样的联想。她努力把走偏的思路导回来，想起她突然被调离设计部似乎也是从那个时候开始的。有没有另一种可能，沈靳是在顾虑她和她舅舅李力的关系？李力是紫盛的人，她是李力的外甥女，他对她心生防备也是解释得通的。

沈桥看着她的脸色一会儿白一会儿红的，担心地轻推了她一下："你没事吧？"

林雨摇摇头，迟疑地对他说："我想去见见沈总。"

沈桥不敢放她进去，今天的沈靳不太对劲，他对林雨的厌恶毫不遮掩。沈桥从没见沈靳对一个人的喜恶表现得这样赤裸裸，估摸着私下的林雨可能真的做了什么不可原谅的事。

"他……他出去了。"沈桥委婉地解释。

林雨明显不信，但沈桥在一边拦着，她也不敢强闯，骨子里的胆怯也让她做不出这种当众撒泼的事，嘴角不是很自在地动了动："他不在就算了……"

"这段时间谢谢你一直照顾我。"她朝他鞠了个躬，"有机会再一起吃个饭。"

她柔弱的长相配上彬彬有礼的态度，沈桥几乎要放弃心口的猜疑，不顾一切地拦下她，带她去见沈靳。

好在他忍了下来，也微笑着与她道别，看着她远去，这才回去向沈靳复命。

沈靳没什么反应，正在打电话订票，下午一点多飞昆市，而后飞理市。

这是最近的一趟直飞昆市的航班，到那边已经下午三点，机场再到火车站起码还得半个小时，赶不上夏言的火车，她下午两点多就到了。

沈靳猜测夏言会直接转车去理市。

她昨晚和他提起的那部电影，二〇一一年的沈靳没看过，但他是知道的，也知道夏言一直很喜欢那部电影，以及那部电影里透着的城市文化，只是那时的她没机会出去走走看看。电影上映时正是她身体最差的时候，难产加上心脏衰竭，她的身体差得风一吹就会倒，根本没可能外出。

下午昆市没有到理市的火车，沈靳预计夏言会换乘飞机，他在飞机上遇上她的概率起码有百分之五十。

但沈靳没想到，在飞昆市的航班上，他以近乎不可能的概率遇到了程谦。

头等舱就那么几个座位，两人还很不凑巧地并排坐在了一块儿。

程谦也没想到会遇到沈靳，目光在沈靳的脸上微顿后又移开，胸口鼓噪着的东西慢慢平静。

上午无故被辞的林雨在受挫和委屈不甘下，将一切迁怒于她舅舅李力，径直闯进李力的办公室。他凑巧也在。

他还记得林雨为给沈靳出头泼了李力一身酒的事，那时的她似乎是和夏言一道儿的，他估摸着她和夏言关系不错，也就假装随意地问了问夏言的情况，才知道夏言可能去了云省。

程谦说不上那一瞬间是什么感觉，夏言去了云省，而他未来几天的行程安排也是云省。他要去一趟腾市，那边与缅国接壤的原始老林里盛产藤条，当地的藤编工艺历史也悠久，他想去那边转转，发掘些能与“遇鉴”抗衡的东西，去李力那儿也是和李力商量这个事的。他没想到夏言也去了云省，这种可能在世界的某个角落不期而遇的感觉让他胸口鼓噪得厉害，他突然开始思考，这个世界是不是真的有缘分这种东西在?

只是这种鼓噪在他看到沈靳后慢慢冷却了下来。

两人自目光短暂相接又平静移开后便各自落了座，互不打扰，这种状态在飞机渐渐进入巡航层后被打破。

沈靳偏头看向他：“程总喜欢听故事吗？”

程谦眉心微皱，目光对上他的。

沈靳目光依旧是平静而深邃的，也不管程谦想不想听，已经徐徐地道：“我和夏言是二〇一一年九月三号，在相亲桌上认识的。刚见面时我并没有什么特别的感觉，只是觉得这女孩很年轻，也很静，话少，但不怯生，就是一种活在自己的世界里的平和安静，还有就是身体不太好。我们都有着被催着相亲的困扰，于是出于同一目的商量着在一起。九月五号，我们领了结婚证。没有求婚，也没有婚礼，平淡得就像一起吃了个饭。

“这种平淡从那一天开始，一直持续了五年。这期间，我把宋乾送进了监狱，把安城实业从无到有，做到了与紫盛不分伯仲的规模。就像程总昨天分析的，现在我还在事业起步阶段，我所有的重心都放在了事业上，能陪伴她的时间非常有限。我甚至从没考虑过怎样才叫陪伴，在我的理解里，给她富足的生活，对婚姻负责，每天准时下班，一起吃个饭，而后在共同的小空间里看看书、聊聊天，或者把当天没做完的工作完成，这就是生活。

“她从不对我提要求，也从不抱怨，也没有任何的唉声叹气或是情绪低落的时候。任何时候都是淡淡的，静静的，好像有我没我都是一样的，她似乎就是那种不需要陪伴，一个人就能过得很好的女孩。这让我感觉很踏实，更加无后顾之忧地专注在事业上。

“二〇一四年，我们有了一个女儿。她的身体并不适合怀孕，那个孩子是个意外，几乎要了她的命。生下来后我把女儿丢给了我母亲和保姆照顾，所有人都怪我冷血，都说我是担心她走了留下孩子可怜，所以不想孩子和她有太深的感情，甚至有人委婉地来劝我不能这么对她，那到底是她十月怀胎生下来的孩子。可是没有人注意到，她强撑的精神里，只剩下一口气在吊着，她根本没有精气神去照顾一个日夜折腾的初生儿。她拼了命也要生下来的女儿，是要长长久久地陪着长大的，而不是为了一时的不舍，把命给搭进去。

“她静养了一年多，身体渐渐好转，女儿的存在，让她把更多的心思都放在了女儿身上。我也越来越忙，忙着扩大公司规模，忙着与紫盛洽谈合作，我回家的时间越来越晚，出差占据了我生活的一半。这些在我看来再正常不过的事，在别人眼里就成了别有深意。我忙到没时间留意生活里的流言蜚语，也没想过要去向她解释我的行踪，她也一如过去那般，淡淡地、静静地照顾着我和孩子的起居，从不质问也从不刺探，更没有抱怨。直到那天，二〇一六年四月十六日，我刚和紫盛，和程总你正式签下了强强联合的合作协议，就在会议室里，我甚至还没来得及放下笔，我的家人突然打电话告诉我，夏言不行了，让我马上去医院。”

沈靳的声音顿了顿。

程谦看到他微微转过头，深长地吐着气，棱角分明的侧脸绷得有些紧。

“后来呢？”程谦不禁出声。

沈靳扭头看向他：“没有后来，她走了。”

他出乎意料的答案，过分平静的语气，让程谦一时怔住，看向他。

沈靳面色很平静，一种死寂的平静。

“一句话也没留下，甚至在她临死前短暂清醒的时间里，我就在监护室外，她不肯见我，至死都不肯见我一面，不给我任何解释的机会。”沈靳目光与他的对上，“程总懂这种感受吗？那种世界突然坍塌，心脏被硬生生撕成两半的感受，程总经历过吗？”

“我有多爱她，就有多恨她。”沈靳看着他，一字一句地道，“有多恨，就有多爱。”

程谦看着沈靳不语，沈靳明明依然是平静的，但又是不一样的，那样一双眼又痛又狠，所有翻滚的情绪都隐藏在了那片深沉的墨色里，这不是他认识了十多年的沈靳，那样一个如佛般平和的男人，可是又是沈靳。

他所接受的教育、所认识的世界告诉他，沈靳的脑子出问题了，现在是二〇一一年九月初，哪里来的二〇一六年，哪里来的沈靳和夏言结婚生子，甚至生离死别？可是那样一双眼，让他没办法去否定沈靳的话，他甚至是倾向于相信沈靳的。

他想他也是疯了的。

飞机在半个小时后缓缓在昆市机场降落。

程谦和沈靳一块儿出去的。

程谦明白沈靳说这个故事的意思：他和夏言不是任何人能介入的；他也不会容许任何人介入。

程谦说不上心里是怎样一种感觉，明明是很荒诞的一个故事，他偏偏听进心里去了，那种似乎已经错过了夏言的遗憾缠绞着他，他想象着夏言和沈靳的五年，胸口闷得慌。

一旁的沈靳已经拿起了手机，指腹摩挲着屏幕上的“夏言”两个字，嘴紧抿，迟迟没有按下去。

程谦偏头看他："沈总不敢给她打电话吗？"

沈靳看了他一眼，没有说话，喉结上下滚过一圈后，按下了那个号码，把手机贴到耳边。

电话那头终于不再是客气有礼的"您好，您所拨打的电话已关机"，而是拖长了的嘟嘟声。

他握着手机的手掌不自觉地收紧，直到电话那头传来夏言熟悉的声音："喂？"

喉头一下涌起哽意，沈靳偏开了头。

程谦看到他喉结的剧烈起伏，以及他慢慢收紧的下颌线条。

迟迟没等到沈靳的回音的夏言也沉默了会儿，放软了声音，问他："沈靳，是你吗？"

沈靳知道她问的是昨天没记起那五年的他，不是五年后的沈靳。

她昨天才明明白白地告诉他，她想忘了他。

她对他也从没有过这样的亲昵。

如果不是这一阵的相处，他也从不知道，原来她也还有这样情感外放的时候，而不是他所认识的那样淡雅安静。

等不到他的回答的夏言以为他是介意她不告而别的事，轻声解释："我昨晚不太睡得着，特别想出去走走，一时冲动收拾了行李去火车站，出门的时候是想给你打电话的，但怕打扰你休息。"

"没事。"粗哑的嗓音响起，沈靳发现他甚至不敢让她知道他是已经想起来的沈靳，怕像上次那样，再一次吓跑她。他试着以当年的他面对她时的轻松问她："现在到哪儿了？"

夏言道："在去理市的路上呢，包了辆车过去。"

沈靳道："怎么没坐飞机？"

夏言道："飞机上看不到地面的风景。"

不想把气氛弄得太沉重了，她又笑着道："沈先生不用太担心我，没事的，我虽然不常出远门，但该有的安全意识还是有的，别太担心了。"

沈靳也勉强牵了牵唇："夏小姐也知道我会担心啊。"他又问她，"几点到？酒店订了吗？哪家？”

夏言报了个客栈名称和大致到达的时间。

沈靳道：“到了给我打电话。”

沈靳晚上七点多到的理市机场，直接打车去了夏言订的那家客栈。在古城附近，一楼是一处栽满绿植的小院，院子一头是观景长廊，里面有桌，有椅，有书，有咖啡和简单的餐饮，有一面许愿墙，墙上贴满了写了字的小卡片，有驻唱歌手，里面稀稀拉拉地坐了些人，都是各地过来的年轻旅客，但没看到夏言。

办理入住时，沈靳问了声：“早上订房间的夏言到了吗？”

夏言半个多小时前才办理的入住，前台人员还记得，笑着道：“刚办理了入住呢。不过刚刚出去了。”

沈靳拿卡的动作微顿，他看向她。

前台人员没注意到，继续道：“您是和夏小姐一块儿的吗？”

看他点头，前台人员又体贴地问他：“那需要帮您把房间安排到隔壁吗？”

沈靳点头，边把信用卡递给她，边问她：“夏小姐是什么时候出去的？”

前台人员道：“没多久，就十分钟左右吧。”

“谢谢。”收回卡，沈靳没有回房间，直接出去了。

入夜的古城，静谧，路上行人不少，却没有闹市的嘈杂。

沈靳站在街头，目光在来往的人群里急切地搜寻，指腹摩挲着掌心里的手机，她稍早前给他发来过一条短信，告诉他她安全到了，让他别担心。

他再回拨过去时她却又没接电话，一次、两次、三次……

他和她越发像两条相交的直线，在短暂的交会后，正在渐行渐远。

他总是遇不到她。

明明是近在咫尺的距离。

握着手机的手掌一点点收紧，又一点点松开，沈靳一边拨夏言的电话，一边拨开人群，目光急切而仔细地从每一道肖似她的背影上掠过。他怕了这种无止境的擦肩而过。

夏言给沈靳发完信息后便将手机扔回了包里，一个人在陌生的城市街头，穿行在由天南地北的人组成的人群里，路灯疏淡，一个擦肩、一个转身都是故事，也没心思陷在自己的世界里自怨自艾。

她约略有些明白为什么有人喜欢在路上，旅途确实是最适合沉淀和思考的方式之一。

街边除了街角的咖啡厅和酒吧，还有各式民俗工艺品店，文艺和民俗的混合碰撞出一种静谧亘古的文化底蕴。夏言进了一家街角的咖啡厅，一家隐藏在巷子里，集休闲、书吧和工艺品展示于一体的小咖啡厅。

夏言想她多少还是有些职业病的，人一进咖啡厅就忍不住往小工艺品区走，研究货架上的工艺品，以及想着怎么把这些手艺整合起来，推介出去。她甚至会忍不住想，要不要和沈靳商量一下，尝试开拓一条文艺路线的手工艺产业链。

她在这样的思考里一待就是一个小时，直到店铺快打烊才离开，人刚从咖啡厅出来，一眼便看到疾步穿行在人群里的沈靳，他正一边用力拨开人群，一边打电话。

她没想到会在千里外的陌生城市遇见他，有些怔，掏手机的动作也不觉顿住。

手机屏幕闪烁，夏言垂眸看了眼，是沈靳打过来的电话。

她刚接起他便看到了她，隔着人群。

她试着牵了牵唇，微笑着和他打招呼："沈先生。"

他没有说话，看着她静默了会儿，喉结上下滚过后，他轻声开口："夏言，你过来。"

不是"夏小姐"，是"夏言"。

"……"夏言握着手机的手一松，手机差点滑落，喉咙一下哽住，眼睛酸胀，水雾弥漫，笑容僵在嘴角，她想冲他挤出笑容，但僵着的嘴角弯不起来。惊惶与失措一齐涌来，尤其是在看到他拨开挡在他身前的人群，举步朝她走来时，仓皇一下涌来，她背过身，转身就跑。

身后脚步声跟着响起，他叫着她的名字，声音一点点靠近。夏言心口越发慌乱无措，不断地绕开人群，慌不择路。

在跑入客栈另一个无人的巷口时，她被赶上的沈靳拽住了手臂，他从背后将她牢牢地抱住。

她本能地挣扎，但手被他的双臂牢牢捆住，束缚在身侧，颈后是他有些粗重的呼吸声。

她不敢回头，水雾弥漫里，眼泪大颗大颗地往下掉。

“夏言，夏言……”耳边传来他低哑微哽的唤声，一声接着一声。

她被他半转了个身，他的手掌从她额前的头发插入，微微捧起她的脸。吻落下，凌乱，毫无章法，克制又凶狠。

夏言眼泪流得更凶，完全不受控制。

沈靳也眼眶发红，吻她的动作渐渐停了下来。

“夏言。”他插入她发中的手掌微收，颤得厉害。

“跟我回家，夏言。”他嗓音沙哑，声带像被什么狠狠掐住。

夏言只是哭，说不出话。

“为什么不等我回来？”沈靳嗓音哽得厉害，手掌失控地一点点收紧，“为什么不肯见我？”

他牙齿轻轻地咬住她的下唇，又有些发狠地用力，又舍不得，刚咬下去又轻轻松开。另一只手也跟着拨开她额前滑落的头发，目光近乎贪恋地看着她，赤红的双眸里，水雾一阵阵涌起。

“我哪里做错了你告诉我，我改。”他哽着嗓子，声音被压得又哑又沉，“不要就这样一声不吭地丢下我和童童。”

夏言摇着头，眼泪止不住，不断地和他说“对不起”。

沈靳没再说话，手掌压着她的后脑勺，紧紧地将她搂入怀中。

巷子口，程谦孤单而沉默地看着相拥在一起的两人。

他也不知道他为什么要跟过来，这个时候他应该在腾市才是，可是下午的飞机上沈靳告诉他的那个故事在他胸口扎了根，他不知道他是想来看看夏言，人为地制造一些在他看来滑稽的缘分，还是想来看看沈靳和夏言的结局。

自沈靳从客栈里出来，像无头苍蝇般在这座不大的城市里穿行搜寻，他就一直跟在沈靳身后，想看看沈靳和夏言是怎样不容许任何人介入的。

他看到沈靳一遍遍地打夏言的电话，也看到沈靳急切地扳过一个个肖似她的背影，脸上从希望到失望，然后不停地道歉，不停地寻找；也看到了夏言乍遇到沈靳时的失控，他们的眼神里牵绊着的不单纯只是几个月的朝夕相处，那是更深更沉的东西，他几乎要信了沈靳告诉他的故事。

程谦没有上前打扰，一个人默默地来，又默默地转身离开。

四周的热闹正在渐渐退去，沿街的店铺一间接一间地熄灯，关门，路上的行人也越来越少。夜渐渐安静时，沈靳也终于放开了夏言，但近乡情怯似的情绪里，两人谁都没有开口。

沈靳握住了夏言的手，牵着她一块儿往回走。

两人一路沉默着。

回到客栈时遇到稍早时办理登记的前台女孩，女孩目光在两人相扣的手掌和两人的面容上来回转了几圈后，微笑着打招呼：“沈先生、夏小姐，回来了？”

她语气里的了然让夏言不大自在地牵了牵唇，算是打过招呼。

到了楼上沈靳终于松开了她的手，掏出房卡开了门。

房门推开，沈靳却没进去，微微侧过身，看向她。

夏言抬头，目光对上，又不是很自在地微微移开，沉默着进了屋。

身后传来关门声，隔绝了外面的世界，空荡的房间里只有两人，寂静又沉默。

夏言面对没有恢复记忆的沈靳时的坦然在这个时候毫无用武之地，她甚至不敢回头看他，站在屋子里，低垂着头，双手无意识地绞在一起。共同生活过的记忆，以及漫长岁月里相顾无言的状态，让她一下不知道该怎么去面对这个和她曾亲密无间的男人。

身后脚步声近了，沈靳手掌落在她肩上。她的身体几不可察地微僵，他察觉到了，看了她一眼，扳着她的肩膀让她转了个身，手掌从她耳后轻轻插入，微微使劲，她便被迫仰起了头。

他盯着她，沉默了片刻，头朝她低下去，两片唇轻轻覆上了她的唇，有些凉。

两人目光相触，唇瓣相贴，谁也没有更进一步，只是凝视着彼此。

他的眼眸一如从前，温柔平和，只是多了丝难解的晦涩深沉。就在夏言以为他要这么一直看下去时，他突然咬住了她的唇，发狠，失控。彼此佯装的平静溃散，她被他推抵到了墙上，前所未有的激烈，以及前所未有的失控，他和她像两头兽，疯狂地拥吻，纠缠，从玄关到床上，毁天灭地般，眼里只剩下彼此。

酣畅淋漓。

夏言从没和沈靳这样毫无保留过。

事后，她仰躺在床上，大口喘着气，被汗打湿的头发凌乱地贴在脸颊上，手臂连抬起的力气都没有了。

沈靳与她平躺在一起，也粗重地喘息着，眼睛盯着天花板，同被汗水打湿的黑发湿亮凌乱，全没了平日的严谨。

“夏言。”他轻声叫她的名字，偏过头看了她一眼，侧过身，一只手臂支在了她头侧，将她圈在臂弯间，眼睑垂下，看向她，也不说话，就这么看着。

夏言与他静静地对望了会儿，哑声开口：“我没有不想见你，我只是觉得我可能撑不住了，我怕见到你我还没来得及开口就咽气了。”

沈靳盯着她看了会儿：“你撒谎。”

夏言在他的目光下垂下了眼睑，抿了抿唇，低声承认：“也是有点赌气不想见你。”

她偷偷掀起眼皮看了他一眼。

沈靳依然保持着半支着头垂眸看她的姿势，神思有些飘。

夏言抿唇，也没再说话。

沈靳的眼睛慢慢有了焦距，与她的对上。

“夏言，你说，这是哪里？你还活着，对吗？”他的声音很轻。

夏言眼眶一下有些湿，眼皮剧烈抖动着，强抑着眼泪。

“童……童童还好吗？”她换了个话题，声音有些颤。

他看着她，轻轻摇头：“你自己回去看。”

她渴求地轻抓住他的手臂：“她有没有哭闹？会不会又不肯吃饭？有长高一点吗？”

他残忍地抽回手，红着眼眶看着她，一字一句地道：“你自己回去看。”

夏言用力吸了吸鼻子，嘴用力抿紧：“所以还是觉得昨天的沈先生更有人味儿一点，更好一些。”

她这话换来他恶狠狠的目光，却只维持了几秒。

他伏下身，抱住了她，将她的脸压在颈窝上，哑声回她：“那是因为他还不知道，天塌下来是什么感觉。”

夏言鼻头一下酸得厉害。

“夏言。”他将她搂得更紧，颈窝紧紧地蹭着她的头顶，“你一定是还活着的，只是纪沉他们把你藏起来了对不对？

“你走之后我整夜整夜地睡不着，一闭上眼睛满脑子都是你。你恨我，我知道，可是我还是想见你，想像以前一样，每天一睁开眼睛就能看到你，一回到家就能看到你，而不是像现在这样，什么都没了。

“好像每一次，非得我睡着了，这边又刚好醒了，我才可能见到你。

“你告诉我，这不是梦，我醒来以后，你还是在的，对不对？”

他低头，微红的眼眶对上她的：“你想知道童童好不好，就陪我一起回去，我再把她这段时间的点点滴滴都告诉你，好不好？”

夏言的眼泪一下子又如决了堤的江水，都没法说话了。

沈靳眼眶更红，低头吻她眼角的泪：“夏言，我要你回来。”

夏言哭得更厉害，她不知道怎么回去。

可能这真的就只是他的一个梦。

或是她阴魂未散的一份执念而已。

“别哭了。”他哑声安抚，指腹一点点擦掉她脸颊上的泪，又抱住她，将她的头紧紧压靠在胸口，好一会儿才哑声对她说，“那天你问我，两个相互陪伴的陌生男女，有可能产生爱情吗。我曾经问过自己，为什么是你，我比你多活了那么多年，遇到过那么多的人，为什么一眼就认定了你？你是我第一个提出想要交往的人，但不是第一个愿意同我交往的人，我为什么要选择你？”

“这个问题我思考了很多年。”他声音微顿，垂眸看她，“夏言，不是你刚好出现在了我想要结婚的时候，而是你的出现让我有了结婚的冲动。

我不知道这是否一开始就代表了爱情，但在长久的陪伴里，夏言，我爱你，这是毋庸置疑的。”

夏言怔住，看着他，眼眶里还挂着泪。

沈靳抬手轻轻替她擦掉。

“我从不会去想什么情啊爱啊的，你喜欢安静，我就陪你一起安静着，你怕我，我等你慢慢适应，你不喜欢交际，我就静静地在家陪你，我以为这就是生活。

“我从没有和任何女人有染，或是有任何暧昧行为。我也不知道我什么时候、在哪里给了林雨那样的错觉，但在我眼里，她是一个工作能力出色的员工，我信任她的工作能力，仅此而已。

“她和你认识，和我妈认识，我没想到这是她侵入我生活的一步，我以为这仅仅是你们女人之间的友谊，是你需要朋友。我不阻止，是因为我心里坦荡。我对她没有别的心思，所以我不担心你们的相识。

“但我没想到她会利用我妈想抱孙子的念头，一步步设局，像个无可挑剔的演员，周旋在我们三个之间。

“当年你生下童童，我就和我妈把话挑明了，我不会再要孩子，有童童一个就够了。我没想到她会迂腐到相信林雨说的我对林雨动了心思，想我有外室给家里再添个孙子，并瞒着我借此来逼迫你。”

他头低下，脸颊轻轻蹭着她的脸，和她说“对不起”。

夏言喉头哽得没办法说话，她觉得是她该说对不起，她欠他一千个、一万个“对不起”。

她手臂迟疑地反抱住他。

“我从来没有恨过你。”她哑着嗓子说，“虽然那一刻是有些赌气，但我只是很难过而已。”

她脸埋进他的胸口，感受着他的体温。

两人谁也没有再说话，也一夜没睡。

第二天是九月三号，二〇一一年，她和沈靳相识的第一天。

夏言是拿过手机看时间时才发现的，有些小惊喜，然后把手机举给沈靳看。

沈靳并没有特别大的反应，只是牵了牵唇。他不像她，能把这一切当成新生，他清醒后所面临的是另一个世界，一个没有夏言的世界。

夏言不想去想那些有的没的的东西，他们错过的远比得到的要多得多，哪怕是假的，能这样快乐地在一起一天也是好的。

洗漱后她拖着沈靳去院子里的观景长廊用餐，然后像所有刚恋爱的年轻男女一样，拿过便笺和笔，在便笺上写下一行字："希望沈先生长长久久地快乐下去。"落款是"夏言，2011.9.3"，而后她将便笺贴到了许愿墙上。

沈靳伸手想去撕掉，被夏言拦了下来。

她没有说话，只是看着他，湿亮的眼睛隐隐带着哀求。

沈靳喉结滚了滚，移开了视线，也拿过纸和笔，写下："如果许愿有用，请把你还给我，夏言。"落款是"沈靳，2011.9.3"。

苍劲有力的字一气呵成地写完。沈靳甚至没看，手一抬，直接贴在了夏言贴着的字条上，手收回时又有些顿住，抬眸，盯着叠在一起的两张心形便笺，有些失神。

夏言也有些失神，如果说刚才还有些玩闹的小心思，现在全没了。

她抬手，想撕掉，反倒被沈靳拦了下来。

他垂眸看她："一会儿想去哪儿？"

他眼神里的平和温柔，一如当年，但又多了这半年来的温度，和淡淡的宠溺。

这样的他，让她莫名心酸。

她努力朝他挤出一个笑，握住了他的手掌："都行。"

都行的结果是，彼此谁都没刻意安排行程，就一起在古城转了一圈，像路上所有的情侣般，或牵着手，或他搂着她，以一种很放松的方式在古城的街头闲逛。

两人都有些职业习惯，在这样一个地方闲逛，注意力全被街头的小工艺品店吸引，一待就是好几个小时。

下午沈靳租了辆车，与她一块儿环洱海转了一圈，晚上去了酒吧。

夏言生平第一次去酒吧，也第一次喝了酒。

沈靳这一次没禁止她饮酒，点了两杯特调的低浓度饮料酒和一些小吃果盘，在洱海边靠窗的位置坐下。

酒吧里人不是很多，是那种兼具热闹与清静的驻唱酒吧。歌手在麦克风前弹唱，底下的一小块空地是随音乐扭动的年轻男女，青春的脸上满是朝气和活力。

夏言有些兴起，看向对面的沈靳："你跳过舞吗？"

她想象不出来这个内敛严谨的男人肢体舞动的样子。

沈靳看了她一眼："没有。"

夏言道："那酒吧呢，你去过酒吧吗？"

沈靳道："年轻的时候去过。"

"二十多岁，大学到创业前那一阵，"沈靳补充，"那个时候还年轻，性子还不像现在这样沉闷无趣，偶尔还是会去坐坐的。"

夏言对他的青春起了兴致："后来怎么没去了？"

"不喜欢这种场合。"沈靳端起酒杯轻啜了一小口，看向她，"不过今晚发现，原来喜不喜欢，是要看和谁在一起的。"

夏言："……"

沈靳回头看了眼放下麦克风的歌手，看向夏言："舞是没跳过，不过我歌唱得不错。"

夏言有些意外地看向他。

沈靳给她个"稍等"的眼神，搁下酒杯，起身。

夏言看着他走向唱歌台，附耳在驻唱歌手耳边说了什么，驻唱歌手抬头朝她看了一眼，而后点点头，起身。

沈靳取下麦克风，人站在小舞台上，夏言发现，他台风很稳，有种从容不迫游刃有余的稳重。

他唱了五月天的《知足》。人在舞台上，视线一直在她脸上，前半段唱得特别好，唱到高潮部分时声音突然哽了一下，尤其是唱到那句"终于你身影消失在人海尽头"时，声音彻底断了，微微侧过头，背转过身，头微微仰着。原本被他的歌声带起的热闹也一下安静下来，众人困惑的目光纷纷看向台上的他。

沈靳没再继续唱下去，将麦克风递还给驻唱歌手，下了台，走到夏言近前时，突然弯身拉起她的手腕，另一只手抽出钱包，从里面抽出几张百元大钞，压在酒瓶下，拉着她出去了。

“对不起。”走了很长一段路，沈靳终于放开她，回头和她道歉，“夏言，我真的想给你留下一些快乐的、值得你回味的记忆，但是我……”

他说不下去了，上前一步，轻轻抱住了她。

夏言头被他压靠在他胸前，耳边是他鼓噪着跳动的心脏，刚才他唱的那首《知足》带出来的眼泪染湿了他胸口的衬衫。

湿热的感觉在胸口蔓延，沈靳微微推开她，抬手替她擦泪。

夏言冲他微笑：“你的歌真的唱得很好，没往这方面发展可惜了。有句话怎么说来着，一个被创业耽搁的歌手。”

她调侃的语气让沈靳也笑了笑，拇指指腹落在她眼角下，把上面最后那点湿轻轻擦掉。

他带她换了家酒吧，重新给她唱了首轻松温情的《想把我唱给你听》。这次沈靳没再失态，嘴角一直挂着浅浅的笑，目光深邃温柔，一直落在夏言脸上，柔软得像能掐出水来。

夏言不想哭的，但这样的沈靳让她完全没有抵抗力，心口软得一塌糊涂。

沈靳放下话筒走向她时，夏言眼眶的泪还没干，看到他走近，冲他又哭又笑的。沈靳也不管酒吧里还有其他人在，人在她面前站定，弯下身，一只手掌便插入她的发中，捧起她的脸，低头就吻了她，很温柔缠绵的吻。

他高大的身子与她披散下来的长发挡住了周边的视线，将她围困在他与她的小世界里。

“回去吗？”嘴唇离开她的唇时，沈靳看着她的眼睛，哑声问。

夏言点点头，轻轻地嗯了声。

从酒吧出来，夏言的手机突然响起的铃声打破了两人自里面带出来的温情。

夏言掏出看了眼，屏幕上的名字让她脚步微顿。

沈靳偏头看了眼她的手机，是他的母亲姜琴打过来的。

沈靳脸色淡了下来，手突然朝她伸过去，拿过她的手机，按下通话键。

“妈，你找夏言什么事？”淡淡冷冷的嗓音下，沈靳拥紧了夏言。

姜琴没想到是沈靳接的电话，一下有些不自在：“阿……阿靳，你怎么在夏言那儿？”

沈靳淡淡地重复：“你找夏言什么事？”

姜琴道：“我有点事……想找她聊聊。”

沈靳道：“有什么事你直接和我说，我替你转告她。或者你现在和她说也行，我把电话开免提。”

“不……不用了，回头再说吧。”

姜琴挂了电话。

沈靳将手机递还给夏言，脸色不太好，对于这个现在同样无辜的母亲，他的心情同样是复杂的。

夏言就在沈靳身侧，也隐约能听到那边姜琴的声音，约略明白两人说了什么。

对姜琴情感上的复杂在对沈靳的心疼面前似乎变得没那么重要了，她握了握沈靳的手，冲他微微一笑：“我有点好奇她想找我谈什么呢，回去后还是找个机会和她坐下来谈谈吧。”

沈靳抿唇不语，只是搂紧了她。

夏言没等到回去找姜琴谈，姜琴又主动找了她。

后半夜时，姜琴突然给她发了条短信：“夏言，对不起。所有的过错都在我，所有的事都是我一厢情愿的安排，阿靳是无辜的，你能不能别再怪他了？”

收到这条短信时夏言刚洗漱完，正准备放下手机休息，短信内容让她顿了好一会儿。

姜琴的短信的意思，以及每一次见面时姜琴欲言又止的样子在脑中回转，她心绪有点乱。

沈靳刚洗漱出来便看到她盯着手机失神，脸色有些苍白，连他走近也没发现。

他看了眼手机，屏幕上的文字让他瞳孔跟着收缩了下，手伸向她，拿过她的手机，指尖按下，想给姜琴拨个电话过去。夏言急急阻止：“先别。”

她转身在床上坐了下来，脸色还苍白着，混乱的心绪让她不知道该怎么平心静气地去面对向她认错的姜琴。

沈靳在她身侧坐了下来，侧过身盯着她看了会儿，两只手臂轻轻落在她肩上，拨开她垂落在肩上的头发，在她目光抬起看向他时才轻轻地道："如果做不到对她心无芥蒂就别强求。错误分轻重，不是每次犯错后一声对不起就可以解决的。你不想看到她就不要见她，以后我们在外面住。"

夏言微微摇头，好一会儿才轻声道："我……确实没做好见她的心理准备，可是我……又想知道她为什么也会在这里。"她眼睛的焦距与他的对上，"我想明天回去看看，你觉得呢？"

沈靳沉吟了会儿，点点头。

两人第二天一早的飞机走，沈靳前一夜又是一夜没睡，两天没合眼，他眼角下能看到淡淡的疲态。

"你要不要先睡一会儿？"问空姐要了两张薄毯，夏言将其中一张盖到他腿上，轻声问。

沈靳摇摇头，不敢睡，他怕他一睡过去，再醒来又是那个没有夏言的世界。

夏言也没再说话，抓起他搭在扶手上的手掌，自己的手掌轻轻贴了上去，玩闹似的比着大小，又一根一根地把玩着他的手指，好一会儿才轻声对他说："以前一直觉得你的手很漂亮，很想像现在这样仔细地摸一下，看看是什么感觉，但一直不太敢。"

她抬头，冲他微微一笑："以前连叫你'沈靳'都觉得有些别扭，开不了口。"

"现在不管怎么叫你的名字，怎么和你相处，都不会觉得忐忑和不自在了。"她的手掌轻轻与他的手掌十指交握，"以前是我过于胆小自卑，很多东西明明想要却不敢争取，很怕自己哪天突然就走了，留下你一个人痛苦，所以总觉得不如顺其自然，也别想着什么爱不爱的。可是当我误以为我的婚姻可能被第三者入侵后，我又很难过，想问你为什么不再等等，等我走了以后再和别人重新开始，可是我又害怕问了以后，你告诉我你爱她。

那时我就觉得你不爱我没关系，但我不能接受你在我还是你的妻子的时候爱上别人，所以干脆鸵鸟心态地假装什么也不知道，不戳破。我还可以假装我的婚姻没有问题，等到走的那天还可以自欺欺人地告诉自己，我们的婚姻很幸福。

“出事那天下午我本是和夏晓、你妈一起带着童童去散步的，那一阵你每天早出晚归，经常不回来吃饭，又总是出差。那天周末你也一大早出去了，再加上那些猜测，我已经觉得我和你大概要走到尽头了，只差最后的摊牌了。我不断给自己做心理建设，如果你找我摊牌了，我要怎么体面地祝福你。然后那天下午我看到了你和林雨，你们一起坐在你车子的后排座椅上，司机在前面，扭过头和林雨有说有笑，你在低头看文件。我不知道你们是在等谁，还是在忙工作，你没看到我们，但林雨看到了，她给了我一个很抱歉又示威性的眼神，然后偏过头和你讨论着什么。我看不到你的脸，但能看到她脸上的娇羞和笑容，在我眼里，那就是一种关系亲密的佐证，我心态一下就崩了。

“我甚至不敢直接上前质问你，你们也没等我上前，车没一会儿就开走了。我当时整个人慌得厉害，回到家时你妈说要和我谈谈，然后她告诉我说你们在一起了，有生孩子的计划，林雨不介意现在这样跟着你，希望我不要去打扰你们，毕竟林雨生下的孩子也是你的孩子，没差。我就觉得很荒谬，这都什么年代了，怎么还会有这种要求，就告诉她我不同意。你妈就觉得我不可理喻，我什么都帮不了你，还老生病拖累你，我凭什么不同意。”

夏言吸了吸鼻子：“我那时就觉得特别委屈，既然我那么不好，那为什么还要娶我，我什么情况你们不是一开始就清楚的吗，那为什么还要来撩我？是你求着要娶我的，不是我求着你结婚的，这个时候怎么就都成我的错了？所以后来我确实也是有些心灰意冷不想见你的，觉得就这么散了吧，人都要死了，管他什么爱不爱、恨不恨的。那时我唯一放心不下的就是童童，但我唯一熟悉的你那边的人只有乔时，所以我才找了乔时。”

她侧过头看沈靳，握紧了他的手：“其实但凡我能对你主动一点，或者我有勇气一点，我们都不会是现在的结果。说来说去问题还是在我，所以我好像也没有什么好值得委屈和不甘的。”

她冲他挤出笑：“沈靳，我真的没有怪你了，也没有什么委屈、遗憾了。我爱你，所以其实那几年我过得很快乐，你也把我照顾得很好，你不要过于自责了。”

沈靳反手握紧了她的手掌，红着眼眶，沙哑着嗓子问她：“你是在交代遗言吗？”

“不是。”手掌微疼，夏言任由他握着，轻声说，“我只是希望你能好好睡一觉，不管你醒来面对的是一个怎样的世界，你都别再自责了。你没有对不起我，我也没有怪你，我很庆幸你娶了我，谢谢你陪了我五年。我真的希望你和童童都能快快乐乐的。”

沈靳轻轻摇头，没有说话，只是扣紧了她的手掌，不想放开，五年怎么够，他还有五十年的人生没走完，没有她，他一个人怎么走得完？

沈靳再一次醒来时果然还是没有夏言的世界。

意识一个没绷紧，疲惫的身体在飞机的颠簸中小憩了下，他再惊醒时是在二〇一六年的家。熟悉的天花板和熟悉的房间，沈遇、沈桥一众兄弟担心地围在床边，旁边还有医生在，童童坐在床边，睁着那双和夏言神似的眼睛，茫然又无辜地看着他。

看他睁开眼，所有人都松了口气，沈桥在一边嘀咕着什么，“睡了两天没醒”的字眼钻入耳中时，沈靳怔了好一会儿。

“夏言呢？”

沙哑的嗓音，习惯性的开场，然后是统一的沉默。

果然又是一场梦吗？沈靳眼眸转向一边梳妆桌前为数不多的夏言的照片，沉默了下来。

好一会儿他才轻声开口：“我没事，你们先回去吧。”

屋里的人走空时，沈靳伸手拿过了桌上的相框，看着照片里静静微笑的夏言，指尖一点点地描绘她脸上的轮廓。心脏的绞痛感袭来，伴着胃部一点点地痉挛，沈靳动作一顿，手突然重重一甩，手中的相框被甩了出去，哐啷一声砸在墙上，落了地。

守在门外的姜琴惊慌地推门进来，看到双手紧紧抱着头的沈靳，担心地上前，未及靠近，沈靳沙哑的嗓音已经传来："滚出去！"

姜琴脚步顿住，踟蹰着，上前也不是，出去也不是。

沈靳抬头，黑眸直直地看向她："夏言走后，你见过夏言吗？"

姜琴："……"

沈靳掀被起身，朝她逼近："你到底有没有见过夏言？"

他双眸发红，神色狂乱，姜琴被他的样子吓到，一下怔住。

沈靳双手扣住了她的肩。

"妈，告诉我，你到底有没有见过夏言？"双手死死地扣着她的肩膀，沈靳沙哑的声音隐隐带着哽意，还似带着哀求，求她告诉他，夏言其实没有死。

姜琴眼泪哗的一下就流了出来，看着眼前的沈靳，心疼与懊悔在胸口交织。她是真的不知道沈靳对夏言有那么深的感情，也或许是她从来就没有认真了解过这个儿子，只是一厢情愿地以为他只是把夏言当成责任。

她也并不是真的对夏言有意见。夏言虽然身体不太好，但一直没怎么麻烦过他们，不舒服时都是自己一个人去医院的，从不会去打扰还在上班的沈靳，也从不会垮着张脸，脸上总是挂着淡淡的笑，不争、不闹、不道人是非，也不与人结怨，对她这个婆婆也一向孝顺。夏言真的没有什么不好，只是她自己爱面子，带孙女出去，看着别家老太太都有孙子带，就有些不是滋味。再加上旁人夹枪带棒地讽刺几句说她儿子生不出儿子，她心里就越发不是滋味，时间长了就忍不住把怨气撒到夏言身上，总觉得如果不是夏言身体不好不能生，沈靳哪里需要被人嘲得抬不起头来?

她见多了家里养着一个，外面也养着小三的男人，对她来说，她儿子的幸福才是最重要的，因此她不介意林雨的出现，林雨愿意给沈靳生孩子她更乐意。反正在她看来，夏言迟早是要走的，夏言走了童童总还是要人照顾，沈靳也还是要有个家的，现在他有喜欢的人，也就先由着他。

她从没怀疑过林雨的话，在她对男人、女人浅薄的认知里，沈靳几年如一日地把林雨留在身边当助手，对林雨出现在家里也不阻拦，就是默认了林雨在他们家里的存在。她甚至以为夏言也是默许了的，她以为夏言会同意她的提议。她甚至想过如果夏言同意了，她会加倍对夏言好，因为确实是他们家对不起夏言了。她万万没想到，看似没有脾气的夏言也会有这么强硬的时候。夏言的强硬逼出了她对夏言多年的怨气，火气一上来就有些口不择言了，等冷静下来已经来不及了，夏言进了急救室，心脏急速衰竭，救都救不回来。

对夏言，她是一千个、一万个抱歉，她真的没想过要逼死夏言。愧疚的情绪在面对一蹶不振的沈靳时慢慢泛滥成了悔恨，像溃堤的洪水般压得她每天喘不过气来。她从不知道她的愚昧无知会把好好的一个家毁成这样，无论是每天茫然找妈妈的童童还是整天不言不语的沈靳，她都不知道还能怎么去补救。夏言已经不在了，她再怎么悔恨、难过，都不能把夏言救回来了。但日子还是要过下去的，她甚至想过要不要就这么将错就错下去，让林雨陪沈靳走出来。

对于林雨欺瞒算计她的事，她对林雨是心有怨气的，但眼下她能求助的也只有林雨。林雨在沈靳身边做事多年，了解沈靳的脾性和喜好，性子和气质也神似夏言。姜琴就指望着林雨有办法让沈靳走出来，只要能让沈靳重新振作起来，她无所谓林雨怎么算计她。

但自从夏言出事，沈靳就直接开除了林雨，也不让林雨有任何接近的机会。姜琴不知道还能怎么让沈靳重新振作起来，如今看着他红着眼问她是不是见过夏言，甚至为了一个自欺欺人的答案，他都愿意再叫她一声妈了。自从夏言走后他就没再叫过她“妈”，他不只不让林雨近身，连她这个妈都不能再出现在他的视野范围内。

姜琴心里难受得厉害，被掐住的肩膀一阵阵地泛疼。沈靳正赤红着双眸死死地盯着她，等待她的答案。

“我……”姜琴哽咽着道，“我哪里还能再见到她啊，要是还能再见到她我还能不把她给你带回来吗？”

眼泪掉得更凶，姜琴哑着嗓子继续道：“我就是偶尔做梦还能再见一见她。我也想向她好好道个歉，可是道歉还有什么用，她又不能回来了。”

她肩上的压力骤轻。

沈靳收回了手，背过身，头微微仰着：“你出去。”

姜琴嘴唇动了动：“阿靳……”

沈靳突然失控，转身，手臂直直地指向门口：“你给我出去！”

姜琴眼泪又流了下来，不敢再吱声，转身走了。她略显佝偻的背影落在眼中，沈靳眼中的赤红更甚，矛盾和痛苦的情绪混杂在一起。他不想这么对辛苦养育他长大一心为他的母亲，可是想着夏言受的委屈，想着未来几十年的孤独前行，他控制不住自己。

他不知道，他怎么一夕之间就把人生过成了这个样子。

童童小小的身影出现在门口，茫然又害怕地看着他。

沈靳哽了哽嗓子，手伸向她。

童童忐忑地走向他。

沈靳在她面前蹲了下来，慢慢替她将头发整理好，指腹描绘着她神似夏言的五官，没有说话。

童童小手轻轻拽了拽他的袖子，奶声奶气地说：“爸爸不哭。”

沈靳动作微顿，看向她：“童童想妈妈吗？”

童童点点头：“想。”

沈靳道：“我们去看妈妈好不好？”

他想起了那座他来不及刨开的坟，在乡下，孤零零地立在那里。

童童以为沈靳要带她去看的是活生生的夏言，很欢喜地点头，问他：“现在就去吗？”

沈靳没应，摸了摸她的头发，转身捡起被他失手砸了的相框。相框被磕了点角，照片里的夏言依然是安静微笑的样子。

胸口的痛意再次涌来，沈靳将照片反压在了桌上。

他抱着童童下了楼。

小书店的门帘被人从外面掀开，露出一只白皙好看的手。

沈靳脚步顿住，胸口提起的期待在看到林雨的脸时又落了下去，连带着眸色也跟着沉了下去。

林雨没想到沈靳也在，一下也吓得怔在了门口，讷讷地冲他打招呼：“沈……沈总。”

见识过几次沈靳的失控，林雨对沈靳的仰慕变成了恐惧，又放不下。

沈靳把童童放了下来，面无表情地朝她走近。

“你找我？”他问。

林雨迟疑地点头，又惶恐地摇头，看着沈靳一步步逼近，想逃，又想与他靠得更近，就在这种情绪的拉锯中愣在原地一动不动。直到沈靳将她逼退到了墙边，她的后背贴到了冰冷的墙面上，她才惊惧而惶然地看着眼前神色陌生的男人。

“沈……沈总……呃……”她忐忑的嗓音突然被掐在喉咙上的那只手掐断。

沈靳一只手撑在墙上，一只手掐着她的喉咙，一点点收紧，然后面无表情地看着她眼中慢慢升起的惊惧。

“你不是喜欢我吗？怕什么？

“你知道死亡是什么感觉吗？

“你知道她心脏难受得呼吸不了时是什么感觉吗？”

林雨惊惧地不断摇着头，不断挥舞着手想推开他，却挣不开。

童童被吓坏了，大哭起来。

童童的哭声惊动了屋后的姜琴和沈靳的父亲，两人刚推开门便被沈靳掐着林雨脖子的一幕吓得魂飞魄散，白着脸上前要拉开他。

沈靳仿似没看到，只是近乎残虐地扣紧手指，看着林雨挣扎，压低了的嗓音一字一句地问她：“那天，你是怎么得意地向她示威的，你也做一个给我看看。”

姜琴急哭了，使劲拽他的手臂：“阿靳，你别这样，你会把她掐死的。”

“掐死了更好。”沈靳盯着林雨不放，“刚好，下去给她赔罪。”

邻里都被屋里的动静惊动了，纷纷跑过来，力气大的上前拖开了沈靳。

缓过一口气的林雨捂着被掐伤的脖子猛咳，眼泪直掉。

童童这一阵和林雨处得好，林雨经常给她买吃的、玩的，她年纪小也不知道大人的事，看林雨在一边弯着腰难受地捂着脖子哭，她噌噌跑了过去。

沈靳抬眸看见，手指向她：“沈童童你给我过来！”

才两岁的孩子哪里懂这些，她被沈靳的厉色吓到，本能地往一边的林雨身上缩。

林雨眼神复杂地看着这个依赖自己的孩子。

沈靳上前一步将童童拽了过来，旁人怕他又要失控，抓住他的手臂。

沈靳笑了下："你们怕什么，我还能对她怎么样？她就是把我家掀了我又能把她怎么样？"

他上前，盯着林雨的眼睛："趁着所有人都在，你告诉大家，我是怎么给了你错觉，让你以为我看上你了？你好好告诉大家，你是怎么瞒天过海，让所有人误以为你和我有一腿的。然后再好好告诉所有人，你是怎么逼死夏言，试图顶替她上位的。"

林雨不断摇头，哭得难以自已。

沈靳突然暴喝了声："说！"

林雨哭得更厉害，手求助地拉住姜琴的手。

有人担心闹大了她一个女孩子想不开，上前劝沈靳算了。

沈靳冷笑："她做都做了，还会怕被人知道吗？"

没人敢吱声。

最后还是姜琴把被吓坏的林雨带出去了。

看热闹的人也渐渐散了。

童童也被她爷爷带了出去。

混乱的屋子一下安静下来。

沈靳不敢去夏言的墓看她，痛苦的情绪像毒液一样侵蚀着他的五脏六腑。她告诉他她不怪他了，可是他又怎么会是因为她怪他痛苦的？满屋子都是她生活过的痕迹，是她的气息，却唯独没有了她。

如果非得睡着了、入梦了才能见到她，他宁愿长睡不醒。

第十三章 归来

沈靳重新回了房间，吃了几片安眠药。

二〇一一年九月四日，他回忆着那一天他做过什么，什么时候睡的，又是什么时候醒过来的。那是他和夏言相识的第二天，所有与那天有关的记忆还是鲜明的。

沈靳在这种回忆中睡了过去，又慢慢醒了过来，做梦一般。夏言在身边，就趴在他的胸口上，微微仰着头打量着他，脸上有些深思的茫然，是她，又不全然是她。

沈靳手指微动，碰了碰她的脸颊，温的。

他微怔，抬眸看了眼，是在二〇一一年公司附近的家，外面天色已黑，远处的霓虹灯在闪烁，世界宁静而平和。

他脑子里回转的是下午和夏言一块儿下飞机的情景，眼眸转动，对上夏言的眼睛。

夏言嘴角动了下："你醒了。"

她脸重新埋入他的胸膛，抱着他。

沈靳一只手臂搭在她的腰背上，垂眸，哑声问她："又是在做梦了吗？"

夏言似是笑了下："是吧。"

她往他怀中轻轻蹭了蹭："这半年我好像也在不停做梦，感觉整天被关在病房里，身上插满了管子，脑子混混沌沌的不清醒。可是又隐约记得有人告诉我，我和你结婚好多年了，还有了个孩子，但是好像处得不太好，你在外面还有人了。我心里好像压着什么事，总觉得很难受。"

沈靳身体微僵，看向她。

夏言抬起头，看向他："可是醒来的时候，我又明明白白地记得你告诉过我，你和她没有关系，我生病走了，你很痛苦。可是好像……我们才认识没多久呢。你说，我梦到的那些东西是不是也都是真的啊？"

沈靳喉咙微哽，轻轻点头："嗯，我们结婚很多很多年了。"

额头与她的额头轻轻碰上，手捧着她的脸，他看着她的眼睛，哑声问她："你梦到的那个身上插满管子的地方在哪儿？"

夏言微微摇头："我不知道。"

抬眸看他时眼眶也有些红，她冲他笑了笑："每次我想到你那么痛苦，我就在想，我怎么可能舍得丢下你走了，而且童童还那么小呢。"说完她两只手搂住他的脖子，"你别太难过了，说不定我梦到的都是真的呢，我还想和你一起陪童童长大呢。"

沈靳也笑了下，手掌揉了揉她的头发，低头吻住了她。

一夜安睡。

夏言第二天醒来得有些迟，窗外泻入的光线刺得她睁开了眼，有些陌生的摆设让她怔了下，头转动，看到床侧的沈靳。

沈靳不知什么时候已经醒来，正单手支着头盯着她看，若有所思。

看她看向他，他冲她露出一个笑："早安。"

他倾身捧住她的脸，在她脸颊上印了一个吻。

入睡前的记忆涌入脑中，夏言突然有些分不清他是哪个沈靳。

她的手也捧住了他的脸，她呢喃地问他："你是记得的，还是不记得的？"

沈靳静静地看了她一会儿，哑声问她："有区别吗？"

夏言摇摇头，额头抵住了他的额头，轻声说：“无论你记不记得，我都希望你能像以前那样，好像坚不可摧一样。”

沈靳笑了笑，不语，又低头在她额头上印了个吻：“夏言，如果真的注定你只能陪我五年，我不可能还能像什么事也没发生过的。”

他放开了她，与她一块儿起床洗漱，一块儿吃早点。

回房换衣服时，沈靳看到了搁在抽屉里的离婚证。

他抽了出来，冲一边的夏言晃了晃：“换回来？”

夏言只思考了一秒，点头：“好。”

两人下午一起去了民政局，把离婚证重新换成了结婚证。

新证件到手时，夏言无意中看了眼手机，二〇一一年九月五日，当年她和沈靳领证的日子，意外的巧合让她怔了下。

沈靳也看到了，笑了笑没有说话，长臂揽过她，和她一块儿回家。

结婚的第一天，两人都没去外面庆祝，一起去超市买了生鲜，回家自己做饭，沈靳下厨，夏言在一边打下手。

饭还没做完，门铃响了。

夏言和沈靳互看了眼，沈靳搁下菜刀，转身去开门。

门外站着的是姜琴，一副局促不安的样子。

沈靳回头看了眼厨房里忙碌的夏言，走了出去，把门虚掩上。

他想劝姜琴先回去，怕夏言看到姜琴又心里不适。

姜琴不肯走，她想和夏言谈谈。

厨房里的夏言没看到沈靳回来，奇怪地回头朝门口看了眼，看到虚掩的房门，困惑地皱了皱眉，放下手中没择完的青菜，走了出去。

姜琴先看到的夏言，哀求地看着她：“夏言，我能不能和你谈谈？就十分钟，不会耽搁你太多时间的。”

夏言勉强勾了勾唇：“好。”

她昨天回来后没能见到姜琴，两人没谈上。

沈靳拧眉看着她，似乎不太赞成。

夏言冲他露出一个笑：“我没事的，你不用担心。”她又安抚地抱住了他的手臂，让他先回去忙。

她和姜琴进了她隔壁的房子。

房门刚关上，姜琴突然扑通一声朝她跪下，泣声和她道歉。

夏言被吓了一跳，上前想扶姜琴起来，没扶动。姜琴只一个劲儿地和她说对不起，和她说自己不是真的嫌弃她，其实很庆幸有她这么个儿媳妇，只是被愚昧蒙蔽了眼，沈靳没有和林雨有染，是自己误会了，都是自己的一厢情愿，沈靳是不知情的，求她原谅沈靳；然后述说着她走后沈靳的一蹶不振，央求她如果可以，就是托个梦也好，让沈靳见一见她，放下执念。

话里话外，夏言听明白了一件事，姜琴以为是夏言阴魂未散，进了她的梦里，她在借这个机会向夏言道歉。

夏言说不上是什么心情，人有时真的是蛮奇怪的动物，明明一开始心里怨得很，恨不得再也不见，可是看着这样一个老人老泪纵横地跪在眼前，忏悔痛哭，却怎么也狠不下心来不管。可是要假装什么也没发生过，心里也还梗着什么东西似的。她终是扶起了姜琴，别的没说，只是轻声告诉姜琴，她没有怪沈靳。

姜琴最后是对她感激着离开的。

从她们进屋沈靳就一直守在门外，没有离开也没有进去打扰。

姜琴开门时他看了眼，叫了她一声“妈”，目光从她脸上落到她身后的夏言身上。

夏言眼眶有些红，但神色还好，很平静。

沈靳留姜琴吃饭，姜琴不肯留下，一个人先回去了。

夏言和沈靳把做到一半的晚餐一起做完，而后一起吃的晚餐，一起刷的碗。

洗完最后一个碗，解下围裙时，夏言扭头冲沈靳笑了笑：“感觉这一切幸福得像假的。”

沈靳也冲她笑了笑，手伸向她，将她拉到身前，另一只手细细地替她拨开她脸上的头发，看着她，也不说话。

夏言被他看得脸颊发热，轻声问他：“怎么了？”

“没什么，就想看看你。”他轻语，视线落在她脸上，眼神缱绻。

“夏言，”他轻声叫她的名字，“昨晚你告诉我说，这半年好像也在断断续续做梦，感觉整天被关在病房里，身上插满了管子，脑子混混沌沌的不清醒。其实，这半年来，在我对我的行为无法解释的时候，比如突然拉你去结婚的时候，我感觉我也像在做梦一样。梦到你走了，我整天颓废地关在屋子里，不吃不喝，也不管童童，还去刨了你的坟，那种心痛的感觉很强烈。所以一开始我就隐约明白，你之于我的意义是不一样的，只是这个厘清的过程漫长了些。”

他轻轻抱住了她，手掌轻扣着她的后脑勺，将她压靠在胸口，脸颊轻蹭着她的发顶，好一会儿才哑声继续道：“我梦到的都是我切实经历着的，你梦到的也可能是你真实经历着的。或许你并没有离开，只是在世界的某个角落里还醒不过来。”

他吻了吻她的发顶：“夏言，回去吧。我想和你长长久久地走下去，而不是只有这短短的五年。我和童童还在等你，别让我们等太久了。”

夏言是被胸口的剧痛疼醒的，吃力掀开的眼皮收到刺目的光线又轻颤着闭上，但微小的动作还是惊动了旁边的人，脚步声近了，伴着“夏言”“夏言”的熟悉声音，男声、女声混在一起。

夏言适应了光线强度的眼睛慢慢睁开，入目是大片熟悉的白色，她微微转头，没有她和沈靳刚建立的熟悉小家，也没有沈靳，只有大片冷冰冰的白色，以及病床和医疗管子。

夏言一下慌乱，手胡乱伸着，被一只手掌握住。

纪沉俯下身，凑近，问她怎么了。

她惊慌地问他：“这……这是哪儿？”

刚醒来时嗓子哑得不像她的。

纪沉告诉她这儿是医院，她昏迷了三个多月，今天第一次醒来。

他说这句话时声音有些哽——醒来，意味着终于脱离生命危险。

“哪一年？”她沙哑的声音更显慌乱，头甚至微微仰起。

纪沉终于察觉到她的不对劲了，握紧了她轻颤的手：“二〇一六年啊，怎么了？”

“二〇一六年吗？”近乎呢喃的声音里，夏言脱力地躺回枕头上。

她的另一只手也被握住，耳边是她母亲徐佳玉带泣的声音，庆幸着她终于清醒，絮絮叨叨地说着她怎么把大家吓坏了，以及医院无数次的病危通知书，说着说着就说到了沈靳，她叱骂着沈靳不是人，后悔当年把她嫁给他。

而后她母亲絮叨的声音被纪沉打断，纪沉担心地看着她眼角不断流下的眼泪，俯身问她是不是哪里痛。

夏言摇头，她哪里都痛，又好像哪里都不痛，她也不知道自己怎么了。她还活着，她该开心才是，可是听着耳边的絮絮叨叨，她才发现，原来一切都是假的，她只是在漫长的昏迷中，做了一个关于沈靳、关于爱情、关于事业的美好的梦。

都是假的，“遇鉴”是假的，沈靳是假的，所有的甜蜜、美好都是假的。

眼泪像断线的珠子，越流越凶，控制不住。夏言不想哭的，可是她管不住自己，美梦被戳破的难受几乎将她淹没，无声的哭泣慢慢变成难以自抑的低泣，上气不接下气的，哭得几乎喘不过气来。

因着夏言醒来那天的异样，没人敢再在她面前提沈靳。

夏言也没有问。

她是在两天之后才知道她是在 M 国的。

早在出事前，纪沉便帮她联系了他这边的同学。他的导师一直在从事她这类先天性心脏病的研究，也有过几次成功的根治手术经验，属于行业里顶尖的水平。

自从生下童童后，她这两年的情况就一直时好时坏，心脏问题越来越严重，不进行根治手术最终也只会慢慢走向心脏衰竭。但手术风险大，也可能会直接死在手术台上，因此沈靳一直不太同意她做手术，但又希望她能通过手术健康起来。她自己也拿不定主意。纪沉更是不敢直接替她做决定，总想再等等，等她的身体情况更稳定了，手术成功概率更高了再做。再加上办护照和签证的时间，整个流程就在这种挣扎和评估里拖长了。

只是大家都没想到，她还没等到做手术便先出了事。

据纪沉说，她那个时候确实已经不行了，只能死马当活马医，孤注一掷开胸做根治手术，因此很快联系了这边的主治医师，把她送到了这边，做了手术。

纪沉说不敢想还能不能把她救回来，那三个多月里她意识浮浮沉沉一直醒不过来，好几次下了病危通知，好几次他都觉得该放弃了，但她又一次次挺了过来。

他守着她，就想再看看，能不能守回一丝奇迹。

好在，她总算还是活过来了。

纪沉说这些话时嘴角是微笑着的，眼睛里有泪花闪动，三个多月的煎熬，他整个人瘦了一大圈。

她在鬼门关走了这一遭，身边所有的亲人都瘦了，也憔悴了。

听说夏晓连高考都考砸了，现在放了暑假，人也没去学校了，就惦记着她的“遗愿”，三天两头去找沈靳，想帮她把童童要回来。

“童童怎么样了？”想起童童，夏言忍不住问。

“还好吧，才两岁的小丫头，哪懂什么生离死别？”纪沉说。

夏言笑了笑：“那就好。”

问起了童童，就不免会想起沈靳，梦里的他不断在脑中反复出现，美梦破碎的难受还在，她却还是管不住嘴，迟疑着问起了他：“他……呢？”

换来纪沉的轻笑：“夏言你就这点出息吗？”

夏言也自嘲地笑了笑，眼泪却也跟着下来了。

“我昏迷的这三个多月里，做了一个特别美的梦。”她吸了吸鼻子，“如果不是他叫我回来，我可能都不太舍得醒过来。”

纪沉看向她：“什么梦？”

夏言摇摇头，不是很想多谈：“就一些平时想得到但得不到的东西，都在梦里得到了。”

纪沉道：“包括沈靳吗？”

夏言迟疑了下，点点头：“嗯，包括沈靳。”

“梦到和他重新谈了场恋爱，一起创造了个品牌。我有自己的事业，有自己的梦想，还有爱情。”她笑了下，“而不是像现在这样，好像除了依附他，什么也没有。”

“你什么时候依附过他了？胡说八道。”纪沉笑骂，看着她眉眼里的生气勃勃又忍不住放缓了声音，“你这次手术很成功，会康复的。等你把身体养好了，工作、事业、爱情，什么都会有的，以后……你想干什么就干什么。”

夏言眉眼也跟着展出笑意：“好啊，我要自己开家工艺品公司，就叫‘遇鉴’。”

纪沉也笑了笑：“好。”

好一会儿他才回答她一开始的问题：“沈靳他……似乎不太好，你还活着的消息除了你爸妈和晓晓，我瞒了所有人。你出事那天堂奶奶也走了，他误把她的坟当成了你的，差点把坟给刨了。”

夏言怔住，想起清醒前，沈靳抱着她，告诉她的，他也像做梦一样，梦到她走了，他整天关在屋子里，浑浑噩噩，不吃不喝，也不管童童，还刨了她的坟。

心尖颤了下，她看向纪沉。

“我送你上飞机那天，他突然也赶来了机场，找我要你，我还以为他知道了你还活着的事。”纪沉长吐了口气，“那个时候他整个人看着憔悴了很多，状态也不太稳，这件事对他似乎打击也挺大的。之后我一直在M国陪你，没再见过他，不太清楚他的近况。”

他瞥了眼她床头柜上的手机：“你不放心的话，就给他打个电话问问。”

“不过我听晓晓说，你刚走那几天，那个林什么雨的还去了他家。”纪沉将手机递给她，“如果他和你以为的不太一样，你可别又犯病了，你这条命我捡回来不容易，现在还在康复期，还是不能有大的情绪波动的。”

夏言眼眸迟疑地看向他递过来的手机，没有伸手去接。

她不敢给他打电话。

她怕他再一次向她证实，她只是做了个一厢情愿的美梦。

她也怕自己还没恢复过来的心脏又陷入衰竭，就像纪沉说的，她这条命捡回来不容易，她不敢随便糟蹋。

夏言最终没给沈靳打电话，也没有再问过沈靳的情况，但在一个人时还是会不自觉地想起那个漫长的梦，以及梦里那个时而温柔、时而痛苦的沈靳。两相对比的残酷，她还是会难受得想哭。

好在她清醒后身体恢复能力惊人，第三个月时已能出院。

夏言出院当天就订了回国的机票，登机的时候，夏晓在微信聊天时给她带来了个好消息：乔时和沈遇要结婚了，婚礼就刚好在她出院这天举行。

她也带来了个不太好的消息：沈靳不肯把童童给她，无论她怎么去找沈靳要，沈靳始终只有一句话，只有夏言有权利把童童带走，他要夏言亲自去找他。

夏言没去想夏晓带来的那个不太好的消息。但乔时的婚礼她是赶不上了，她刚登机，还有十多个小时的飞行旅程，到 B 市再转机，整个耽搁下来又是一天，因此在关机前她给乔时发了条祝福短信："乔时，新婚快乐！"

她没想到她这条短信在乔时那边掀起了惊天巨浪。

收到短信时乔时和沈遇刚完成婚礼仪式。从伴娘冯琼琼手上拿过了手机，在满屏的祝福短信里翻到了她这条短信，看到发信人"夏言"两个字时，乔时的手一下捂住了口鼻，眼泪也一下涌了出来。

一边的沈遇留意到她的异样，担心地转向她，问她怎么了。

乔时只是摇头，眼泪止不住，也没法说话，她把手机屏幕转向了沈遇。

沈遇看过后，下意识地抬头看了眼对面的沈靳，试着回拨了那个电话号码，提示关机状态。

沈靳正在给童童夹菜，一只手摸着她的小脑袋，看沈遇看过来，也抬头看他，问他："怎么了？"

沈遇摇摇头："没事。"

他没敢让沈靳知道短信的事。他还记得两个多月前沈靳突然就跟疯了一样，满世界地找纪沉，找夏言的家人，找他们逼问夏言的下落。

沈遇从没见过那样低声下气的沈靳，他抓着夏言父亲细瘦的双肩，赤红着双眼，近乎乞求地让夏言的父亲告诉他，夏言是不是还活着。

沈遇也从没见过那样狠戾的沈靳，一次次的失望后，他近乎发狠地箍着夏言父亲的肩膀，逼问夏言的下落。

但威逼也好，苦求也好，夏言走了就是走了，没有第二个答案。

沈靳在这种反复的希望和失望中越发沉默了，后来慢慢地也没再去找夏言的家人，也没再像夏言刚走时那般颓靡不振，似乎正在慢慢从失去夏言的阴影中走出来，又似乎不是。沈遇说不上沈靳哪里变了，只觉得他整个人都不对劲，常常一个人一坐就是一整天，越发清冷寡言了。

这样的沈靳让沈遇不敢轻易让他知道那条信息。

沈靳目光在他脸上停了停，又转向一边的乔时，最后缓缓落在乔时握着的手机上，目光微顿，而后，手掌缓缓地伸向乔时。

乔时看了眼沈遇，握着手机的手迟疑着，而后缓缓地伸了出去，中途被沈遇扣住，拉了回来。

沈靳看了沈遇一眼。

其他人也感觉到了两人间弥漫的诡异，纷纷抬头看向两人。

餐桌上的气氛一时有些静谧，连闷头吃饭的童童也感觉到了不对劲，小脸从饭碗前抬起，看看这个，看看那个，一脸茫然。

沈桥先出了声："都干吗呢？大喜的日子。"

他爽朗带笑的嗓音打破了餐桌上弥漫的诡异。

沈靳也不知道自己怎么了，乔时和沈遇的反应让他以为……

夏言的脸从脑中闪过，他敛了眸，勉强冲两人笑了笑："抱歉。"

沈遇也牵了牵唇："和我还客气什么？"

沈靳端起酒杯与他碰了一杯，小插曲就这么被带了过去。

婚礼后，沈遇又照着夏言发信息过来的那个号码回拨了几次，想先确认对方的身份再决定是否要和沈靳说这个事，没想到手机一直处于关机状态。

沈靳没在青市多待，第二天一早就带着童童回了安城。

这座夏言生活了二十多年的城市，他多离开一天，似乎夏言离他也就多远了一段。

沈靳说不上是什么心情，人已不像当初夏言刚走时那般，连呼吸都是痛的。但心里是越发空荡了，人生好像突然就没了意思，日子每天过得漫长又无趣，看不到尽头，又不知道该怎么走下去。

他从不知道，原来时间能变得这般冗长难熬。

他回到家时，家里依然是安静而空荡的。夏言的气息正在一点点变淡，他不知道哪一天，这个家可能连她存在过的痕迹都没了。

他已经不再像当初她刚走时那般害怕走进这套房子，反而害怕时间会把她生活过的那点痕迹都带走，就像她不曾来过一样。

童童在渐渐长大，她以前不黏夏言，但自从夏言走后，再也见不到夏言，她对夏言开始有了想念的情绪，不止一次地问他她妈妈去哪儿了。

每当这种时候，他都是沉默的。他没办法骗她说她的妈妈去了一个很远很远的地方，等她长大了就会回来。

他以为她会回来。

她告诉他她梦到她被关在一个类似病房的地方，身上插满了管子，告诉他她可能只是在世界的某个角落里还醒不过来，她舍不得丢下他，说不定哪天就回来了。

他真的相信过她会回来。

但时间一天天过去，他找不到她，也等不回她。

她骗了他。

他知道她永远不可能再回来了。

他只是掉进一个虚虚实实的梦里，然后骗自己她还活着、她没有怪他。

但梦总有醒的时候。

她不只不会回来，连梦都吝于给他了。

沈靳再没梦到过夏言。

回到家推开门时，他的眼睛还是习惯性地往正对门口的小书桌上看，童童也是。他们总以为，哪天推开门，她突然就像过去一般，坐在那个地方看书、作图。

但什么也没有。

童童眼睛里的光亮慢慢暗了下去，她闷声问他：“爸爸，妈妈什么时候才回来啊？我都好久没见过妈妈了。”

沈靳摸了摸她的头，没有应她。

小丫头不懂他心思的复杂，只是仰着那张酷似夏言的脸，嘟着小嘴看他，等他的答案。

沈靳给不了她答案，也不想给她答案，那句“她不会回来了”说出口他的心脏都会跟着疼。

他在童童面前蹲了下来，拉起她胸前的项链，看着项链里的夏言，指腹摩挲着，没有说话。

照片是从结婚证上彩印下来的。夏言没什么照片，连她留在家里的手机里都没有一张自拍照。

沈靳把结婚证上的这张照片给童童做了个小项链戴着。

他担心随着童童的渐渐长大，她连夏言都忘了。

夏言拼了命生下的女儿，是一定要时刻记着她的。

童童等不来沈靳的答案，小丫头年纪小，没什么耐心，也容易被新鲜东西转移注意力，看沈靳一直摩挲着她脖子上的项链不说话，等着等着就没了耐心，没一会儿就独自去玩了。

她第二天要上早教课。以前是夏言送她，夏言走后停了一段时间，姜琴断断续续地送过几天，最近一个月才又开始去学校，沈靳送她。但她大概还是有些感觉的，意识到不太一样了，最近有些抗拒去学校。

沈靳刚把她的手交给早教老师，小丫头就反手拉住了他的手，眼睛含泪，不肯跟老师走，也不肯让他走。

沈靳在她面前蹲下来，耐心地问她怎么了。

小丫头哽咽着低声回他：“我想要妈妈。”

沈靳一下转开了脸，不说话。

得不到回应的童童抽抽噎噎起来，任凭老师在一边怎么哄，就是紧抓着沈靳的手不放。

沈靳摸着她的脸，第一次违心骗她：“童童乖乖听话的话，妈妈很快就会回来了。”

童童止住了哭，抽噎着问他：“怎么才是乖乖的？”

沈靳道：“听老师的话，不哭，不闹，不和小朋友吵架，有好东西要和小朋友分享……”

童童似懂非懂地点了点头：“好的。”

沈靳摸了摸她的头，让她跟着老师走了，这才离开，没注意到街角出现的林雨。

林雨一直等沈靳的车子远去了才从隐蔽站立的地方出来，她不敢再见沈靳。

自上次被沈靳掐着脖子让她滚后，林雨便没再见过沈靳。

如果说以前还有什么痴心妄想，经过那一次后她也彻底死心了。

他是真的想要掐死她的。

她过来只是单纯地想看看童童，那个因她而失去了母亲的可怜女孩。

那一次的事闹得有些大，几年的工作生活，同事圈重合度高，都传开了，她出门都能感觉到来自周围的指指点点。这样的压力让她几乎没办法再在这座城市待下去，她不得不选择离开这座生她养她的城市。但她满脑子都是那天的难堪里，童童跑向她，抱住她的小小身影。所有人都唾弃她、鄙夷她的时候，只有童童跑向了她，全身心地依赖着她，那一刻她的心情是复杂的。

这种复杂持续了两个多月，这两个多月里她不敢出门，父母的指责和亲人、朋友看她的目光让她连房门都不敢踏出半步。委屈、不甘、害怕，以及对沈靳的心疼、怨恨，种种情绪糅杂在一起，几乎摧毁了她。可是想到她曾偷偷仰慕的男人一蹶不振成那样，完全没了她所爱慕的意气风发，她内心深处又升起些陌生的难过和自责，尤其是对童童，童童信任她的样子加深了她这种内疚。

她想在走之前再看看这个孩子，陪陪童童，让心里那点罪恶感再减轻一点点。她不敢再去他们家，只能趁她上学时过来，没想到会撞见这样的一幕。童童瘪着嘴红着眼眶告诉沈靳自己想要妈妈的样子不断在她脑中回转，她心里复杂得难受，尤其是她刚出现在教室门口，小丫头脆生生的一声“阿姨”后欢快飞跑向她的身影，让她的心情越发复杂。她勉强冲童童挤出笑，蹲下身，接住童童飞奔过来的小身影。

这一幕刚好落入夏言眼中。

她昨晚深夜刚转机回到家，一大早就忍不住过来看童童，没想到会撞见童童和林雨开心玩闹的画面。

纪沉也看到了，他开车送她过来的，两人还在车里。

他担心地看向夏言。

夏言脸上愣怔得厉害，看着不远处开心玩闹的一大一小两道身影，好一会儿才喃喃地说了句："原来我真的是做了个一厢情愿的梦呢。"

她说完扭头冲纪沉笑了笑："你知道我梦到什么了吗？姜琴为她的所作所为向我道歉了，她觉得她对不起我。沈靳像变了个人，会说甜言蜜语，会开玩笑，会哄人，对我特别好。我也不怕他了，我们每天像有说不完的话，什么话题都能聊……"

嗓音一下有些哽，她偏开了头，吸了吸鼻子才笑着继续道："我想要什么，梦里就给我什么，完全按照我的意愿定制一样。我就说怎么可能有这种天上掉馅饼的好事。"

她又摇头笑了笑："可是……"

有些说不下去了。她也不知道自己怎么了，其实回来之前，她已经做好了心理准备，真的也好，假的也好，无论是什么样的结果，她都做好接受的准备了。可是当真的确定那些都是假的时，她发现自己并没有真的准备好。

"其实我……其实我真的无所谓姜琴和不和我道歉，也无所谓林雨怎么样，根本问题根本不在她们身上。可是……可是那样的沈靳为什么也是假的？"有些语无伦次地说完，夏言本来想笑的，但眼睛酸得厉害。她努力想将眼眶里的水雾眨掉，但越眨越多，一个不小心，掉了下来。

纪沉抽了张纸巾递给她。他不知道她梦里的沈靳到底是什么样子，这两个多月来她一直执着于要回来见一见沈靳，出院当天就急着飞回来，生怕沈靳等急了似的。可是执着的结果……他瞥了眼不远处笑闹的两人，不语。

夏言也正看向那边，神色木然。

纪沉扭头问她："还过去吗？"

夏言瞥了眼镜子里狼狈的自己，轻轻摇头："晚点我再过来接她吧，现在这样怕吓到她。"

纪沉点点头，又问她："还去公司找沈靳吗？"

夏言迟疑了下，而后点点头。

纪沉启动了引擎，引擎声让不远处的林雨本能地抬了下头。交错而过的车影里，她看到了车里的夏言，怔住，而后又像突然醒悟般，很快放下童童，朝车子跑了过去，想去确认，但车子已远离。

沈靳回公司的路上顺道去了趟医院，想去找医生再开些安眠药。

最近几个月他整夜整夜地睡不着，身体有些吃不消。

车子靠近医院时他又本能地有些抗拒。这是夏言生前治病的那家医院，人越靠近，夏言离开那日的记忆就越是鲜明，刺得他的心、胃一阵阵痉挛着疼。

他将车停在了路上，手撑着额，闭目吐气，不敢向前。

滴滴答答的雨滴砸下，本就阴沉的天空像被人撕开了道缝。

沈靳抬眼朝不远处的门诊大楼看了眼，熙熙攘攘的人群里，依稀有着当初他陪夏言看病取药的影子。

以往她生病大多是他陪她过来，他去取药，她就安安静静地站在门边的角落里等他。

如今他重新回到这里，门口依旧人来人往，那个角落却已空了下来。

目光偏开，沈靳终是没办法靠近那家医院，又将车头掉转了方向，往公司去，路上经过小公园，就在公司楼下不远处。

有一阵夏言要定期去医院检查和取药，他不放心，坚持要陪她去。她为了不影响他工作，经常到了这边的小公园才给他打电话，然后就在门口的八角亭里等他。

这么多年来，沈靳已经记不清多少次一走出办公大楼，转个弯，就远远地看到她站在亭子里，仰头看房檐下的碑文的样子。

他从没留意过碑上刻的是什么。

车子从那座八角亭门前的石板上碾过时，踩在油门上的脚微顿，沈靳改踩下了刹车，将车子停在了一边。人在车里，手握着方向盘，盯着那处已有些年代的亭子看了好一会儿，推门撑开伞下了车。

周围没什么人，年代久远的亭子独立在清风细雨中，静谧而幽深。

沈靳撑着伞站在亭外，仰头看着房檐下的碑文，想象着夏言每次站在这里时的心情，纷乱的心境竟奇异地慢慢变得平和。

沈靳不知道站了多久，突然响起的手机铃声打破了这份静谧。

沈靳接起，是沈遇的电话。

“老二，”沈遇轻叫了他一声，有片刻的迟疑，“我要和你坦白一件事。”

沈靳轻笑：“你什么时候变得这么欲言又止了？”

电话那头的沈遇似是也轻笑了声，好一会儿才低声道：“婚礼那天，你想拿乔时的手机，其实当时她确实收到了一条短信，是夏言发过来的。”

沈靳嘴角的弧度僵住，手机差点失手从掌中滑落。

“你……说什么？”他声音不稳地道。

“乔时收到了夏言的短信——”沈遇一句话概括。

他还没说完，沈靳已掐断了手机，转身就要走，脚步却硬生生刹住，眼睛死死地盯着不远处正撑伞走来的女孩，一样的身形，一样的眉眼，一样的……夏言。

她也刚好抬头，似是怔了下，而后冲他微微一笑：“好久不见。”

伞外的雨还在淅淅沥沥地下着，沈靳却什么也看不到，什么也听不到，眼里只剩下她熟悉的眉眼，熟悉的浅笑。

这就是夏言，活生生的夏言，他的夏言。

好久不见。

他突然红了眼眶。

夏言撑着伞走向他，在他面前站定。沈靳垂在身侧的手臂动了动，而后抬起，轻颤着伸向她，指尖落在她的脸颊上，温热的触感让他眼眶红得更厉害。

“好久……不见。”他颤着嗓子哑声开口，看着她，目光流连不去。

夏言不知怎的，鼻子一下酸得厉害。

她微微侧仰起头，把眼睛里的水雾逼回去，然后冲他微微一笑，像过去几年一样，微笑着问他：“最近还好吗？”

沈靳微微摇头，嗓音喑哑：“不好。”

夏言一下不知道该怎么接话。

半年不见，他似乎还是像以前那样克制有礼。

她和他之间横着半年，横着半年前重症监护室里他强行闯入时眼神相撞的一瞬，横着那五年里的平淡如水，也横着梦中半年的嬉笑怒骂。尽管回来时她不停地给自己做心理建设，但林雨与童童笑闹的一幕，以及猝不及防的相见，还是让她的心理防线变得脆弱不堪，想认不敢认，想靠近不敢靠近。记忆里的他与梦中的他在他脸上反复交织，她的眼眶泛红，脑中回转着的是一路过来时，纪沉对她耳提面命的佛洛伊德的“梦的解析”理论。梦是对潜意识欲望的满足，她将生活中得不到的东西寄托于梦境，这很正常，没必要为此难为情或者难过，但人总是要面对现实的，别一味地沉浸在梦中不可自拔。凤凰涅槃后还重生了，她是死过一回的人，没必要再这么折腾自己。这个世界上除了沈靳，还有许多东西值得她去追寻，她的人生才真正意义上刚刚开始，没必要再栽到同一个坑里。

他话里话外都在劝她别一味陷在自我臆想的美梦里了，沈靳还是那个沈靳，但夏言不能再是那个夏言了。

“我……听晓晓说，”她哑声开口，“你说只有我才有权利把童童带走，除了我亲自回来，谁也不能把她带走。”

她抬头冲他笑了下：“现在我回来了，我能把她带走了吗？”

沈靳流连在她脸上的手指一顿，他倏地盯紧她。

夏言勉强牵唇微笑：“沈靳，谢谢你照顾了我这么多年。只是……可能我们真的没有那么适合彼此，我想……我们就这么结束吧。”

沈靳因用力咬合后牙槽脸上微微凸起，赤红的双眸死死地盯着她：“这就是你回来的原因？”

而后他看到了她身后不远处停着的车，以及车里的纪沉。

纪沉也正平静地看这边，两人的目光有短暂的交会。

沈靳目光移向了别处，问她：“是纪沉把你藏起来的，对吗？”

“也不算是。他当时确实没把握还能救我，只能孤注一掷尝试根治手术，因此和原来联系过的M国那边的医生联系上了，把我送到了那边。”

“什么时候……”沈靳看向她，嗓音哽了一下，“什么时候醒过来的？”

夏言道：“两个多月前。”

沈靳笑了下，撇开头，没再说话。

他那笑落在眼中，夏言只觉异常难受，知道他可能又误会了什么。

“我没有故意不联系你。”她着急地解释，“只是当时——”

只是当时什么，她自己突然都说不清。

沈靳冲她笑了笑：“没事，能活着就好。”

他伸臂，突然将她拉入怀中。

夏言想挣开，他手臂突然收紧，一只手箍着她的腰背，一只手轻扣着她的后脑勺，头微低，在她耳边哑声道：“夏言，我不想离婚。

“你不愿意原谅我没关系，但是我不能答应你就这么结束了。

“你根本不知道没有你的这半年我是怎么过来的。”

夏言微怔，抬头看他。

沈靳也在看她，好一会儿才哑声问她：“身体好些了吗？”

夏言微微点头。

沈靳摸了摸她的头，目光流连，没有说话。

远处的纪沉下车走近。

“谢谢。”他哑声对纪沉道。打心里感激，没有纪沉就没有现在的夏言。

纪沉有些意外于沈靳开口言谢，微愣，而后笑了笑：“不必客气。我只是在救我妹妹。”而后他看向夏言，“你身体还没完全康复，别在外面吹太久风。”

夏言微微点头，看向沈靳：“那……我先回去了。”

沈靳点点头，放开了她。

夏言和纪沉一块儿回去，走了几步，她脚步有些迟滞，想停下来，又不知道停下来的意义是什么，终是走了。

沈靳看着车子渐渐远去，想上前，又不敢上前。

他盼了无数次的人终是如愿回来了，只是他没想到，她是回来离婚的。

两个多月前就醒来了……沈靳摇头笑了笑，将目光从车子远去的方向收回。

如果不是他气急下对夏晓说的那些话，她怕是永远都不会回来，永远不会让他知道她还活着。

他气她、恼她，偏偏不敢再对她用强，怕再给自己劣迹斑斑的前事添一笔账，连最后一丝挽留她的机会都抹杀了。

沈靳一天都没在状态，满脑子都是她突然出现时的画面，以及她轻声和他说想分开的样子，大悲大喜的情绪冲击得他胸口一阵阵地翻搅着疼。

这种极端的情绪在他下午接童童又遇到夏言时有些许的缓解。

她也没想到会遇见，像往常那样微微笑着打招呼。

童童许是也没想到她会出现，原本还是活蹦乱跳的，看到她时小嘴一瘪，突然就哭了。扑向她，抱住她的大腿，哭得稀里哗啦的，脸蹭在她的衣服上，小手也有一下没一下地捶着她的大腿。童童边哭边哽咽地问夏言，为什么都不肯要她了。

夏言眼泪一下就被逼了出来，弯下身抱住她，和她说“对不起”，边亲她边软声安抚她。

沈靳看着抱成一团的一大一小，久违的画面，他也红了眼眶，将头转向一边。

发泄够的童童哭声终于停了下来，睁着红肿的眼睛问夏言去哪儿了，为什么这么久都不回家。

“妈妈生了很重的病，要去很远的地方治病。”夏言细细地替她将眼角的眼泪抹掉，“妈妈不在的这段时间，童童有没有好好吃饭和听爸爸的话？”

童童连连点头，又问她：“那妈妈的病好了吗？”

夏言点点头。

童童欣喜地回头拉沈靳：“爸爸，你看我今天在学校乖乖的，妈妈就真的回来了呢。”

才两岁半的孩子，语言能力好得惊人。

沈靳笑了笑，轻摸着她的头，没有说话。

两人一块儿送童童回家。许久没见夏言，向来不爱黏她的童童黏她黏得厉害，不肯让她走，沈靳也不让她一个人把童童带走。

再回到那个她生活了五年的家，夏言心情很复杂。

她还活着的消息惊动了左邻右舍，邻里都像见着什么怪物似的，大人、小孩，即使隔着条马路，都跑过来堵在家门口探头探脑，想看看死而复生的人到底是什么情况。

她在这个家住了五年从没见过这种盛况。

屋子里还保留着她离开时的样子，除了她当初贴在墙上的画明显有被撕过又被细心粘贴的痕迹。

沈靳看她盯着墙上的画出神，也抬头看了眼，低声说:“当时你走得突然，我心理上一下接受不了，情绪有些失控，砸了些东西。”

夏言回头冲他笑了笑：“撕了就撕了吧，也不是什么值钱的东西。”

沈靳不语。

沈靳的父亲和母亲闻讯也赶了过来，拨开人群看到屋里活生生的夏言时，一下就红了眼。

童童开心地拽着夏言的手向姜琴献宝：“奶奶，我妈妈回来了呢。”

夏言抬头看到姜琴，嘴角的笑容微僵，却还是客气地点点头。

姜琴眼泪掉得更凶，说不出话来。

夏言在童童的软磨硬泡下留下吃饭，沈靳的父母没一起，只有一家三口的餐桌上，除了叽叽喳喳的童童，气氛异常沉闷，比当年的平淡无趣还要沉闷许多。

两人都没什么胃口。

饭后童童缠着她讲故事，大概是许久没见过她，情绪有些兴奋，晚上十一点多才睡了过去。

夏言小心地帮她掖好被子，轻手轻脚地下床，出来时看到沙发上的沈靳。

沈靳一个人坐在沙发上，面色平静空洞，也不知道在想什么。

“那个……”夏言轻声开口，“我先回去了，童童就麻烦你先照顾了。”

沈靳抬头看了她一眼，没有说话。

夏言也没再说话，牵唇笑了笑，算是告别，一个人走向门口。

她伸手想拉开房门时，手掌被从身后伸过来的手掌覆住。

她动作微顿。

沈靳突然用力拉下了她的手，拽着她的肩膀将她转了个身，黑眸沉沉地盯着她看了会儿，手掌抚着她的额角滑入发中时，他的头突然就朝她低了下去。

夏言下意识地想推他，沈靳突然就发了狠，反扣住她的手，将她用力地推抵在门上，重重地吻她。

唇齿相碰，磕出了血腥味。

沈靳动作微顿，眼睑敛下，低低地喘息，好一会儿才沙哑着嗓子在她嘴边低低地道：“夏言，别这么对我。”

尾音吞进了唇齿里，他舌头缠着她的舌头，强硬而发狠地纠缠，不让她退缩，也不让她走。

夏言最终没能离开。

沈靳第一次向她展露他的强硬。

她退，他进，步步紧逼，一路从门口纠缠到床上。

在那张他们共枕了五年的大床上，极尽癫狂和沉沦。

除了梦里在理市那次，结婚五年，他们还从没有像这样疯狂且毫无保留过。

夜色深浓里，虚实对比的强烈落差也让夏言情绪失了控，在他沉沉压迫而来的那一瞬，她被他紧紧压扣在头顶的手掌因欢愉而扭曲地屈起，濡沫交缠的时间里，眼泪一下掉了下来。

沈靳动作微顿，指腹一点点地擦掉她眼角的湿润。

“别哭。”他哑声低语，气息微喘，动作从激狂慢慢转为温柔，克制伴着失控。

这样的沈靳让她心里越发难受，眼泪越掉越多，几乎泣不成声，手臂却紧紧地抱住了他，胡乱地回吻他，把他当梦里的沈靳。可是脑中回转过林雨和童童开心笑闹的画面时，这样肢体交缠的画面慢慢变成了他和林雨……

她用力推开了他，扯过被子，背过身，喘息着，平复着。

沈靳面色复杂地看向她。

“早上我遇到你之前去找过童童。”夏言哑声开口，抓着被子慢慢坐起身，“林雨也在，和童童玩得很开心，我就没过去。”

沈靳倏地看向她的背影。

“当初我出事前，你妈和我说，希望我能接纳你和林雨。我想我是没有这样的胸怀的，所以我觉得不如我退出，成全你们。我什么都可以不要，把童童给我就好。”

低声说完，夏言下了床，被沈靳拽住了手臂。

“我不知道她为什么会在那里。”沈靳嗓音很沉，“但我说了，我和林雨没有任何关系。”

夏言没回头。

沈靳掐着她的手臂将她扳转向他，盯着她的眼睛，哑着嗓子一字一句地澄清：“夏言，我和林雨真的没有任何关系。”

他眼睛里的认真像极了梦里沈靳和她澄清时的样子。

她笑了下，又想哭：“我相信你。沈靳，其实无论你和我说什么，我都会无条件地相信你。”

“可是……”她声音微哽，“可是沈靳，我们回不去了。”

他说他和林雨是清白的，她相信他，梦里她愿意相信他，现在依然会选择相信。如果是以前，她甚至可以当作什么也没发生过，只要他不喊停，她就这么平静地让日子继续过下去。可是现在她知道她回不到以前那种甘之如饴的状态了，她得到过他的爱情，有过对比，也产生了落差，她没办法再回到当初那种相敬如宾的生活了。哪怕只是一个梦，她也回不去了。

从沈靳家回来后，夏言一直在想，她该怎么去平衡那个梦境带给她的失落。

纪沉劝她放下，面对现实，可是她真的要放下时，心很疼，不是生理上的不适，就是疼得难受。

清醒前的那一夜，沈靳牵着她的手走遍古城的大街小巷，在酒吧给她唱《知足》的样子一遍遍地在她脑中回放，他们一起领证、一起下厨做饭的画面也一遍遍地回放。他叫她回去，说想要和她长长久久地走下去，可是她回来了，他人呢?

所有人都告诉她那是假的，是她臆想的，劝她放下，可是夏言发现，她真的放不下，也舍不得放下。

她想把“遇鉴”做起来，一个融合传统编织工艺与现代家居设计理念的品牌，是纪念那段永远不可能存在的爱情也好，是情怀也好，她都想把它做起来。

纪沉说她疯了，她没有任何工作经验，哪怕她早期在网上经营着一个叫“sky 天空”的手工编织女包品牌，也只是小打小闹的规模，怎么可能在没有任何经验的情况下只身跨领域投入高端家居市场；光是组建公司就不是她一人能做的，更何况还需要大规模的成本投入。

夏言想自己大概是真的疯了，哪怕不可能成功，也非要试试不可。

“遇鉴”是她和沈靳爱情存在的唯一见证，她没办法把梦里那个沈靳变回来，但是这个他们一手创立的品牌，她就是穷尽一生，也要把它还原出来。

在全身心投入之前，夏言想先去一趟理市。是念想，也是告别，理市那一夜的梦太美，沈靳站在歌台前，手握着话筒给她唱《知足》的样子也太美，她舍不得遗忘。她想去走走，看看这座满足过她对爱情的所有幻想的城市和梦里的样子有什么不一样。

她没有告诉任何人，大半夜的一个人在手机上订了机票。二〇一六年的交通和网络比二〇一一年要发达许多，她订了最早那一趟的航班，早上六点多的。她凌晨四点就出了门，到机场时人还很少，值机的人不多，然后在稀稀拉拉的值机乘客里，夏言看到了林雨，不期而遇。

夏言不知道该怎么去解释这种特别的缘分。

林雨也看到了她，隔着一米多的距离，微微笑了下，没打招呼，而后随着排队的人流往前走。

林雨先办完值机手续，办完后却没有马上走，在队伍外等她。

夏言办完值机手续一回头就看到了她。

林雨冲她微笑。

夏言也勉强弯了弯嘴角。

两人几乎是一前一后地一块儿到了安检口，同一个队伍，林雨排在夏言身后。

“那天在童童的学校我好像看到了你。”林雨终于开口，“没想到果然是你回来了。”林雨微笑着，突然轻语了声，“真好。”

她语气里的感慨让夏言不觉侧身看了她一眼。

林雨也看向她，笑了笑：“其实夏言你知道吗，我是真的祈祷过你永远醒不过来的。”

“我爱沈靳，爱他爱得要疯魔了。”她说，泛泪的眼睛看着夏言，“从五年多前第一眼看到他我就对他无法自拔了，可刚好那个时候，你们刚刚领完结婚证。就晚了那么几天，他就已经是你的了。你不知道那个时候我有多遗憾和难过，又有多庆幸。很多人都说，你们是相亲结婚，认识三天就领证了，你心脏不好，活不过二十五岁。所以我觉得我可以等，我还年轻，我就尽心守在他身边，熬个三五年，把你熬没了，我的机会就来了。”

她冲夏言笑了下：“夏言，其实是你误会了，不是他给了我他喜欢我的错觉我才觊觎你的位置，而是你给了我希望，是你的病给了我希望。所有人都给你的人生判了死刑，都说你活不长了。你死了，他总要再成一个家，既然我错过了第一次，我就不想再错过第二次，所以我可以等。我想尽可能长久地守在他身边，等你走以后，他自然就会看到我了。在他看到我之前，我要他先看到我的能力，不只是事业上的，还有家庭上的。所以工作上我尽心尽力，生活上我接近你，接近你婆婆，接近童童，我把你婆婆和童童收得服服帖帖，把你的言行举止也模仿得很像。我就是想让他有一天发现，哪怕你不在了，他身边依然有一个最适合他的妻子人选。”

夏言笑了笑：“既然你有这样的心机，为什么不去找一个更值得的男人？”

林雨也摇头笑了笑：“有他那样一个人在面前，我哪里还能看到别人？

“人多少都有些慕强心理的，我是看着他一步步把公司做大做强的，亲眼见过他的杀伐果断、雷厉风行，他的优秀出色只会让我越陷越深。他从没有给过我他喜欢我的错觉，他没喜欢过我我知道，但正是因为他对你的专一才让我更迷恋。我小心翼翼地藏着对他的喜欢，甚至不敢让他知道，怕他知道了我连守在他身边的机会都没了。

“原本我是可以等下去的，我不在乎等多少年，只要能等到就行。可是你活过了二十五岁、你二十六岁了，他们在计划给你安排根治手术。那一阵的沈总很焦虑，对于你要不要做手术这个问题，一向果断的他犹豫了很久，他不想你去冒这个险，可是不冒险你熬不起了。我其实是希望他不同意手术的，可是他同意了，然后一直在赶行程，想空出一个长假，陪你去做手术。那一瞬间我有了恐慌感，我怕你的病治好了，我所有的等待就都白费了，我这辈子就再没机会了，所以当时就有点急躁了，疯狂地想刺激你。”

林雨笑了笑，眼泪却出来了："你出事那天，我就是故意的。"

夏言没说话，看队伍轮到自己，先往前了，把身份证和登机牌递了过去，而后是安检。

安检完她没等林雨，径自往登机口去。

林雨也没再追上去，她和夏言不是同一趟航班，登机口也不一样，但隔得不远。

登机的时间没到，夏言还在候机大厅等，坐在长椅上，看着落地窗外起起落落的飞机，面色平静。

林雨在不远处看着她，迟疑着拿起手机，拨了沈靳的电话，刚嘟了一声便被掐断。

林雨摇头笑了笑，给他发了条短信："沈总，你会后悔的。"

刚醒来的沈靳盯着屏幕上的文字看了几秒，删掉，拉黑。

林雨吸了吸鼻子，收起手机，在另一边的长椅上坐了下来，眼睛却还是盯着不远处的夏言的方向。

夏言的登机时间已经到了，她正站起身往队伍后走。

林雨指腹摩挲着手机，犹豫了好一会儿，改给沈桥打了个电话。

"喂，谁啊？"电话那头的沈桥睡眼惺忪，还没完全醒来。

"是我，林雨。"林雨哽声说，眼睛看着正随着队伍往登机口走的夏言，"你……帮我和沈总说一声，我在机场……碰到了夏言，她要走了。"

沈桥一下惊坐起身："真的假的？"

林雨吸了吸鼻子："信不信随你。"她说完挂了电话。

沈桥抬头看了眼墙上的挂钟，才早上六点多，他握着手机犹豫了好一会儿，硬着头皮给沈靳拨了个电话，把刚才林雨的话转告给沈靳。

沈靳正在准备早点，听完电话那头的话握锅铲的动作一顿，一下想起稍早前林雨发给他的短信，却没有马上放下锅铲，淡淡地问他："她说的？"

沈桥迟疑地嗯了声："经过上次的事，我觉得她应该没必要骗你吧。你要不要先打个电话和二嫂确认一下？"

沈靳嗯了声，挂了他的电话后便改给夏言拨了过去。

夏言已经进了机舱，刚放下行李坐下，正准备关机，看到沈靳打来的电话，接了起来。

“你现在在哪儿？”沈靳沙哑的嗓音传来。

夏言道：“我现在在飞机上，想出去散散心。”

沈靳道：“怎么……从没听你说过要出去散心？我和童童……都有空的。”

夏言鼻子一下酸涩异常：“临时决定的，后天就回来了。”

电话那头的沈靳沉默了会儿，突然轻声问她：“夏言，我们怎么突然就变成了现在这样？”

夏言眼泪一下就掉了下来。

“夏言，我哪里错了你告诉我行吗？”

夏言轻轻摇头，眼泪流得更厉害：“你没有错，是我变贪心了而已。我昏迷的时候，做了一个很长的梦，梦里的你和我都很好，我们重新认识，重新了解，然后爱上了彼此，解开了所有的误会，过得……很幸福。是我走不出来，都是我的问题，和你没关系的……”

空姐走近，示意她关机，飞机要起飞了，看她哭得满脸是泪，又有些担心。

夏言歉然地冲她笑了笑，对电话那头的沈靳说：“飞机要起飞了，我先挂了。”

电话那头传来的嘟嘟忙音震醒了沈靳，差点滑落的手机被他抓回。他一只手关了煤气，一只手将锅里的煎蛋盛起，转身进屋，一边换衣服一边给沈桥打电话，让沈桥来家里一趟，帮忙照看一下童童。

他挂了电话后，推开童童房间的门。

童童刚醒来，正揉着惺忪的睡眼茫然地看沈靳。

沈靳过去弯身抱了抱她，亲了亲她的脸颊，在她耳边温声说：“爸爸要去把妈妈带回来，这两天不能在家陪你，你要好好听小六叔叔的话，知道吗？”

童童茫然地点头，问他：“妈妈又去哪儿了？”

沈靳道：“妈妈迷路了。”

小丫头听不明白，哦了声，点着头说：“那我乖乖在家等爸爸妈妈回来。”

沈桥没一会儿便过来了，沈靳把童童交给他，让他下午帮忙送她到她奶奶那儿，交代了些事情后便先走了。

夏言到昆市后又转了飞理市的飞机，落地后才开了机。

林雨给她发了微信信息，很长一段语音，以及一张脖子的照片。照片上有两道很深的掐痕，在脖颈两侧凝成了暗紫色。

夏言点开了那段语音。

“这道掐痕是沈总留下的。他说要我下去给你赔罪，那天是铁了心想要掐死我。我认识沈总那么多年，观察他那么多年，从没见过他那样失控和暴虐，也从没见过那样一蹶不振的他。他控制不了我爱他，所以亲手掐熄了我对他所有的爱恋。他是真的很爱你，这是我一辈子都不可能得到的，所以我心甘情愿地放弃。所有人都以为你死了，可你还是活着回来了，大概连老天都在可怜他吧。真心……希望你们能幸福。”

最后是一条文字信息：“夏言，对不起。”

夏言刚平复的情绪又让她给带崩了。

林雨的话让她困惑，且迷茫，她感觉好像忽略了什么，又抓不住，这样的感觉让她心慌。

打车去客栈的路上，夏言不断回想林雨的那段话，回想重逢以来，沈靳的一言一行，握在手上的手机无意识地点开了企业查询的微信公众号。情感的一面在试图寻找被她忽略掉的东西，理智的一面想着怎么把“遇鉴”品牌成立起来，她想去查查看，这个品牌的工艺品公司是不是已经被抢注了。

把手机搜索页面打开，她输入了“遇鉴”两个字，出来一串的公司，其中一个是与工艺家居有关的，夏言点开，一眼看到法人代表栏下的名字：沈靳、夏言。

夏言一下捂住嘴，眼泪一下就下来了。

车子刚好到她订的客栈旁的路口，司机师傅回头，看到她一脸的泪，担心地问她怎么了。

夏言摇摇头，道谢着下车。

路口的风景有些熟悉，熟悉得让夏言拖着行李箱的手不觉一顿，抬头打量四周。

她是凭着记忆订的同一条巷子里的客栈，巷子口和梦中的景致除了新旧程度不一样，惊人地相似。

带着满心的困惑，夏言拖着行李箱一步步往里走，边走边打量四周。脚步在经过一家带着些古韵的客栈门口时顿住，相似的白墙青瓦，相似的前伸屋檐，相似的廊柱，相似的深色木门……夏言握在行李箱上的手一下松开，抬腿就往门口跑。

正在给客人结账的前台姑娘奇怪地看了她一眼，旁边的客人也奇怪地看向她。

夏言站在大厅门口，眼睛直直地看向左侧院子里的观景长廊，只停顿了片刻便朝那边冲了过去。

一模一样的布局，连许愿墙的位置也完全一样。

墙上贴满了大大小小颜色各异的便笺，厚厚一大摞，重重叠叠地贴在一起。

夏言跑了过去，一张一张地翻找，急切而执着，边找边眼泪哗啦啦地往下掉。

她这古怪的举动吓到了跟着过来的工作人员，工作人员一个个面面相觑。

有人上前，问她发生什么事了。

夏言听不见，只是执着地不停翻找着，纸张掀起又放下，放下又掀起，边找边反复呢喃：

“去哪儿了？

“到底去哪儿了？”

……

而后，她的动作顿住。

夏言发红的眼睛死死地盯着被压在最底下的贴在一起的老旧便笺，以及上面的文字：

“希望沈先生长长久久地快乐下去。

“夏言，2011.9.3。”

“如果许愿有用，请把你还给我，夏言。

”沈靳，2011.9.3。”

眼泪一下子如决了堤的江水，夏言两手紧紧地捂住了嘴，哭得难以自已。

旁边的工作人员吓坏了，上前拉她。

夏言边哭边说对不起，又哭又笑的，完全控制不住。

她掏出手机，想给沈靳打电话，颤抖的手指怎么也输不对密码，越试手指越颤，好不容易解开了密码。电话打过去，沈靳那边却是关机的，任凭她怎么打，沈靳的手机始终是关机的。

夏言慌了，转身就走，她想去机场，想回安城，想去找沈靳，告诉他她回来了。她满脑子都是重逢这几天以来，她对他的疏离和冷漠，以及他沉默地看她的眼眸。

她终于明白他眼眸里的死寂意味着什么，终于明白他为什么会问她，他和她是怎么变成现在这个样子的。

是他早回来了，一直在孤寂而绝望地等她。

眼泪还在不停地掉。她打了车去机场，路上不停地给他打电话，打到她的手机快没电了。到她又重新回到了机场，他的电话终于通了。

"沈靳，你去哪儿了？"她嘶哑的声音，委屈无助得近乎耍赖。

"你回头。"同样沙哑的低沉嗓音徐徐传来，从电话里，也从身后。

夏言本能地转身，一眼就看到出口处的高大身影，他手握着手机，站在来来往往的人中，臂弯间还挂着刚脱下的西装，正静静地看她。

夏言眼泪一下又下来了，越掉越凶。她偏头想逼回，却越流越狠，干脆不去管，隔着人群看向他，哽咽着对他说："沈靳，我回来了。"

沈靳眼眶微微泛红，却只是轻描淡写地回了声："嗯。"

她又固执地重复了一遍："我回来了。"嗓音嘶哑破碎。

沈靳眼眶也隐隐有些湿，目光流连在她脸上，却依然只是微微笑着嗯了声。

夏言也跟着笑，眼泪还一直掉着，也不管周围诧异的眼神，抛下所有的矜持，扑向他。

她刚扑入他怀中，便被他反手紧紧抱住。他一只手抚着她的额角拨开她被风吹乱的头发，眼眶发红，也没了刚才的淡然，低头胡乱吻她，捧着她的脸，边吻边哽声骂她"骗子"，骂完又将她抱入怀中，紧紧地搂着不放。

他的，夏言。

【正文完】

番 外

一、求婚

午后的阳光一圈圈地洒下，路过的行人一拨又一拨，走走停停，不时看过来一两眼，紧紧相拥的两人却迟迟没有分开。

沈靳侧着低下去的脸，与她的头紧紧相贴，只及他胸口的娇小身影被严严实实地搂贴在怀中，没有一丝空隙。

沈靳胸前的白衬衫被她的眼泪打湿，濡湿的痕迹一圈圈的。

“对不起。”夏言哽咽地道歉，将他搂得更紧，将所有的内疚和心疼都藏在不断收紧的手臂中。

沈靳没有说话，只是更紧密地将她搂入怀中，手掌扣着她的后脑勺，有一下没一下地揉着。

好一会儿，夏言终于抬头，双眼哭得红肿。

沈靳抬手，将她眼角的泪水一点点地擦掉。

夏言咬唇，执拗地再次道歉：“对不起。”

指腹抹过她的眼角，沈靳哑声低问：“对不起就算了吗?

“醒来两个多月，连个电话都没有。就只给乔时发了短信。

“一回来就要离婚。你总是这样一声不吭地丢下我和童童”

声音哽住，他看向她又被眼泪淹没的双眼，抬起指腹，轻轻地将她滚落的眼泪擦拭掉。

“夏言。”他低声开口，“我不管那些是梦是真，我就是真真切切地经历过，感受过，我就把它当真了又怎么样？”

“这两个多月来，我就只惦记着一件事：你骗了我。”眼眸对上她的，他道，“你告诉我你梦到自己被关在一个类似病房的地方，浑身插满管子，你还活着，就在这个世界的某个角落，只是还醒不过来，让我别难过。可是我醒了你还是不在，我问遍了所有人，他们都告诉我你走了就是走了，劝我放下，不管我怎么威逼哀求，就是没人愿意告诉我你的下落——”

他嗓音微顿，头微微偏开，好一会儿才低低地道：“你再不回来，我都不知道要怎么走下去了。”

“对不起，我……”夏言哭得语无伦次，“我想给你打电话的，我好多次都想给你打电话的，可是我——”她说不下去了，自责和心疼像毒蛇一样啃噬着她的心脏。

“那天去八角亭，我几乎就要接受你已经不在的事，可是你就那样出现了，一点预兆也没有。你不知道那一瞬我——”沈靳嗓音微微顿住，看向她的眼睛，“可是你不是回来找我的，你没有打算回来找我，你根本就没有打算再找我。我那么相信你，你——”

他没有再说下去，低下头，有些发狠地咬住了她的唇。

“骗子。”他哑声道，“夏言，你就是个骗子。”

夏言红着眼眶认真地点头：“嗯。”

沈靳看向她，笑骂了句“笨蛋”，低头重新吻上她的唇，再次将她紧紧地搂入怀中。

从机场回来，沈靳陪夏言回到了那家客栈。

前台女孩是看着夏言失控跑出去的，看她和沈靳一同进来，担心地上前："夏小姐，你没事吧？"

夏言不大好意思地笑了笑："没事。"

沈靳目光却已经移向一边的观景长廊，神色微顿。

夏言扯了扯他的手掌："过去看看吗？"

沈靳点了点头。

长廊里没什么人，只有满墙已经泛黄的许愿纸。

沈靳一眼看到角落里露出一角的老旧便笺，泛黄的纸张微微卷起，墨色的笔迹也慢慢褪色成了黛青色，依稀能看出岁月的痕迹。

夏言娟秀的笔迹依然清晰可见：

"希望沈先生长长久久地快乐下去。

"夏言，2011.9.3。"

沈靳盯着上面的文字，有些出神。

夏言扭头看他："你说它们为什么也会在？"

沈靳轻轻摇头，他不知道。

或许在他们都不知道的时候，灵魂真的穿越回去过，刚好入睡的他与当年刚好清醒的他，刚好从昏迷中醒来却不自知的夏言与当年刚好从睡梦中清醒的夏言，甚至是她的母亲姜琴，都带着深沉的遗憾和悔痛，在入睡与清醒交替的同一瞬发生过灵魂互换，回到那一年，那一天，依着他们遗憾的样子，重走了那一段初相识的人生。夏言的长时间昏迷给了她长时间陷在过去的时间，他的长期失眠让他迟迟不能与当年作息良好的他在同一瞬契合，导致他的入梦变成了随机，而她在现实随机的清醒也导致了与他的一次次错过。

这是他能想到的最接近可能的答案。

夏言没去探究其中的原因，许愿条也好，"遇鉴"也好，它们真实存在的痕迹都证实了，那段漫长而真切的历程不是她一厢情愿的臆想。哪怕一切是假，至少沈靳是真的，他们的经历和感受是真的，这就足够了。

她和沈靳在理市多待了几天，把记忆中走过的地方重走了一遍。

回去的前一天，沈靳陪夏言重去了那家酒吧，人不多，刚好里面放的是《知足》。熟悉的旋律落入耳中时，夏言不自觉地停下脚步，看向唱歌台。她想起那一夜沈靳站在台上唱这首歌时的样子，不觉看向沈靳。

沈靳也正盯着唱歌台，神色有些发怔。

似是察觉她在看他，沈靳回头，冲她笑了笑，拉着她一道在窗前的桌子旁坐下。

“醒来后不会又是一场梦吧？”拿过茶壶给夏言倒了杯水，沈靳状似随意地道。

夏言抬头，目光和沈靳相撞，他正在看她，神色很淡，也很平静。

夏言心口揪疼了下，冲他微微一笑：“那可能是我在陪你做梦。”

沈靳盯着她看了会儿，忽然一笑，很轻浅，但一下冲淡了刚才的低气压。

他抓过她搁在桌上的手，放在掌心里，指腹摩挲着，偏头看她：“回去后怎么打算？”

夏言想了想，看他：“沈先生的公司还招人吗？”

沈靳挑眉：“想进公司？”

夏言点了点头：“就是不知道沈先生愿不愿意给这个机会了。”

沈靳状似为难：“我记得有人曾经告诉我，不喜欢老板，所以可能不太适合共事。”

夏言也很是为难地挠头：“这样啊。可我记得有人为了骗我进公司，故意诱拐无知少女，连法人代表登记表都利用上了，煞费苦心呢。”

沈靳看着夏言不动。

夏言也动也不动地看着他，但没忍住，先笑了。

沈靳也笑了，很是无奈地轻拍了记她的脑袋：“什么时候回来上班？”

夏言：“周一吧。”

周一，夏言和沈靳一块儿上班。

车子直接开进了地下停车库，下车后，沈靳很是自然地揽过夏言的肩往电梯走。

正值上班高峰期，电梯口到处是人，沈靳就这么揽着她，旁若无人地等电梯。

这一幕以爆炸般的速度迅速席卷各部门。大家虽然都没见过夏言，但都能猜到是她，能让一向波澜不起的大 boss（老板）一蹶不振的女人。整个公司都是关于她的传说，因此这样一个传说突然跟着大 boss 来公司了，好奇的人成堆。

沈靳的办公室与设计部办公室相连，一上午，借口来设计部借东西的人来了一批又一批，都在经过沈靳的办公室门口时假装无意地往办公室里瞥一眼，而后小心地转开，小心机全藏在眼神里。

夏言正和沈靳在看公司产品样图和报表，人被他按坐在办公桌的主座上。他站着，半弯着身子，一只手搭在她的肩背上，另一只手滑动着鼠标，边给她展示边讲解。

沈桥一进来就看到这样亲昵的一幕，啧啧叹了两声，一声“二嫂”叫得比任何时候都响亮，颇有些那段历程里的沈桥的样子。

大概因着那段记忆，夏言对沈桥也没了以往的距离感，抬起头来，微笑着与他打招呼。

沈桥对她也没什么距离感，也说不上来是什么感觉，就是觉得他和夏言好像就该这么相处。他大大方方地跟夏言打了声招呼，这才向一边的沈靳汇报工作。

林雨走后，他暂时顶替了林雨的位置。

沈靳身边的所有助理都换成了男性。

沈桥汇报的是下午的高层会议的资料准备情况。

开会的时候，沈靳把夏言安排进了会议室，就坐在他旁边。

除了沈家几个兄弟，大部分人没见过夏言，看夏言在沈靳身侧坐下，一个个好奇地偷看向夏言。

夏言不太习惯这种成为人群焦点的感觉，想先出去，被沈靳压住了肩膀。

会议上，沈靳宣布另外组建一支“遇鉴”团队，主攻高端编织工艺皮包市场；并购夏言自创的“sky 天空”女包品牌，作为“遇鉴”的子品牌推进；并当场下达了一则人事通知，任命夏言为该品牌的设计总监。

通知一出，全场哗然。

夏言也怔了怔，看向沈靳。

沈靳安抚地看了她一眼，看向众人。

“沈总，这会不会太草率了？”有人迟疑着提出了质疑，“设计总监关系着整个品牌的生死，夏言没什么工作经验，一来就直接做设计总监，不太合适吧？”

“对啊，底下人也不服啊。”

“而且‘sky 天空’只是小众品牌，听都没听过，怎么能并购过来作为新产品线的主品牌推进呢？”

“就是啊。”

…………

讨论声一阵高过一阵，全是反对的声音。

沈靳静静地看着大家讨论，也不说话，只是冲沈桥使了个眼色。

沈桥将整理的“sky 天空”的市场调研资料发了下去。

“这是‘sky 天空’的市场情况调查，它有没有足够的潜力成为我们新产品线的主推品牌，看完这份报告后我相信大家都会有自己的判断。至于夏言是否适合设计总监一职……”沈靳看了眼夏言，目光扫向众人，“时间会向大家证明。”

有人还是不放心：“可是她到底没经验，出问题了怎么办？”

沈靳：“我全权负责。”

会场一下安静了。

沈靳看向众人：“还有其他疑问吗？”

没人敢再吱声。

沈靳点头：“散会。”

众人鱼贯而出。

沈桥冲沈靳竖了根大拇指：“帅！”而后他冲夏言挤眉弄眼，“二嫂，我们二哥对你，没话说。”

沈靳瞥他一眼："没事做了？"

"有，有……"沈桥快速收起桌上的文件，识相地出去了，临走时不忘体贴地把会议室的门关上。

夏言皱眉看向沈靳，有些担心："你这是要干吗啊？"

沈靳身体微微倾向她，手掌轻落在她的脸上，拇指抚开她额角的头发，与她静静地对望了会儿，缓声开口："聘礼，可以吗？"

他刻意压低的声音沙哑性感。

夏言："……"

"我记得你曾和我说过，我们有那么长的编织工艺历史和积淀，为什么不试着打造一个 Bn 一样的世界级高奢品牌。我想把这个机会作为聘礼送给你，我给你舞台，你来尝试。"

沙哑的声音里，沈靳另一只手在她面前伸开，张开的手掌心里一枚钻戒正安静地躺在敞开的戒指盒里。

夏言鼻子一酸，眼泪又差点下来。

沈靳指腹轻摩着她的额角，静静地看着她。

"算起来，我们前前后后领了三次证，我却还没有正儿八经地求过一次婚。"头微微低下，额头轻触着她的额头，眼睛看着她的眼睛，他哑声轻语，"夏言，再嫁给我一次。认认真真、完完整整地再嫁给我一次，嗯？"

夏言眼泪一下就出来了，微微点头："好。"

她的尾音被吞噬在他压覆而来的唇舌里。接下来是很温柔缱绻的唇舌纠缠。

她垂在身侧的左手手掌不知何时被拉起，微凉的触感中，戒指被轻轻推入无名指。刚刚好的尺寸，一如她和他刚刚好的样子。

二、前情

入夜的写字楼灯火璀璨，会议室里的紧张气氛随着沈靳和程谦同时在合同上按下印章而慢慢消散。

所有人都松了一口气，为期两个月的谈判告一段落，两大民俗工艺品牌“遇鉴”和“紫盛”正式拉开了强强联合的序幕。

将合同递还给对方时，两人眼神有短暂的交会。

“合作愉快！”程谦先开了口，收下合同，手掌伸向沈靳。

“合作愉快！”淡淡的应声里，沈靳也伸出了手，与他交握。

四目相对，平静里藏着暗涌，从宿敌到合伙人，意味着破冰。

沈靳突然响起的手机铃声打破了这种暗涌。

“抱歉。”歉然地颔首，沈靳掏出手机，按下通话键。

“老二，赶紧来医院，夏言可能不行了。”沈遇的声音传来。

沈靳正欲推开椅子的动作略顿，但仅是一瞬，而后他又慢慢地推开。

“你在说什么，老五？”他问。平静的声音听不出异常。

程谦瞥了眼沈靳扶在椅背上的手掌，沈靳的长指微屈起，有些颤。

他询问的眼神看向沈靳。

沈靳面色一如往常，握着手机，听着电话那头凝重的声音传来：“江滨医院，你赶紧过来吧。”

嘟嘟的忙音传来，沈靳贴在耳边的手机许久没收起。

“沈总？”程谦叫了他一声，黑眸紧盯着他平静的脸。

“抱歉。”沈靳收起手机，“我有点事要先走，后续工作交给沈肆就好。”

沈靳转身时衣角带落了桌上的文件，啪的一声轻响，纸张散落一地。

沈靳怔怔地看着地上的文件，神志恍惚得厉害。

大家惊疑地看着他，这样的沈靳有些反常。

旁边的人担心地看着他：“沈总？”

沈靳回过神来。

“收拾一下。”吩咐完，沈靳转身就走，与门外进来的人直直地相撞。他似乎没看到，一把将人拨开，头也不回地快步往外走。

他的车子就在楼下，他开锁，上车，系安全带，踩脚刹，松手刹，换挡，起步……所有动作一气呵成，车子平稳地驶离。夜风从车窗灌入，吹得他耳朵嗡嗡地响，大脑被炸开的空白里，沈遇凝重的声音一点点地蹿入他脑中：

“老二，赶紧来医院，夏言可能不行了。”

什么叫……夏言不行了?

沈靳犹记得早上出门时，她叮嘱他注意安全时的样子，气色很好，声音是一贯的柔软平静。

她的身体不太好他一向是知道的，她也随时可能会走，他都知道，他知道的……

他握着方向盘的手不自觉地在收紧，脚下油门几乎被踩到底。

半个小时后，沈靳的车子在医院门口急停下。下车，落锁，拨开一拨拨拥来的人群，沈靳疾步走向楼梯，三步并作两步地往楼上冲，疾行的脚步在看到幽深的长廊时生生顿住。

长廊尽头是惨白的白炽灯，沈遇和夏晓等人或站或坐地等在手术室门口，面色凝重。

沈靳怔怔地看向急救室，门框上透出的灯光静谧得吓人。

夏晓先看到了他，失控地朝他扑了过来，用力抓着他的西装，推搡着他，哭着让他还她姐姐。

沈靳任由她撕扯推搡，愣怔呆滞的目光转向一边的沈遇。

沈遇上前拉开了夏晓。

“她……”一出声，沈靳才发现声带似被什么东西掐住了般，声音沙哑得厉害。

他定了定神，看向沈遇：“她怎么样了？”

沈遇看了眼急救室，摇了摇头，意思已经很明了——不容乐观。

沈靳大脑再次空白，怔怔地看向沈遇，看到沈遇担心地伸过来的手，似乎要扶他。

沈靳推开沈遇的手，稳了稳心神：“抱歉，最近可能太累了。”而后他转身在急救室门口的长椅上坐了下来。

所有人都忍不住担心地看他。

沈靳没看其他人，只是动也不动地看着急救室门口。急救室里惨白的灯光刺激得他大脑的空白在一片片放大，精神恍惚得厉害。

这已经不是他第一次这样守在急救室外，早在决定和夏言结婚的那一刻，他就知道迟早会有这么一天。他了解她的身体状况，也知道她随时可能会撒手人寰，他一直坦然地接受着她时好时坏的身体，也坦然地接受她随时可能离开的事实。他从不去设想她和他的未来，在他看来，能走到一起便是缘分，她陪他走的这一程结束，缘分也就尽了，散了。他会遵从她的遗愿，有条不紊地替她处理她未尽的心事，如果真到那一天的话。

在最低谷的那两年，他把人生参得很透彻，也看得很开。

他会坦然接受任何结果，不管好的坏的，他想。

他心里不断重复着这句话，胸口却像被什么撕开了个大口，血淋淋的，一颗心直往下沉，沉入深不见底的黑暗，让他没来由地发慌。本就空白的大脑被这片慌乱撕扯得越发迟钝，以致手术室的门打开时，摘下口罩的纪沉嘴唇翕动着发出的信息都没办法顺利地进入他的大脑皮质。

沈靳看到纪沉泛红的眼眶，以及旁人骤然苍白的脸色和颓然。

夏言被推了出来，向来平和漂亮的眼睛紧紧地闭在一起，没有一丝生气，嘴角也没有了平日里浅浅弯起的弧度。

纪沉嘴唇翕动中传递的信息终于从麻木的知觉神经一点点地传入沈靳的大脑。

纪沉说："对不起，我们尽力了。"

所以这一程尽了，也散了吗？

沈靳高大的身躯几不可察地晃了晃，透心凉的寒意从头顶直冲脚底。

但怎么就突然散了？

怎么能就这么散了？

夏言明明已经在好转，早上出门时，她明明还像过去的无数个清晨那样，温和而安静地替他打领带和送他出门，怎么就突然散了？

他努力让嘴角弯起的笑容看起来正常："纪沉，你在开玩笑。"

他从不知道原来他的声音也是会颤抖的。

纪沉脸上的凝重没有因为他的话而变得轻松，纪沉只是红着眼眶、一动不动又恨恨地看着他，一字一句地道："我有没有开玩笑，你心里清楚。"

这几个字像被施了咒，一点一点地钻入他的大脑。沈靳嘴角的弧度慢慢凝住，心里的恐慌在扩大，连带大脑被砸出来的空白也在扩大，眼睛不自觉地移向渐行渐远的病床，恍惚得厉害。他看不清夏言的脸，只看到满目的白，那满目的白在远离，正一点点地走出他的视线。那是夏言，她正在一点一点地从他的世界里消失，就这样毫无预兆地结束了她和他的这一程，从此，这个世界再无夏言。

钝痛在胸口弥漫开来时，几乎本能地，沈靳用力推开了挡在他面前的人，挣开了拦住他的手，疯了般冲向夏言，却只能眼睁睁地看着重症监护室的门在他面前合上，把他和夏言阻隔在两个世界。

凌晨五点时，夏言突然清醒，她想见乔时。

他以为她不知道他在外面，本能地上前，被纪沉拦了下来。

她不想见他。

沈靳奋力想推开纪沉。夏言为什么不想见他，她为什么不肯见他？他们一直好好的，没有争吵，也没有冷战，他们一直很好。他以为他们一直很好，好到他已经习惯回家有夏言的生活，她怎么突然就不肯见他了？

玻璃后的乔时在夏言床前哭成了泪人，握着夏言的手，不停地摇头。

沈靳看到了夏言脸上的死气，她在交代遗言。

这样的认知重重地砸在心口，砸得沈靳理智全无，他不管不顾地推开了纪沉，闯进了重症监护室，他想见夏言，迫切地想见夏言。他骗了自己，他根本没有做好心理准备，他从来就没有做好过失去她的心理准备，他根本无法想象失去了夏言的生活会是什么样子。

病房里响起尖锐的仪器警报声，刺得他心惊，他下意识地看向夏言。

夏言朝他看了一眼，那一眼，是抱歉，也是告别。

然后，她就这样在他面前慢慢地合上了眼，再无声息。

他的世界轰然坍塌，毫无预兆。

三、初识

得知要去相亲时夏言内心是抗拒的，但面对母亲徐佳玉忧心忡忡的脸，拒绝的话她说不出口，便勉强应承了下来。

对方大她六岁，以前是开公司的，做的是工艺家居，因为某些事坐了两年牢，刚刑满释放出来不久，名声不太好。

夏言不知道她妈为什么要给她介绍这样一个男人，可能真的是病急乱投医了。她心脏不好是邻里、亲戚都知道的事，也都知道她可能活不长，因此没人敢冒着被骂的风险给她介绍对象。夏言也没打算祸害别人，只想一个人安静地走完余生。但她爸妈思想古板，总希望她像普通人一样结婚生子，有自己的家，也担心他们走在她前面，她没人照顾，因此一直执着于给她介绍对象，从她大四开始就到处托人介绍相亲。尽管每次都会把她的身体情况说得清清楚楚，但可能是因为她长得漂亮，同意相亲的男人一个接着一个，尽管才刚大学毕业，和夏言相过亲的男人已经不下二十个。这让她有些疲于应付，但到底是乖顺惯了，也不忍让父母担心，这一次心里虽不愿意，面上还是听话地赴了约。

相亲安排在周六，在离她家不远的一家中餐厅。夏言是和她母亲一起过去的，介绍人是她姑妈，纪沉的母亲。她们到的时候她姑妈已经到了，和她一起的还有男方的母亲姜琴。

夏言刚随着母亲走近，姜琴已经笑着站起身，打量着她道："这就是夏言吧？长得好乖巧。"

夏言客气地打了声招呼："阿姨好。"

姜琴也有些局促："你好你好，来，先坐。"

姜琴招呼着大家入座，这才歉然地道："沈靳还有点事。他最近开了家新公司，刚开始经营，比较忙，估计要晚点才到，实在对不住。"

徐佳玉客气地笑了笑："没关系。"

姜琴不放心地看向夏言。

夏言不得不礼貌地冲她笑了笑："没事。"

来不了更好。这句话她没有说出口，她安静地坐在一边，有一口没一口地喝着茶。

她们的座位靠窗，夏言就坐在最靠近窗的位置，一抬头就能看到窗外的街景。

长辈们在有一搭没一搭地闲聊，夏言插不进话，也不爱加入她们的讨论，只安静地盯着窗外出神。

一道高挺的身影从窗前走过，正打着电话，步履稳健。

夏言不觉抬头朝他看了眼，他刚好停下脚步，侧抬起头看店门口。逆光里，夏言看到他轮廓分明的侧脸，冷峻好看，眉心正微微蹙着，带着几分生人勿近的不耐烦。

夏言一时看得有些失神。

许是她的眼神过于专注，他回头看了她一眼，两人眼神相撞。

夏言尴尬地移开了视线，低头喝茶，借此掩饰自己的不自在。

沈靳也平静地移开了目光，推开了门。

夏言再抬头时已经不见他的身影，心里涌起些不知名的怅惘，她也说不上是什么，只是隐隐有些遗憾。

正沉浸在自己的情绪中时，一声低沉的“妈”传来。对面的姜琴站起身，夏言下意识地抬头，看到迎面走来的沈靳时微微愣住——是刚才橱窗外走过的高大男人。

沈靳也看到了她，眼眸平静地从她脸上扫过，看向姜琴，眉心几不可察地皱了皱。

姜琴拉过他，笑着介绍：“这是你徐阿姨和夏言。”

沈靳看向夏言。

夏言拘谨地冲他打了声招呼：“你好。”

沈靳也礼貌而客气地颔首：“你好。”而后他在她对面坐了下来。

夏言有些紧张，端着茶杯，小口地喝着茶，不太敢抬头看沈靳。

长辈们在一边客套着，借机介绍两人的基本情况。

沈靳全程没怎么插话，被问起时才淡淡地应一两句，不会过分热情，但也不至于过于冷漠，分寸拿捏得恰到好处。

双方的长辈对彼此都满意，吃过饭后便借口有事把空间留给了两人。

餐桌一空，夏言紧张更甚，细瘦的手指稍显局促地握着茶杯，寻思着要怎么打破这种陌生人间的尴尬。

沈靳目光在她握着茶杯的手上停了停，慢慢上移，看向她微微低垂的脸：

“你好，我叫沈靳。”

夏言抬头，拘谨地冲他笑了笑：“你好，我叫夏言。”

刚刚双方家长在场时已经介绍过双方的名字，夏言不知道他为什么还要自我介绍一遍，可能是习惯，也可能是出于礼貌。沈靳并没有说原因，只是客气地点点头，没再说话。

沉默在彼此间蔓延。

夏言试图打破这种沉默，先开了口：“那个……我今天不是真的要来相亲。”

沈靳看向她。

他的眼眸很黑，很深，也很平和安静，他明明什么也没说，却没来由地让人紧张。

“我……”夏言大脑有些短路，他的眼神让她莫名地压力大，连话都说不利索了。

似乎意识到她的紧张，沈靳拎过茶壶，给她把茶杯满上。

“先喝点水吧。”沈靳说。

夏言喝了口水，心里的紧张稍稍缓解，看向他：“今天相亲是我爸妈的意思，我只是不想让他们担心才答应过来的。”

沈靳点了点头：“嗯。”

夏言突然有些不知该怎么接话。

沈靳：“我也是被我妈逼过来的。”

夏言愣愣地点头：“哦。”

沈靳：“夏小姐有男朋友吗？”

夏言摇头：“没有。”

沈靳：“有喜欢的人吗？”

夏言依然摇头：“没有。”

沈靳：“经常被家人逼着相亲？”

夏言迟疑了下，点点头：“嗯。”

沈靳指腹摩挲着杯沿，沉吟了会儿，看向她：“夏小姐有想过结束这种生活吗？”

夏言不解地皱了皱眉，还是点头。

沈靳："那夏小姐能否考虑一下我们在一起的可能性？"

夏言："……"

沈靳："我只是提供个建议，同不同意还是要看夏小姐自己。"

夏言不大笑得出来，迟疑地看他："沈先生对婚姻都这么随意吗？"

沈靳："我没结过婚，也没交过女朋友。"

夏言："那……为什么会……我们才第一次见面，对彼此都不熟。我家世一般，从小有病，可能活不长，性格也没有很好。你为什么会想和我在一起啊？"

沈靳看向她，对面的她有些困倦，神色安静，一如他刚看到时的样子，气质干净柔弱，很安静，和他是一类人。

"适合吧。"他说。

"我不想浪费时间应付这种逼婚。"他看向她，"你也一样。"

"当然，在你考虑之前我有必要坦白我的情况。"沈靳补充，"我坐过两年牢，刚出狱半年；目前在创业期，身上没什么钱；名声很差，大部分人对我避而远之。和我在一起，头两年可能会比较辛苦。"

夏言看向他："软宸集团的案子吗？"

沈靳点头："对。"

夏言约略了解一些，小道消息说沈靳是被最亲信的朋友陷害入的狱，他是替那人背的锅；不仅被累得声名扫地，连他一手创立的软宸集团也在如日中天时突然倒闭，被紫盛收购了。

她眼前的沈靳并没有遭遇重创后的愤世嫉俗，他的眼神始终是沉稳而平和的。

"我觉得……"夏言抿了抿唇，"我也有必要和你坦诚一下我的情况。我患有先天性心脏病，属于比较严重复杂的那一种，小时候错过了最佳手术期，目前做不了根治手术，只能靠吃药延缓病情；随时可能会死，以前也有医生说过我可能活不过二十五岁。"

沈靳微微蹙眉，看向她稍显苍白的脸。

夏言被看得有些尴尬，微微偏开脸避开了他的直视。

“而且我的身体状况不太适合生孩子。”她补充道，“我不会要孩子。”

沈靳：“我不要孩子。”

夏言讶异地看他。

沈靳：“还有其他问题吗？”

夏言微微摇头：“那健康呢，你不介意吗？我没有危言耸听，我真的随时可能会——”

“我不介意。”沈靳打断她的话。

“可是……”夏言试图和他说清楚，“这中间会有很多麻烦。我一旦生病，你可能会没办法专心忙你的事业，不仅得花钱，你还得分心照顾我。如果我死了你还得——”

“我不介意。”他再次打断她的话，重申。

夏言一下子不知道该怎么接话。

沈靳看着她：“我目前在创业阶段，工作会比较忙，可能不会有太多的时间陪你，你介意吗？”

夏言摇头：“没事啊，只要你不以忙碌为借口出轨就好。我不喜欢婚姻里有第三个人存在，这不公平。”

沈靳：“我不会出轨。”

夏言点点头：“哦。”

沈靳：“所以，我们是达成共识了？”

夏言咬唇，怔怔地看向他，有些犹豫。

沈靳也正静静地看着她，在等她的答案。

“那……”夏言嘴微微抿起，眼眸对上他的，“就试试吧。”

沈靳黑眸漾起些许柔软的光泽。

“好。”他说。

夏言想自己大概是疯了，才第一次见面，他们对彼此都算不上了解，就这样把关系确立下来了。心里却意外地对未来没有任何惶恐和不确定，反而是踏实，以及一些不知名的小期待——沈靳是个能轻易让人产生安全感和信任的男人。

沈靳似乎很快适应了这种角色的转变，他话不多，但是个尽职的男友，很体贴和会照顾人，因此第二天当他提出结婚时，夏言几乎是没有犹豫地点头答应了。

没有鲜花，没有蜡烛，也没有任何亲朋好友见证，就像决定在一起时那样，晚餐时，他问她要不要考虑结婚，她只考虑了一秒就答应了。

沈靳似乎也没觉得意外，仿佛他和她就合该如此般。

饭后他们去买了婚戒，第三天时他们领了结婚证，速度快得让身边的所有人咋舌。

当晚，她搬进了他家。

房子不大，只是一套六十平方米的大开间，客厅连着卧室，只有一张一米八的大床，黑白色调的装修风格令整个房间显得简约而清冷。

人刚一进屋，沈靳便转向夏言解释道："当初没想过会这么快结婚。房子有点小，你先凑合着住，过些天有空了再换套大的。"

夏言赶紧摇头："没事的，房间挺大的了。"

她瞥了眼那张大床，有些迟疑："就是……没、没别的床了啊？"

沈靳看了她一眼，摇头："没有。"

夏言哦了声，借着打量房间，小心地掩藏自己的紧张。

沈靳拉过她的行李箱："东西你随便用，不用顾虑我。有什么需要采购或者重新布置的，你和我说一声就好。"

夏言回头看他，点点头："好。"

看沈靳似要替她将衣服取出来摆好，夏言赶紧拉过行李箱："我来就好。"

沈靳点点头，也不强求："浴室有热水，你忙完了早点睡，我工作上还有点事要处理。"

沈靳在屏风隔开的书桌前坐了下来，打开了电脑。

夏言没去打扰，轻手轻脚地把衣服放好，这才去洗澡。

她从浴室出来时沈靳刚好忙完起身，一回头就看到从浴室里出来的她。

两人视线相撞时夏言有些尴尬，更多的是紧张，她和沈靳结婚了的认知也因为他投过来的眼神变得清晰真实起来。

她突然变得有些慌乱和不知所措。

"我洗完了。"夏言试图让自己看起来和平时无异，"你也早点洗洗睡吧。”

沈靳点头：“嗯。”他关了电脑。

夏言小心翼翼地在床的一侧躺了下来，背对着浴室方向。

她身后传来衣柜门拉开又关上的声音，脚步声远离，浴室门被关上，之后便是哗啦啦的水声。

夏言没来由地紧张。

相识三天，她和沈靳连手都没牵过，可如今他们却成了夫妻，就要同床共枕。

沈靳刚从浴室出来就看到背对着他蜷缩在被窝里的夏言，她整个人都快缩成一团了。

“还没睡？”沈靳问。走向床畔。

夏言低低地嗯了一声：“准备睡了。”

身侧的床垫微微下陷，是沈靳上了床，夏言不自觉地捏紧被角，心脏怦怦跳得有些快。

沈靳看了眼她床头的开关，手伸了过去。

夏言紧张得一下躺直，一抬眼，就看到沈靳横在她身体上方的手臂。

夏言不自觉地睁大眼，紧张而戒慎地看着他。

沈靳有些莫名其妙地看了她一眼，手臂横过她的身体，啪的一声关了房间的大灯，躺正回去。

夏言突然有些尴尬。

沈靳偏头看了她一眼，她正手攥着被子，直挺挺地躺着，大睁着眼睛看着天花板。他隔着被子都能感受到她身体的紧绷。

沈靳叠在腹部的手动了动，伸向她，扣着她的肩膀将她扳转向他。

夏言一下变得更紧张，眼睛睁得又圆又大，湿漉漉的头发又柔又软。

沈靳盯着她看了会儿，头慢慢地朝她靠近。

夏言紧张得心脏几乎蹦出了嗓子眼，瞪大着眼睛看着他的俊脸在眼前放大，想后退，但他的手掌扣住了她的后脑勺。她退无可退，就这么眼睁睁地看着他的脸慢慢压下。

他吻住了她。

清爽而陌生的男性气息在她的唇齿间蔓延。

沈靳翻了个身，将她压在身下，另一只手握住了她的手掌，手指塞入她的指缝，十指紧扣地慢慢压在她头侧。唇上厮磨的力道由轻而重，却又小心克制。

夏言呼吸在慢慢急促，慌乱间急急地抓住了他的衣服。

沈靳停下动作，看向她。

她手指有些颤，声音细若蚊蚋："我紧张……"

沈靳看了眼她剧烈起伏的胸口。

"抱歉，是我急躁了。"他低低地道歉，松开了她的手。

"是我的问题。"夏言低低地道。低垂着眉眼，不敢看他。

沈靳似是笑了下，揉了揉她的头发。

"先睡吧。"他说。在她身侧躺了下来。

夏言低低地嗯了声，手悄悄地在心脏处按了按，小心压着呼吸声。

她的动作很轻，却还是被沈靳发现了。

他的视线在她压在胸口的手掌上停了停，移向她的脸。

"不舒服吗？"他问。

夏言赶紧摇头："没有。"

沈靳皱眉，翻身开了灯。

夏言脸色很苍白，呼吸也有些急促，不像是激情过后的急促，倒像是……

沈靳掀被下床："药在哪儿？"

夏言也跟着急急地起身："我来就好，我真的没事。"

沈靳压住了她的肩，阻止她起身。

"夏言。"沈靳半倾着身看向她的眼睛，很认真，"我已经是你的丈夫了，我们终归会从陌生到亲密，你要习惯这种转变。"

夏言抿唇，轻轻地点头。

沈靳笑了下，指腹抚过她的额角。

"我去拿药。"他温声说。转身去拿药。

夏言点头，看着他忙碌的背影，突然就想起那天午后从窗前走过的沈靳微微抬头时逆光留给她的侧脸。

嫁给沈靳，是她这辈子做过的最果决也最不会后悔的决定，她想。

四、醋意（上）

夏言领结婚证后便和沈靳住到了一起。

虽是闪婚，但夏言婚后的生活较之于婚前并没有太大的变化，少了父母在耳边唠叨，甚至更自由了些。

沈靳是个极其尊重她的隐私的人，会给予她充分的空间和自由，对她也没有任何要求，夏言在这个家里很自在。而她自在的另一个原因，是沈靳几乎没时间在家。

他的工作异常多，几乎没有周末，他常常一大早就出去，很晚才回来，即便能准点下班，也常常是饭后就进了书房，一忙就忙到深夜。

两人在婚后没多久就搬回了沈靳家的老房子，是一楼的大四房，另留了两个房间做书房和手工艺工作室，有个很大的院子。沈靳进书房忙的时候，夏言也习惯于待在自己布置的手工艺工作室里。他们鲜少会进入对方的私人空间，夏言很喜欢这种互不打扰的生活。

忙完工作后的深夜是两人唯一亲密接触的时候，也是夏言最忐忑不自在的时刻。

自从结婚那晚她因为紧张犯病后，沈靳便没再碰她，对她很客气守礼。两人虽同躺在一张床上，但只是各睡各的。夏言不知道沈靳是顾虑她的身体状况还是对她当时的反应失望了，她没好意思问，只是对他有些抱歉，因此生活上不自觉地更照顾他的饮食起居。

沈靳对夏言的态度并没有因为那一夜有什么不同，就和刚认识时一样，没有过分热情，但也没有冷淡，始终是平和冷静的。他忙归忙，生活中还是极尽体贴和细心的。

两人就在这种融洽又互不打扰的平淡中走过了一年多，夏言也渐渐习惯于这种生活。

这一年多的时间里，沈靳的事业渐渐步入正轨，夏言的身体也好了很多——沈靳专门请了医生和营养师调理她的身体。

纪沉也在这个时候结束了在国外的学习回国了。

纪沉大夏言几岁，中学时为了上学方便在夏言家寄住了几年，算是和夏言一起长大的，和夏言感情一向好。即使大学时去了外地，但一有假期他便会回来看夏言，夏言高三时他还亲自辅导了夏言一阵。他一直和夏言保持着紧密联系，这种紧密联系一直到他出国进修才因为时差变少了。

纪沉是在夏言结婚半年多后才知道的，他连夜给夏言来了电话。

那时已经是凌晨两点，夏言被急促的手机铃声吵醒，迷迷糊糊地抓过手机接通。

电话刚接通，纪沉劈头便问："听说你结婚了？"

夏言还没完全清醒，本能地应了声嗯。

电话那头的纪沉沉默了好一会儿，然后问她："没开玩笑？"

她摇头："没有。"

电话那头在漫长的沉默后，似是笑了一下："夏言，你出息了。"之后他便挂了电话。

夏言隐约察觉到他的怒气，但又不确定，不自觉地对着手机失神，不知道沈靳早已醒来。

一向不干涉她的私生活的沈靳突然抽走了她的手机，盯着她，难得地问了一句："谁的电话？"

夏言从不确定中回过神，对上沈靳沉稳的黑眸，心里的困惑更重，但还是老实地告诉他，是她表哥，然后看到沈靳好看的眉心微微拧起。

他并没有追问什么，温声说了句"早点睡"后便重新躺了下来。

纪沉自那夜后便没再给她打过电话，也没回她的信息和邮件，夏言并不知道纪沉回来了。她和沈靳回娘家吃饭，刚进屋便看到在厨房里忙活的高大男人，白衬衫、黑西裤的搭配和厨房有种格格不入的违和感，夏言一下没认出他来。夏言刚要问徐佳玉家里是不是来客人了，正在切菜的纪沉突然回头，看到她，微微挑眉："回来了？"

夏言一下愣住。

纪沉挑眉："怎么，一年多不见，不认得了？"

夏言老实地点头："是一下子没认出来。"

"没良心。"纪沉笑骂了句，放下菜刀，走向夏言，这才看向她身侧的沈靳。

"你好。"纪沉不动声色地打量沈靳，"我是夏言的表哥，纪沉。"

沈靳看了他一眼，也客气地回了声招呼："你好。"

沈靳同样不动声色地看向这个对他隐有敌意的男人。

徐佳玉笑着上前介绍："纪沉和夏言从小一块儿长大，兄妹俩感情一向要好，都是一家人，不用拘束。"

纪沉似笑非笑地看向徐佳玉："舅妈，你也知道我和夏言感情要好，夏言结婚这么大的事也不提前通知我一声？"

徐佳玉无奈地瞥了眼夏言和沈靳："这不是来不及嘛。别说你，我和你舅舅到现在都还是一脸蒙的，哪有人前一天晚上刚说要结婚，第二天就一声不吭把证领了的！"

夏言轻咳了声，转移话题："表哥，你怎么突然回来了？也不提前说一声。"

纪沉瞥了她一眼："你结婚那么大的事都没提前说，我只是回个国，有必要这么大张旗鼓吗？"

夏言不敢再吱声。

沈靳看了眼夏言，再看向纪沉："是我的问题，当时确实过于仓促了。"

纪沉看向沈靳："沈先生这么着急把我们家夏言拐过去，不会是有什么不可告人的目的吧？"

夏言看纪沉语气不对，忍不住出声道："你别瞎猜，又不是演戏，哪有那么多乱七八糟的理由。我就是觉得合适，所以就嫁了。"

沈靳看了她一眼。

纪沉笑了笑："原来是合适啊！才认识两天你就知道合不合适了，胆儿真够肥的。"

夏言不敢接话，纪沉对她管得严，她从小就有些怕纪沉。

纪沉也不说话了，就这么居高临下地、凉凉地看着她。

夏言低垂着头小心地避开纪沉的眼神，像犯了错的小学生，这是沈靳从没见过的夏言。她在他面前总是一副岁月静好的平和安静模样，不急不躁，不会生气，也不会害羞，情绪平稳得没有一丝涟漪，浑身上下透着种不属于她这个年纪的沉稳，与她现在的小女孩模样截然不同。

沈靳莫名其妙地想起一句话：在最爱的人面前，你看起来会像个孩子。

沈靳不觉看了眼夏言，心情莫名其妙地有些浮。

“先去坐会儿吧，别太累了。”沈靳出声，打断两人隐隐透着的亲昵。

夏言点点头，与沈靳一起走向沙发。

纪沉也摘下围裙走了过来，在夏言对面坐下。

“身体怎么样了？”人一坐下，纪沉便问道。

夏言：“已经好多了。”

纪沉盯着她的脸色打量了会儿，手突然伸向她。

夏言不明所以。

纪沉抓过她的手，指腹压在了她手腕的脉门上。

夏言下意识地想挣脱。

纪沉压下她的手：“别乱动，我看看。”

夏言没敢再动。

沈靳微微皱眉，看向纪沉。

纪沉正认真地给夏言把脉。

徐佳玉端了水果过来，看到这一幕，担心地看向纪沉：“夏言怎么样啊？”

纪沉收回手：“这两天抽空去医院做个全面检查吧。”他说着看向夏言，“我需要做个综合评估。”

夏言讶异地看他：“你不去 B 市了？”

纪沉：“我已经在江滨医院办了入职手续，也和你的主治医生沟通过了，以后你的病情交由我负责。”

徐佳玉欣喜地道：“真的？那太好了，有你看着我和你舅舅放心多了。”她说着转向沈靳，解释道，“纪沉是医生，大学毕业后留在 B 市工作了一段时间，后来去国外进修了一年多，就是专攻先天性心脏病的。”

沈靳看向纪沉：“麻烦了。”

纪沉勾了勾嘴角：“沈先生客气了，我是为了夏言，和其他人没关系。”

他这话听着隐隐带着挑衅，夏言不觉出声阻止：“表哥！”

纪沉看了她一眼，难得地没出声。

饭后，沈靳和夏言一起回家。

沈靳在开车，像往常一样，面色始终淡淡的，没什么话。

夏言坐在副驾驶座上，不时看向沈靳，想起纪沉说话夹枪带棒的样子，犹豫了好一会儿后，忍不住出声道歉：“对不起啊，我表哥可能因为我结婚没通知他的事有些生气，所以才会迁怒于你。说话不太好听，希望你别放在心上。”

沈靳扭头看了她一眼，她客气的模样让他想起她在纪沉面前不客气的模样。

“你和纪沉关系很好？”沈靳突然道。

话题转得有些快，夏言一下转不过弯来，下意识地点头：“嗯。我们从小一起长大的。”

“我记得，”沈靳看了眼前方的路况，“他似乎是你姑妈抱养的。”

夏言讶异：“你怎么知道？”

沈靳：“听说的。”

夏言了然：“他从小就被抱养过来了，我姑妈也没刻意瞒他，他很早就知道他不是我姑妈亲生的。不过他和我姑妈关系一直很好，就和亲母子一样。”

沈靳看了她一眼，没说话。

纪沉的事是他问沈桥的。会凌晨两点打电话过来确认她是不是结婚了的男人，这种关心已经超出一个表兄长的范畴。

“他是夏言的姑妈抱养过来的，初中开始寄住在夏言家，和夏言关系一向很好，听说就是为了夏言才去学医的。”沈靳想起沈桥当时说的话，眉心微微拧起。

五、醋意（中）

两天后，沈靳陪夏言去医院做检查。

纪沉给夏言安排了住院，做全面检查。

刚回到病房沈靳的手机就进了电话，沈靳去阳台接电话。

纪沉正在病房查房，看着沈靳走出去，直到阳台门关上，这才看向夏言，问她："他对你怎么样？"

夏言点头："很好啊。"

纪沉："他爱你吗？"

夏言一愣，她没想过这个问题，她和沈靳本来就不是走的正常恋爱结婚步骤。

"不爱吧。"她想了好一会儿，才说道。

纪沉皱眉："那你呢，爱他吗？"

已经挂了电话刚好走到门口的沈靳不觉停下脚步，透过旁边的窗户看向坐在床上的夏言。

她很是苦恼地皱了皱眉，想了好一会儿，才低声道："不爱吧。"

纪沉微微沉了脸："既然不爱，你结什么婚？"

夏言抬头看他："可是很多人结婚也不是因为爱情啊。"

纪沉："你才这么点大，怎么就知道不会遇到喜欢的人？如果真有那么个人出现了，你打算怎么办？离婚吗？"

沈靳推开了门，打断了两人的讨论。

"我去买点粥。"沈靳看向夏言，"你先休息会儿。"

夏言记得他上午还有重要会议，下意识地劝阻："不用了，我一会儿出去吃就好了，你先忙你的吧，不用管我。"

纪沉也看向沈靳："沈先生先忙自己的吧，这儿有我就好。"

夏言也跟着点头："嗯，这里还有表哥在，没事的。"

沈靳皱眉，看了眼夏言，目光又移向纪沉。

纪沉也正看他，是同样沉稳的目光，眼神依然是带着研判的。人就站在夏言身侧，从肢体到眼神，完全是保护者的姿态，与夏言间无形中有种外人无法介入的亲昵。

沈靳偏开眼，没说话，出去了。

纪沉看着沈靳的背影走远，开口道："半点吃醋的迹象都没有，你们还真是搭伙过日子啊。"

夏言一下没意会过来："什么？"

纪沉："沈靳知道我和你没有任何血缘关系吗？"

夏言点头："知道。"

纪沉摇头笑道："也不知道你到底看上他什么，要钱没钱，要人没人，也就一副皮囊勉强能看。真要找人搭伙过日子，比他好的选择多了去了。"

夏言："就是看中他的皮囊啊。每天盯着这样一副皮囊至少赏心悦目。"

纪沉瞥她："你一天才见他几次？"

夏言抿唇："那至少在任何时候看到人都是赏心悦目的啊。"

纪沉轻嗤一声："肤浅。"

他拿过笔，记录下夏言的基本情况，而后合上本子，看向夏言："我去巡房，顺便给你带早餐，你先休息会儿。"

夏言点头："知道了。"

纪沉又想起离去的沈靳："明知道你没吃早餐，也不说先给你带份早餐就走了，在他心里，你连一份工作都不如。也就你是个傻子。"

夏言不服气，忍不住为沈靳解释："那你都说交给你了。有你在，他肯定放心嘛。"

纪沉冷笑了声："说明人家对你根本没半点上心。一个陪伴你长大的男人把话说得暧昧到那个份儿上了，他完全无动于衷，还放心地把你交出去。得亏你对他也没半分想法，不然以后有你哭的。"

夏言皱眉，有些听不明白。

纪沉直接把话戳破："沈靳对你没有占有欲，换句话说，他无所谓他的老婆与别的男人关系怎么样。"

夏言眉头皱得更紧。

纪沉把钢笔别上："自己选的路，跪着走完呗。走不下去就离婚。我只奉劝你一句，做好避孕措施，你的身体状况不适合怀孕生子。"

夏言脸微红，不太自在地点了点头——沈靳清心寡欲得像个和尚，哪里还需要避孕？

纪沉不知道她的小心思，看了眼表："我走了，早餐一会儿给你送过来。"

夏言点头，送纪沉出门，门刚拉开便看到拎着早点回来的沈靳。

夏言一下有些尴尬："你……刚刚不是去公司了吗？"

"我下楼买早点。"沈靳淡声道。推开门进了屋。

夏言尴尬地跟在沈靳身后进了屋。

纪沉看着她的小媳妇模样，摇头低斥了声："没出息。"

纪沉的音量不大，但夏言还是听到了，她偷偷回头瞥了眼纪沉。

纪沉一副恨铁不成钢的模样，摇着头走了。

夏言偷偷地朝纪沉撇了撇嘴，这才回过头，一抬头撞上沈靳的视线，他正看着她。

夏言顿时有种被抓包的尴尬感，不大自在地冲他笑了笑，走向桌上的早点，假装淡定地问他："你早上不是要开会吗？这么晚还不去会不会影响你的工作啊？"

"不会。"沈靳淡声应着，把早点一一取出。

夏言偷偷地看了他一眼，迟疑了下，还是忍不住问道："你刚刚是不是听到我和表哥聊天了？"

沈靳头也没抬："听到了一些。"

夏言顿时有些尴尬："我表哥这人平时就爱胡说八道，他——"

"我知道。"沈靳淡声打断她的话，把热粥推到她面前，"先吃点东西。"

夏言点头接过，沈靳过分平静的反应让她突然想起纪沉说的，沈靳对她没有占有欲，他不会吃醋，也无所谓她会不会离婚。这样的认知让夏言心头涌起些许不知名的低落，她没再吭声，在沈靳把筷子递过来时她本能地说了句："谢谢。"

沈靳眉心几不可察地拧了拧，没有松开递出去的筷子。

夏言抽不出筷子，困惑地抬头看他。

沈靳正定定地看着她："夏言，我是你丈夫。"

夏言有些蒙："嗯？"

沈靳："你没必要和我这么客气。"

夏言顺从地点头："好。"

沈靳看了她一眼，突然没了食欲。

"吃饭吧。"他说。把筷子递了过去。

夏言在医院住了几天，纪沉给她做了个全面评估，她的身体状况比较好，纪沉确定没太大问题后便让夏言先出了院。

沈靳晚上下班后才过来给夏言办的出院手续。纪沉叮嘱了些注意事项，末了突然问沈靳：“沈先生当初是基于什么考虑才娶的夏言？我听说你们那时也就只见过两次面。”

沈靳收下他递过来的出院小结，面色很淡：“我想这应该不属于纪医生的职业范畴。”

“那如果是夏言的家属呢？”纪沉问，“我是否有权利知道？”

沈靳看他：“什么家属？”

纪沉视线缓缓地对上沈靳的，又是那种研判又打量的眼神。

沈靳也静静地与他对视，眼神静冷幽沉，明明没有任何情绪起伏，却隐隐带了股强势。

纪沉偏开头，看向窗外：“我从没把夏言当妹妹。”他视线又转向沈靳，“沈先生体会过那种晴天霹雳的感觉吗？你小心守护了多年的小白菜，一个没留神，就让人给拱走了。”

沈靳看着他不动：“她对你也是一样的心思吗？”

纪沉：“如果是，沈先生会还她自由吗？”

沈靳：“不会。”

纪沉笑了下：“以沈先生现在的势头，多的是适合你的女人。相反，以夏言的身体状况，她反而是最不适合你的那一个。”

沈靳：“适不适合是我和她的事，与外人无关。”

纪沉点头，笑了笑，没再说话。

沈靳也没再多言，转身出了诊室。房门关上时，他身后传来纪沉低低的话：“希望她没有选错路。”

沈靳关门的动作微顿，而后他面无表情地离开。

沈靳回到家，夏言已经吃过饭，人已经钻进了她的手工艺工作室，房门紧闭着，和过去无数个夜晚一样。

她虽没上班，但有自己的生活空间，一个人活得自在惬意。她不会只围绕着他打转，甚至是，她生活的重心根本就没有他。

沈靳想起她刚住院时她和纪沉聊起的爱不爱的问题。

这段婚姻关系里，她比他还清醒，清醒到她可以在任何时候抽身，干脆利落，不会有丝毫的拖泥带水。

沈靳嘴微微抿起，上前敲门。

夏言正在画图，听到敲门声下意识地回头，看到推门而进的沈靳。

“回来了。”夏言站起身，人又变得客套拘谨起来，“吃过饭了吗？”

沈靳：“吃过了。”

他扫了眼屋里，陈列柜上整整齐齐地摆满了各种设计图稿和她制作的小工艺品，从手袋到首饰，什么都有，像个小型首饰店。

沈靳目光从陈列柜移向夏言身后的电脑，又看向夏言：“又在作图？”

夏言不明所以地点了点头：“嗯，没什么事做，画着玩儿。”

平时这个点沈靳都在忙工作。他很少会进这个房间，即使偶尔过来，也只是站在门口提醒她该休息了，而不是像现在这样，竟有了闲聊的兴致。

沈靳点点头，没再说话，注意力转向陈列柜。

今晚的沈靳有些古怪，让夏言有些困惑，她忍不住偷偷打量他。

“我明天出差。”沈靳拿起柜子上的一个手袋打量着，突然道。

夏言一愣，而后点头：“哦，好。”

沈靳回头看她：“大概要一周，你心脏不好，一个人在家没人照应，先回你妈那儿住几天吧。”

夏言点头：“嗯，我会安排的，你不用担心。”

沈靳点点头，放下手袋，回头看到夏言还规规矩矩地站在那儿，眼神依然是沉静客气的，那感觉，他像是来视察工作的领导。

他完全可以想象他走出房间后，她脸上松了口气的样子。

“你似乎很怕我？”他问。

夏言下意识地摇头：“没有啊。”人却是无意识地往身后的柜子靠。

沈靳瞥了眼她身后，朝她走去。

夏言不自觉地挺直身体，看着他一步步走近。

沈靳在她面前站定，抬手，指背刚碰到她的脸颊便轻易地察觉她那一瞬的僵硬，她明明想逃，却又强装镇定。

“夏言。”他看向她的眼睛，“我们结婚快两年了。”

“嗯？”她不明所以。

沈靳没说话，看向她垂在眼睛旁的那缕头发，轻轻地将它们别到她耳后。手指却没离开，反而慢慢地穿入她的头发，压扣着她的后脑勺，微微施力。

夏言被迫仰头，视线对上沈靳的。

他的眼神很静，眼眸又黑又深，大片的暗色，看不见底。

夏言心慌，想动又动不了，大睁着眼睛，看着他的脸在眼前一点点放大，直到温热的触感压下。

夏言整个人僵住。

沈靳有一瞬的停顿，但只是那一下。他的唇压得更深，碾磨，啃咬。手掌一寸寸地收紧……

第二天，夏言在浑身酸痛中醒来，一睁眼便发现自己躺在沈靳怀中，沈靳结实的胸肌映入眼中时，前一夜的记忆也如潮水般涌来，夏言尴尬得一下背过身。

一只手臂横过她的腰，揽着她转了个身，使她面向他。

夏言不得不硬着头皮看向沈靳，克制着不让眼神乱飘。

“早、早。”她略显结巴的招呼声泄露了她的不自在。

沈靳定定地看着她。

“早。”他说。

夏言和他的对视坚持不到三秒，假装从容地移开视线，想要转过身躺直，膝盖不小心碰到了沈靳的大腿。肌肤与肌肤相贴的真实触感让她一下如触电般缩回脚，僵直着身体小心翼翼地转过身，手抓着被角，不动声色地一点一点扯着往脖子上挪，眼珠子乱转，就是不敢看沈靳。

沈靳垂眸，把她所有的小动作都收进眼底。

他看向她：“心脏有什么不舒服吗？”

夏言赶紧摇头：“没有。”

沈靳似是松了口气。

夏言小心地瞥了他一眼："你今天不是要出差吗？怎么……还没走啊？"

沈靳："改时间了。"

夏言："改到什么时候？"

沈靳："下周。"

夏言微微皱眉，却还是轻轻地哦了声。

之后两人便陷入略显漫长的沉默中。

"你再睡会儿，我去准备早点。"沈靳率先打破沉默，坐起身。

被子被带起，夏言急急地伸手压住，另一只手死死地抓着被角，整个人躲在被窝里，直挺挺的，一动不敢动。

沈靳目光从她强自镇定的脸上扫过，眼中隐约掠过笑意。换衣服时，他顺便把夏言的衣服放在了她床头，这才出去。

房门关上，夏言这才捂着被子坐起身。

"怎么就不走了？"夏言头疼地嘀咕。

话音还没落，刚合上的房门突然又被推开，惊得夏言本能地捂紧被子，看向重新走进来的沈靳。

"我拿牙刷。"沈靳说。

沈靳走向主卧的洗手间，取了牙刷，临走时想了想，对她道："昨晚的运动量对你来说还是太激烈了些，我不确定你的身体是不是真的受得住，所以出差往后推几天。"

夏言尴尬得笑不出来了，这隔音……

大概是真的要确定她是真的不会因为那场运动有任何不适，今天沈靳破天荒地没去上班。

沈靳白天不是没在家里待过，但像现在这样和她挤在一个空间里的时候真没有过。

沈靳家的老房子大，夏言的手工艺工作室当初也是腾的一个大房间布置的，为了舒适，夏言在窗边的书柜旁放了张懒人沙发。夏言在房间里画图，沈靳就这么旁若无人地靠在懒人沙发上看书。

大概是沈靳的气场过于强大，人虽没说话，但静静地坐在那儿看书还是存在感强烈，让夏言想忽视也忽视不了。尤其是昨晚两人刚有过最亲密原始的肢体接触，夏言面对沈靳的尴尬感还没完全退散，根本没办法像过去那样心无旁骛地作图。

“你今天不用工作吗？”手绘笔几次拿起又放下后，夏言终于忍不住转向沈靳，轻声问。

沈靳抬头看了她一眼：“今天休息。”

夏言：“今天不是周末。”

沈靳：“我给自己放了一天假。”

“那……”夏言瞥了眼她精挑细选的懒人沙发，她也想躺一会儿。

沈靳抬眸：“嗯？”

夏言迟疑：“你要不要回你的书房去？这里只有一张办公桌。”

沈靳合上书，目光扫了一圈屋子，说道：“一个家布置两个书房，空间利用有点浪费，你这边书架上没什么东西，回头我把隔壁书房的东西整理到这里，隔壁书房改成健身房吧。”

夏言：“……”

沈靳看她不说话，问她：“你不愿意？”

夏言赶紧摇头：“没有没有，这样改……也挺好的。”

她声音弱了下去，尾音里都不自觉地带了丝心痛。

沈靳似乎没听出来，站起身道：“行，我去整理。”

沈靳是个高效率的人，不到半天时间，他书房里的东西就移到了她的手工艺工作室里。房间加了张办公桌，与夏言的办公桌相向而放，夏言的私人小空间正式宣告消失。

六、醋意（下）

沈靳在一周后终于去出差了，夏言紧绷了几天的情绪也跟着放松了。

那一夜让两人的关系有了微妙的改变，虽然白日里还是各忙各的，但夜里没再像过去那样各睡各的。夜里的沈靳是温柔克制的，却也是失控的，与白日里沉敛自持的样子完全不同。

沈靳去机场时夏言去送了他。

机场里人来人往，有不少年轻情侣，牵手嬉闹、拥抱惜别的随处可见，看向对方的眼神都透着浓浓的爱意。

夏言莫名其妙地生出几分羡慕。

她很少有机会和沈靳一起出门，两人都不是爱逛街的人，沈靳又异常忙碌，吃饭、约会、看电影这种夫妻情侣间常做的事在她和沈靳间是不存在的。他们没有孩子，也不存在周末带孩子去玩的情况，顶多只是一起回双方父母家吃个饭。外出时也只是各走各的，他们连手都不会牵。

这大概就是恋爱结婚和搭伙过日子的区别吧，看着安检口腻在男人怀里委屈撒娇的年轻女孩，夏言忍不住想着。

沈靳留意到她的眼神，也跟着往正腻着的小情侣那边看了眼。

夏言看到，有些尴尬地收回视线，看向沈靳，微笑："你一个人在外面注意安全。"

沈靳点头："这几天我不在家，你先回你爸妈那儿住几天。"

夏言："嗯。"

她看了眼沈靳身后安检口排起的长队："先进去吧，别错过登机了。"

沈靳点头。

夏言微笑："那我先回去了。"

夏言转过身，莫名其妙地有些鼻酸，也有些遗憾。

沈靳看向她孤零零的背影。

"夏言。"他叫住了她。

夏言困惑地回头："怎么了？"

沈靳上前一步，轻轻地将她搂入怀中。

"照顾好自己。"他轻声叮嘱。

夏言眼眶一热，眼泪差点掉下来。

整个人被他的气息包拢，她的心跳得很快。

好一会儿，沈靳才放开她。

夏言仰头看他：“到酒店了记得发个信息。”

沈靳点头，手掌揉了揉她的头发：“路上注意安全。”

夏言点头。

回去的路上,夏言整个人都是轻盈的,心跳还没彻底从那个拥抱中缓过来。

晚上时，沈靳给夏言来了电话。

夏言没有搬回娘家住，她突然舍不得搬回去了。

沈靳也没强求。他每天早上和晚上会给她打电话，确认她的安危。但到底是沉稳内敛的人，夏言也不是活泼会聊天的人，尤其在面对沈靳时，因此电话里也多只是正经客气地问下对方的情况，叮嘱些照顾好自己的话，两三分钟就挂,客套得让纪沉忍不住调侃夏言到底是找了个老公还是找了个领导。

“你和沈靳到底是不是夫妻？”晚上吃饭时，纪沉忍不住问夏言，“你们两个就像古代那些因父母之命、媒妁之言稀里糊涂走到一起的可怜虫。你们是打算就这样相敬如宾到老吗？”

夏言觉得现在这样也挺好，虽然聊得不多，但听着电话那头沈靳低缓温柔的叮嘱，他的每个电话都能让她雀跃很久。

“我觉得我们现在这样就挺好的。”夏言忍不住反驳。

纪沉瞥了她一眼：“也就你受得了他。”

夏言不服气：“那也只有他受得了我啊。正常男人都接受不了我这样的。”

纪沉点头：“是是是，全世界就你和沈靳是绝配。”

夏言不管他的吐槽，闷头吃饭。

她今天去医院复查，赶上纪沉下班，两人就顺道一起吃了个饭。

吃完饭已经晚上九点多，纪沉送她回家。

“沈靳出去这么久,你就一直一个人住？”车子在夏言的小区门口停下，纪沉扭头问。

夏言点点头：“他有让我回我妈那边住，但我怕回去我妈又整天对我紧张兮兮的，就没回去。”

纪沉：“他什么时候回来？”

夏言摇头：“我不知道。”

纪沉皱眉。

“他是出去谈生意的，这个时间不好确定，肯定是要拿下订单合同才回来的。”夏言解释道。

纪沉：“他不知道你是什么情况吗？他就这么放心一直扔你一个人在家？”

夏言：“那照你这么说，他应该一天二十四小时守着我了，这娶的到底是老婆还是祖宗啊？”

纪沉瞥了她一眼，没接话，推开车门下了车。

夏言也跟着下了车，看他脸色不太好，忍不住道：“表哥，你不要老对沈靳有意见，结婚是我和他共同决定的，没有谁强迫谁。以沈靳的条件，他完全可以找个更好的。”

纪沉回头看她：“你还不够好？”

夏言：“我哪里好了？天天让身边人担心，一个不小心两脚一蹬就没了，到时他还得人财两失呢。”

纪沉又是一眼瞥过去：“别说晦气话。”

夏言：“我是就事论事嘛。沈靳娶了我其实挺吃亏的，我帮不了他什么，但至少不能拖他的后腿啊。”

纪沉冷哼：“我看他挺赚的。以你的条件，你就不应该这么着急结婚。”

夏言：“那我也是看人的嘛，又不是随便在路上捡了个阿猫阿狗就嫁了。”

纪沉：“我看你现在嫁的，还不如路边捡的阿猫阿狗。”

夏言不和他争，有些固执地嘀咕了声：“反正我就觉得沈靳挺好的。”

纪沉呵了声：“那天是谁还和我说不爱？你看看你现在。”

夏言心虚地避开了他的眼神。

纪沉看她那模样，叹了口气，正色道：“夏言，不是我想刁难沈靳，我只是希望你能够幸福。”

夏言不觉看向他。

纪沉：“你的身体不同于普通人，不能有太大的情绪起伏。他是适合过日子的男人，但情感上未必回报得了你什么，你也别投入太多，踏踏实实地过日子就好，别去想些有的没的。”

夏言点点头：“我知道。”

纪沉微笑："回去吧。"

夏言点头，转过身，刚一抬头，脚步又不自觉地停了下来。

沈靳不知什么时候已经回来，正站在她前面不远处，拿着手机正在打电话，面色沉凝，看着像是要出去。

"你……什么时候回来的？"夏言迟疑地问道。

沈靳看了她一眼，又看向她身侧站着的纪沉，这才又将目光移向她。

"怎么这么晚才回来？"沈靳问。将手机收起。

夏言："今天去医院复查，赶上表哥下班，就一起吃了个饭。"

沈靳点头，看向纪沉："麻烦了。"

纪沉动也不动地看着他："不麻烦，应该的。"而后他转向夏言，微笑，"早点休息。"

夏言点头："嗯。"

沈靳看了眼夏言，手突然伸向她，抓着她的胳膊将她拉了过来。

他手劲有些大，夏言被抓得手臂有些发疼，不觉皱了皱眉，看向沈靳。

沈靳面色依旧平静，正看着纪沉："夏言身体不好，不宜太晚休息，就不送了，路上注意安全。"

说完沈靳拉着夏言进了屋。

房门关上，沈靳也松开了手。

夏言扭头看他："你怎么突然回来了？"

"合同签完了。"沈靳瞥了眼她的包，"怎么一直没接电话？"

夏言下意识地去翻包，找出手机，发现上面有七八个未接来电。

"对不起，我没注意。"夏言歉然地看向沈靳，"我的手机静音了。"

说着她把手机递给沈靳。

沈靳瞥了眼，没再追究："先去洗漱吧。"

夏言点点头，走了两步，想到他刚才撞见的一幕，怕他误会，又忍不住停下脚步，回头看他："对了，刚刚表哥——"

"先去洗澡！"沈靳打断她的话，声音隐隐带着些强硬。

夏言从没见过这样的沈靳，不自觉地闭了嘴，轻轻点了下头，抿唇进了浴室。

喷头打开，夏言看着哗哗的水流，满脑子都是刚才转身看到沈靳时的样子，以及他掐着她的手臂将她拉到身前的样子，有些困惑。

门口在这时传来响动，夏言本能地看过去，看到站在门口的沈靳。

夏言下意识地扯过浴巾遮住自己，不太自在地关了喷头："你是要洗澡吗？那你先洗，我晚点再洗。"

她绕过沈靳要走，手臂突然被扣住。

夏言被拉着旋了个身，整个人被推抵在了墙上，下巴被抬起，沈靳头一低，吻便落了下来，有些重。

夏言想抬眸看他，沈靳突然拉下喷头的开关。

水流猝然喷下，水雾弥漫中，夏言只来得及看到沈靳低敛的眼睑便被他逼入重重迷乱中。

后面的事夏言有些不记得，再回过神时已经是在床上。没有开灯，沈靳手掌压扣着她的手掌，两人十指紧紧地扣在一起，暗夜中他的眼眸正紧紧地盯着她。

"夏言。"他低声开口，嗓音沉哑，"你喜欢纪沉？"

她意识有些沉钝，闻言下意识地看他。

他手掌压扣得更紧，眼眸里是山雨欲来的黑沉："你喜欢纪沉？"

夏言本能地摇头："没有啊。"

她隐约觉得这个问题有些奇怪，似有什么东西在脑中一闪而过，混沌中的脑子还没来得及抓住，人已被沈靳压下的唇舌再次逼入迷乱中。

直到脱力昏睡过去时，夏言脑中陡然清明——沈靳在吃醋。

后 记

“相遇终有时”系列三部曲：

1. 沈遇和乔时的故事——《相遇终有时》，一个与暗恋有关的久别重逢故事。

2. 乔泽和路渺的故事——《你的声音，我的世界》，一个关于守护的缉毒悬疑故事。

3. 沈靳和夏言的故事——《两生欢喜》，一个与成长有关的婚后恋爱故事。

沈靳和夏言是这个系列故事的终曲，随着他们的故事结束，“相遇终有时”系列也到了暂时告别的时候。虽然非常舍不得，但相信这个世界的某个角落，一定有一个沈遇一个乔时，一个乔泽一个路渺，一个沈靳一个夏言，继续温暖而幸福地生活着。谢谢你们陪我一起见证他们的成长，我们下个故事《只是对你认了真》再见。